PETRA MATTFELDT

Blutschmuck

PETRA MATTFELDT

Blutschmuck

Thriller

GMEINER SPANNUNG

Bisherige Veröffentlichungen im Gmeiner-Verlag:
Tod und Spiele (2016)

Personen und Handlung sind frei erfunden.
Ähnlichkeiten mit lebenden oder toten Personen
sind rein zufällig und nicht beabsichtigt.

Besuchen Sie uns im Internet:
www.gmeiner-verlag.de

Im Ehnried 5, 88605 Meßkirch
Telefon 07575/2095-0
info@gmeiner-verlag.de

1. Auflage 2017

Lektorat: Claudia Senghaas, Kirchardt
Herstellung: Julia Franze
Umschlaggestaltung: U.O.R.G. Lutz Eberle, Stuttgart
unter Verwendung eines Fotos von: © amphotolt/fotolia.com
Druck: CPI books GmbH, Leck
Printed in Germany
ISBN 978-3-8392-2143-3

Für Nicole!
Meiner lieben Kollegin und Freundin
Schön, dass es dich in meinem Leben gibt!

PROLOG

Mittwoch, 26. September 1962, 21.10 Uhr

Behutsam legte er ihr die Kette um den Hals, küsste zärtlich ihren Nacken. Das Bernsteinamulett an dem zarten Goldkettchen ließ ihre porzellanfarbene Haut noch zarter, noch fragiler wirken. Sie betrachtete sich im Spiegel, berührte mit den Fingerspitzen den Stein. Und schauderte. Doch das sollte er nicht bemerken. Er erlaubte keinen Einwand, erst recht keinen Widerspruch. Nur einmal hatte sie zu fragen gewagt, weshalb er ihr immer wieder Schmuck schenkte, wenn sie ihn dann doch nicht öffentlich tragen und damit zeigen durfte. Seine Reaktion war heftig gewesen, und bei allem Zorn, den sie von ihm kannte, hatte sie doch dieses Mal um ihr Leben gefürchtet. Er war ein tiefgläubiger Mann mit Regeln, die strengen Werten folgten. Und er wachte mit gewalttätiger Entschlossenheit darüber, dass diese Regeln eingehalten wurden. Es hatte Tage gedauert, bis sein Zorn seinerzeit vollständig aufgelöst war. Das war Jahre her, und es war ihr eine Lehre gewesen. Kein zweites Mal würde sie fragen, das hatte sie sich geschworen. Sie würde den Stein nur einmal offen tragen dürfen, jetzt und hier. Danach würde er mit all den anderen Schmuckstücken in dem kleinen Holzkästchen verschwinden, das ihr Mann für sie verwahrte. Nur selten würde er ihr erlauben, das Schmuckstück noch einmal anzulegen. Und auch das nur, wenn sie es unter ihrer Kleidung verbarg. Niemand sollte sagen können, dass sie eitel war. »Du sollst mir doch nicht immer so teure Geschenke machen.« Sie lächelte in den Spiegel hinein. Ihr Mann drückte sich von hinten an sie heran. Sie spürte, wie sein Glied steif wurde. »Du bist wunderschön.« Wieder küsste er ihren Nacken, nun begehrlicher, fordernder als zuvor.

Sie drehte sich zu ihm um. In seinen Augen konnte sie Begierde lesen. Sie wusste, was er als Dank für den Schmuck von ihr erwartete. Und sie wollte ihm eine gute Ehefrau sein. Sie hob sich auf die Zehenspitzen, küsste seinen Mund, seinen Hals, löste vorsichtig den Kollar aus seinem Pastorengewand. Behutsam half sie ihm aus der Soutane, zog mit ihrem Finger zärtliche Linien über seinen Körper. Sie streifte ihren Rock ab, ließ die geöffnete Bluse von ihren Schultern gleiten, führte ihn zum Bett hinüber und ließ sich auf die Kante niedersinken. Dann legte sie sich auf das Bett, streckte ihm einladend die Hand entgegen.

Er starrte sie an. Diese Anmut, dieser zerbrechliche Körper, einzig noch mit dem Schmuckstück bedeckt. Die unausgesprochene Einladung an ihn, mit der sie ihre Beine leicht spreizte. Rasch befreite er sich von seiner Unterhose, legte sich auf sie und drang sofort ein, den Blick starr auf die Kette gerichtet. Bilder tauchten vor seinem geistigen Auge auf, steigerten seine Erregung. Momente der Disziplinierung, Belehrung, Bestrafung, Erniedrigung, für ihn solche der Wonne und der Lust. Unterdrückte Schreie, weit aufgerissene, angstvolle Augen. Nur wenige Augenblicke, die er genießen konnte, bis sein Körper heftig zuckte, er sich ergoss und von ihr herunterrollte.

Sofort löschte sie das Licht. Es war getan.

1. KAPITEL

Dienstag, 6. Oktober 2015, 5.32 Uhr

Falko atmete tief durch. Der Morgennebel lag noch über der Ostsee, und bei jedem Atemzug stoben feine Wölkchen aus dem Mund des dunkelhaarigen Mannes. Er joggte gleichmäßig und ruhig am Strand entlang, Nieselregen benetzte seine Haut. Diese frühe Stunde war die einzige Zeit des Tages, während der er sich selbst gestattete, seinen Gedanken freien Lauf zu lassen. Für ihn war es eine Art der Meditation, des sich Fallen-lassen-Könnens. Hierfür blieb sonst keine Zeit. Die Geschehnisse der letzten Tage zogen an ihm vorbei. Gemeinsam mit dem Raubdezernat hatten sie eine Reihe von Tankstellenüberfällen aufklären und zum Abschluss bringen können. Beim letzten Überfall war eine Frau zu Tode gekommen, deshalb war Falkos Team von der Mordkommission hinzugezogen worden. Die Täter, zwei junge Männer mit erheblichen Vorstrafenregistern, hatten schließlich überführt werden können. Einer von beiden war kaum in das Polizeiauto verfrachtet worden, da hatte er den Namen seines Komplizen schon ausgeplaudert und darauf beharrt, dass alles nur dessen Schuld gewesen sei. Auch im Beisein seines Rechtsanwalts hatte er sein Geständnis wiederholt. Ob ihm dies bei der Strafzumessung nützen würde, blieb dahingestellt. Falko konnte nur hoffen, dass dies nicht wieder einer der Fälle war, in denen er und seine Kollegen gute solide Polizeiarbeit leisteten, dann jedoch ein Richter den Vorsitz der Verhandlung führte, der allzu milde bei der Strafzumessung war. Es war Falkos feste Überzeugung, dass gerade bei Jugendlichen eine angemessene Bestrafung bei den ersten Delikten womöglich noch eine Umkehr bewegen könnte, wenn die jeweiligen Richter nicht allzu lasch urteilten und die Straftäter nicht nur mit einem Klapps auf die Finger den Gerichtssaal wieder verlassen durften. In diesem Fall hatte die Tatsache, dass die beiden jungen Männer bisher mit viel zu viel durchgekommen und ihnen von Gesetzes wegen keine Grenzen aufgezeigt worden waren, am Ende einer unschuldigen Frau das Leben gekostet. Ein Gedanke, der Falko mit seinem Beruf hadern ließ.

Er lief weiter, seine Atmung war gleichmäßig und ruhig, sein Pulsschlag der leichten Anstrengung des Laufens angemessen. Er war 48 Jahre alt, doch an Fitness und Kondition konnte er es mit jedem Zwanzigjährigen aufnehmen. Er joggte jeden Morgen mindestens eine Stunde, bevor er seinen Dienst bei der Kriminalpolizei in Flensburg begann. Soweit es seine Zeit erlaubte, trainierte er darüber hinaus mit Kollegen, allerdings hatte er hier in Flensburg, wohin er gerade erst vor ein paar Monaten komplett umgezogen war, noch keinen geeigneten Trainingspartner im Karate wie zuvor in Lüneburg gefunden. Marco und Falko waren langjährige Freunde, die sich als Jugendliche bei einem Karate-Schnupperkurs kennengelernt hatten. Marco war inzwischen hauptberuflich als Trainer tätig, während Falko die erworbenen Kenntnisse und Fähigkeiten in seinem Alltag kaum anwenden konnte. Doch es gab ihm ein gutes Gefühl, auf seinen Körper vertrauen zu können, und damit auch die Sicherheit, die er für die Ausübung seines Berufs brauchte, wenngleich er höchst selten in körperliche Auseinandersetzungen geriet.

Er lief weiter direkt an der Ostsee über den Strand Solitüde, der Regen war stärker geworden und wurde zusätzlich vom Wind in Falkos Gesicht gepeitscht. Das Wohnen direkt an der See hatte ihm vom ersten Moment an gefallen, wenngleich er sich in Flensburg noch immer ein wenig fremd fühlte. Seine Gedanken wanderten zu dem Streit zurück, den er am gestrigen Abend mit Sarah gehabt hatte. Er wusste, dass es ein Fehler gewesen war, sich auf die Liaison mit ihr einzulassen. Er war der Ältere, und es wäre an ihm gewesen, nicht auf ihre deutlichen Signale einzugehen. Er wusste, dass es nicht gut enden würde. Dafür waren ihre Ansichten über die Beziehung, die sie beide miteinander verband, zu unterschiedlich. Falko hatte sich wegen einer Affäre, die seine Ehefrau Heike mit einem ihrer Kollegen gehabt hatte, von dieser getrennt. Sie lebte weiter in ihrem gemeinsamen Haus in Lüneburg, er hatte nach dem Tod seines Freundes Oliver seinen Dienst bei der Kriminalkommission in Lüneburg aufgegeben, war nach Flensburg gezogen und hatte dort dessen Job als Leiter der Mordkommission übernommen. Sarah war in Lüneburg in Falkos Ermittlerteam gewesen. Ihre Kindheit hatte sie in Flensburg verbracht und war vor einigen Monaten, nachdem ihre Mutter einen Schlaganfall erlitten hatte und nun der Pflege bedurfte, in ihr früheres Elternhaus zurückgekehrt. So waren Falko und sie sich nähergekommen. Er hatte schon in Lüneburg ihre Schwärmerei für ihn bemerkt, auch wenn er es nicht zugegeben hätte. Und in den Wirren der letzten Monate hatte er sich auf sie eingelassen. Doch eine feste Beziehung? Er fühlte sich mies bei dem Gedanken, Sarah nicht die Wertschätzung entgegenbringen zu können, die sie sich wünschte. Doch an eine Beziehung, wie er sie mit Heike geführt hatte, war für ihn derzeit noch nicht zu denken. Gestern hatte Sarah ihn zum wiederholten Male darauf angesprochen, weshalb er in dem gemieteten Häuschen in Mürwik wohnte, während in ihrer Wohnung im Obergeschoss ihres Elternhauses, die sie sich ausgebaut hatte, mehr als genug Platz war. Wie immer war es zum Streit gekommen, und wie immer war Falko gegangen. Er wusste, dass er es beenden musste. Es lag nicht an Sarah, sondern an ihm selbst. Er konnte einfach nicht mehr vertrauen.

Er bog vom Strand nach rechts in die fast parallel zum Ufer verlaufende kleine Straße ein, die genau wie der Strand Solitüde hieß. Das gleichnamige Ristorante ließ er links liegen, bog kurz hinter dem Ende des Strandes nach links über einen kleinen Waldweg ab in die Straße Schöne Aussicht. Das letzte Stück legte er im Sprint zurück, um seinen Pulsschlag noch einmal hochzutreiben. Als er schließlich vor seiner Eingangstür stand, stützte er sich mit den Händen auf die Oberschenkel. Er fühlte sich gut und voller Energie. Und er fasste einen Entschluss. Er würde die Affäre mit Sarah beenden. Heute noch. Es war nicht fair, die Sache weiter vor sich herzuschieben und Erwartungen in ihr zu nähren, die er nicht erfüllen konnte, nicht erfüllen wollte.

Er schloss die Tür auf, trat in den kleinen Flur und streifte seine Laufschuhe ab. Sie waren nass und klamm. Er schob sie mit dem Fuß unter den kleinen Heizkörper und drehte den Thermostat auf. Dann ging er über den Flur ins Bad. Es war nicht groß, ungefähr nur die Hälfte des Bades in seinem Haus in Lüneburg. Doch für ihn reichte es. Genau genommen, mochte er die etwas spärliche Einrichtung ohne jedes Chichi. Es standen keine Nagellackfläschchen herum, nirgendwo lag Schmuck, keine drei verschiedenen Sorten Shampoo, Spülung und wer weiß nicht was alles. Kein Make-up, Puder oder Lippenstifte. Nichts. Nur ein Shampoo, ein Duschgel, Deo, Aftershave, eine Feuchtigkeitscreme und ein Stylingwachs neben den Zahnpflegeprodukten und einem Elektrorasierer. Das war alles. Und Falko fand es gut so. Sein Eheleben lag hinter ihm, und er war wieder Single, auch wenn Sarah das vermutlich anders sah. Der Betrug seiner Frau hatte ihn bis ins Mark getroffen, und er wollte nicht so bald eine vergleichbar feste Beziehung eingehen. Genau genommen wusste er nicht, ob er es je wieder wollte. Heike hatte ihm öfter vorgeworfen, dass er zu verschlossen sei und stets alles nur mit sich ausmachte. Er wusste, dass sie recht damit hatte. Doch ihm war es nach dem Unfalltod seines Vaters und seiner Schwester, als er noch ein Junge und seine Mutter zu sehr mit sich selbst beschäftigt war, um ihm Trost zu spenden, zur Gewohnheit geworden, seine Sorgen mit sich selbst auszumachen. Er hatte sich viel mit mentalem Training beschäftigt und sah es als einen seiner größten Vorteile an, seine Gedanken stets bewusst unter Kontrolle zu halten. Er fand es gut so, wenngleich es dazu führte, dass er die Menschen um sich herum stets ein wenig auf Abstand hielt. Womöglich war es mit einer der Gründe gewesen, warum Heike sich zu einer Affäre hatte hinreißen lassen. Doch das konnte er nicht mehr ändern.

Er zog sich die nassen Sachen aus, öffnete die Duschkabine und drehte das Wasser auf. Er hatte die alte Armatur durch eine Regendusche ersetzen lassen. Doch das war mit kleineren Renovierungsarbeiten auch fast schon alles, was er verändert hatte. Er wohnte schließlich nur zur Miete und wusste noch nicht, wohin die Reise gehen und ob er sich womöglich irgendwann doch wieder etwas Eigenes kaufen würde. Finanziell war er auch ohne seine Arbeit bei der Kriminalpolizei weitestgehend unabhängig. Dafür hatte sein Vater mit dessen Geld aus dem Erbe gesorgt. Doch hiervon wusste so gut wie niemand. Heike, ja, und sein Freund Marco. Doch alle anderen sahen in ihm keinen gut situierten, um nicht zu sagen, vermögenden Mann, sondern nur den Profiler und Kriminalhauptkommissar, der den Ruf besaß, ein ganz besonderes Gespür für Tatorte zu haben.

Minutenlang schloss er die Augen, ließ das warme Wasser auf seinen Kopf niederprasseln. Seine Haut wärmte sich nach und nach auf, er genoss den Moment. Wieder musste er an Sarah denken und daran, wie sie darauf reagieren würde, wenn er ihr sagte, die Beziehung beenden zu wollen. Sie hatte es mit der Sorge um ihre Mutter alles andere als leicht. Erst vor Kurzem hatte sie für wenige Stunden täglich eine Arbeit bei der Polizei in Flensburg angenommen. Nicht gleich wieder bei der Kriminalpolizei. Dafür waren die Stunden, die sie ihre Mutter in die Obhut einer Pflegekraft übergeben konnte, nicht ausreichend. Doch es war ihr erklärtes Ziel, genau dort wieder hinzukommen und auch das Profiling, für das sie an etlichen Weiterbildungen teilgenommen hatte, wieder aktiv zu betreiben. Falko hoffte, dass Sarah in der Lage sein würde, das, was sie beide privat verbunden hatte, von künftigen möglichen gemeinsamen Einsätzen trennen zu können.

Als er fertig mit Duschen war, trocknete er sich ab und ging nackt zum Schlafzimmer, zog sich an, trat dann in die Küche und bereitete sich das Frühstück zu. Erst jetzt warf er einen Blick auf sein Handy, das er lautlos gestellt hatte, und sah, dass Sarah viermal vergebens bei ihm angerufen hatte. Sie wusste, dass er stets früh aufstand und joggte. Doch es nervte ihn, dass sie schon zu dieser frühen Stunde mehrfach bei ihm angerufen hatte, um offenbar über den gestrigen Streit zu reden. Er drückte den Knopf der Kaffeemaschine, ließ eine Kapsel in den Schlitz gleiten und steckte zwei Brote in den Toaster, während der Kaffee einlief. Noch während er überlegte, Sarah zurückzurufen, summte sein

Handy erneut und zeigte ihren Namen im Display. Ob sie ihn anrief, um mit ihm Schluss zu machen? Es käme ihm sehr entgegen. Ansonsten wollte er es ihr sobald wie möglich sagen, wenngleich ihm das Telefon hierfür nicht geeignet erschien.

»Guten Morgen«, meldete er sich. »Ich wollte dich gerade zurückrufen.«

»Sie ist tot«, flüsterte Sarah.

»Was?«

»Meine Mutter.« Sie schluchzte auf. »Sie ist tot, Falko.«

»Wann ist das geschehen?«

»Irgendwann heute Nacht. Als ich vorhin zu ihr ging, hat sie nicht mehr geatmet.« Wieder schluchzte sie auf.

»Hast du schon einen Arzt gerufen?«

»Sie hat keinen Puls mehr.«

Die Art, wie Sarah ihm antwortete, ließ Falko vermuten, dass sie unter Schock stand.

»Ich komme sofort.«

»Danke.« Sarah legte auf.

Falko trank hastig einen Schluck Kaffee, eilte in den Flur, zog seine Schuhe über und griff seine Jacke von der Garderobe. Dann steckte er Portemonnaie und Handy ein, griff sich seinen Schlüssel und stürmte hinaus.

Seinen BMW X 5 hatte er im Carport des kleinen Hauses untergestellt. Er drückte die Entriegelung, stieg hastig ein und ließ den Motor an. Er fühlte sich mies, nicht gleich zurückgerufen zu haben, als Sarah ihn gebraucht hatte. Falko setzte den Wagen rückwärts aus dem Carport, legte den ersten Gang ein und fuhr los. Es dauerte keine zehn Minuten, in denen er den Weg mit viel zu hoher Geschwindigkeit zurückgelegt hatte und die Auffahrt zum Hause der Bischoffs hinauffuhr. Noch ehe er klingeln konnte, öffnete

Sarah die Tür. Tränen liefen ihr von den Wangen. Falko trat ein und nahm sie in den Arm. »Es tut mir so leid.«

Minutenlang hielt er sie, während sie schluchzte und sich kaum beruhigen konnte. Dann fasste er ihre Schultern und schob sie ein Stück von sich, um ihr in die Augen zu sehen. »Hast du schon jemandem Bescheid gegeben?«

Sarah schüttelte den Kopf.

»In Ordnung. Wie heißt der Hausarzt deiner Mutter?«

»Oltmanns.«

»Gut. Hast du seine Nummer?«

»Er wird noch nicht in seiner Praxis sein.«

Falko sah auf die Uhr. Es war noch nicht ganz Viertel vor sieben.

»Dann rufen wir die Kollegen an. Sie sollen einen Arzt mitbringen.« Falko zog sein Handy hervor und rief die Polizeiwache an. Nachdem er seinen Namen und den Grund seines Anrufs genannt hatte, wurde ihm sofort zugesichert, einen Notarzt zu informieren. Falko dankte und legte auf. Dann ging er mit Sarah in die Küche im Erdgeschoss und drückte sie sanft auf einen der Stühle. »Kann ich dir einen Tee machen?«

Sie schüttelte den Kopf. »Ich möchte nichts.« Tränen liefen über ihre Wangen. »Gestern Abend war noch alles in Ordnung.«

»Wann warst du zuletzt unten bei ihr?«

»Etwa gegen halb zwölf. Nach unserem«, Sarah stockte, »nach unserem Streit konnte ich nicht schlafen und bin deshalb noch einmal runter, um nach ihr zu sehen. Sie wurde kurz wach und fragte mich, ob mit mir alles in Ordnung sei.« Sarah lachte freudlos, fast spöttisch. »Sie fragte mich. Dabei hätte ich sie fragen sollen. Doch jetzt ist sie tot.« Wieder schluchzte sie heftig auf.

»Kann ich kurz zu ihr?«

»Glaubst du, ich kann einen lebenden nicht von einem toten Menschen unterscheiden?«, schnauzte Sarah, um dann sofort hinzuzufügen: »Es tut mir leid. Ihr Schlafzimmer ist die letzte Tür links am Ende des Flurs.«

»Ist gut. Ich komme gleich wieder.«

Falko warf noch einen Blick auf Sarah, als er die Küche verließ. Sie war vollkommen am Boden. Dann ging er den Flur entlang und blieb vor der letzten Tür auf der linken Seite stehen. Einem Impuls folgend wollte er klopfen, ließ es aber sein. Wie unsinnig!

Er trat in den Raum, der nur durch ein schwaches Schlummerlicht erhellt wurde, das offenbar während der Nacht immer eingeschaltet war. Falko trat an das Bett heran, betrachtete Vera Bischoff. Sie wirkte friedlich auf ihn, doch war ihrem Gesicht deutlich anzusehen, dass es auf der linken Seite schief war. Ganz so, als hätte jemand die Haut dort weiter herabgezogen. Ihr Mund war ebenfalls etwas verzerrt, ihre Augen geschlossen. Obwohl er wusste, dass es überflüssig war, berührte er mit der Hand ihren Hals, um den Puls zu fühlen. Die Haut war bereits merklich abgekühlt, ein Pulsieren nicht zu spüren. Sie musste bereits mehrere Stunden tot sein. »Finde deinen Frieden, Vera«, sagte er leise, machte kehrt, ging hinaus und zurück zu Sarah.

Diese blickte auf, als er die Küche betrat. »Und?«

»Sie wirkt friedlich«, sagte Falko.

»Ihr Gesicht.« Sarah rang um Fassung. »Gestern war es noch nicht so schief.«

»Womöglich hat sie einen weiteren Schlaganfall erlitten.«

»Und ich habe einfach geschlafen und nichts davon bemerkt. Vielleicht hat sie mich gerufen und …« Das Klingeln unterbrach Sarah.

»Ich gehe hin«, erklärte Falko und verließ die Küche.

Es war gerade einmal kurz nach sieben, als der Notarzt zusammen mit zwei Polizisten das Haus betrat.

»Guten Morgen. Danke, dass Sie so schnell kommen konnten.« Falko führte die drei zu dem Schlafzimmer. Kurz nachdem sie eingetreten waren, kam auch Sarah hinzu.

»Sie hatte vor acht Monaten einen Schlaganfall und war seither auf Hilfe angewiesen«, erklärte sie.

»Mein Beileid«, sagte der Notarzt und nickte Sarah zu, da ihm ein Blick auf Vera Bischoff gereicht hatte, um sicher zu sein, hier nichts mehr tun zu können. »Wer ist ihr Hausarzt?«

»Dr. Oltmanns.«

»Ich kenne ihn. Sie brauchen nicht hier zu sein«, sagte er fürsorglich und befühlte Vera Bischoffs Haut. »Sie ist schon einige Stunden tot. Ich stelle den Totenschein aus. Alles andere geht seinen Gang.«

»Für mich sieht hier nichts nach Fremdverschulden aus«, sagte einer der Polizisten. »Doch wir haben unsere Vorschriften.«

»Sie meinen, wegen einer möglichen Autopsie?«, sagte Falko.

»Ganz recht. Wir werden den Leichnam sicherheitshalber zur Gerichtsmedizin bringen lassen.«

»Es spricht nichts dagegen«, sagte Sarah. »Gut. Der Leichenwagen muss jeden Moment kommen.«

»Sie sollten nicht dabei sein«, sagte der Notarzt noch einmal zu Sarah.

»Was denken Sie? Hat sie leiden müssen? Ich habe Angst, dass sie mich gerufen hat und ich sie nicht hörte.«

»Ich will keine vorschnelle Diagnose abgeben«, sagte der Arzt. »War das Gesicht seit ihrem Schlaganfall so wie jetzt?«

»Nein.« Sarah schüttelte den Kopf. »Bis gestern war es nicht so stark.«

»Ich denke, sie wird einen weiteren Schlaganfall erlitten haben. Das ist innerhalb eines Jahres nach dem ersten oft der Fall. Sie hätten nichts für sie tun können.«

Sarah presste die Lippen aufeinander.

»Komm«, bat Falko sie und schob sie zur Tür. Dann drehte er sich zu den Männern um. »Wir sind in der Küche, vorn die erste Tür rechts.«

»Gut. Danke.«

Falko legte den Arm um Sarah, die sich kraftlos an ihn schmiegte. »Du solltest jetzt wirklich einen Tee trinken. Die nächsten Tage werden dir viel abverlangen.«

»Kannst du hierbleiben? Ich möchte jetzt nicht allein sein.«

»Natürlich bleibe ich hier«, antwortete Falko fast tadelnd. »Du glaubst doch nicht, dass ich dich hiermit allein lasse. Ich rufe gleich Stefan an und gebe ihm Bescheid, was passiert ist und dass ich heute nicht komme.«

»Danke.«

Falko lächelte ihr zu, spürte aber eine Beklommenheit in sich aufsteigen. Sich von ihr zu trennen, konnte er unter diesen Umständen vergessen. Dass er jetzt für sie da war, war absolut selbstverständlich. Alles andere kam ihm schäbig vor.

2. KAPITEL

Mittwoch, 14. Oktober 2015, 11.38 Uhr

Falko hielt Sarahs Hand, als sie dem Sarg, in dem sich Vera Bischoffs Leiche befand, folgten. Die sechs Männer hatten den Sarg nach der Trauerfeier in der Kapelle auf einen rollbaren Untersatz gehoben, der nun polternd von diesen in Richtung Grabstätte geschoben wurde. Falko fand, dass Sarah sich wacker hielt. Sie hatte das Angebot des Arztes, ihr für diesen Tag ein sanftes Beruhigungsmittel zu verschreiben, dankend abgelehnt. Falko hoffte inständig, dass es Sarah nach heute leichter würde. Es war schwer für ihn gewesen, sie in den letzten Tagen so leiden zu sehen. Der Tod ihrer Mutter hatte sie vollkommen aus der Bahn geworfen. Nach deren Schlaganfall hatte Sarah ihren Dienst in Lüneburg aufgegeben und damit ihre eigene Karriere erst einmal auf Eis gelegt, um sich voll und ganz um ihre Mutter kümmern zu können. Diese in ein Pflegeheim zu geben, wie ihr seitens des Krankenhauses nahegelegt worden war, kam für sie nicht infrage. Sie hatte fest an eine Heilung oder zumindest eine gute Wiederherstellung ihrer Mutter geglaubt. Oft hatte sie Falko erzählt, mit ihrer Mutter darüber gesprochen zu haben, bisher viel zu wenig mit dieser unternommen zu haben. Sie planten, gemeinsam eine Schiffsreise zu den norwegischen Fjorden zu unternehmen, sobald ihre Mutter wieder mobil genug hierfür war. Doch nun war Vera tot, und nach so kurzer Zeit einen erneuten massiven Umbruch in ihrer Lebensplanung zu erleben, war für Sarah nur schwer zu verkraften. Sarah hatte die gesamte letzte Woche bei Falko verbracht, scheute sich, in das Haus zurückzukehren, in dem sie mit ihrer Mutter gelebt hatte und in dem diese schließlich auch gestorben war. Sie hatte sich noch nicht festgelegt, aber Andeutungen gemacht, sich vorstellen zu können, alles zu verkaufen. Falko hatte ihr weder zu- noch abgeraten, ihr lediglich gesagt, dass für solche Entscheidungen immer noch Zeit war. Was Sarah nun tun würde, stand also derzeit noch in den Sternen.

Die kleine Kapelle war während der Trauerfeier voll gewesen. Es waren wesentlich mehr Menschen gekommen, als Sarah erwartet hatte. Ihre Mutter war beliebt gewesen, doch hätte Sarah nicht sagen können, wer ihr eng genug verbunden war, um am heutigen Tage deren Abschied zu begleiten. Der Trauergottesdienst war stilvoll gewesen und ganz so, wie Vera Bischoff es der Ansicht ihrer Tochter nach als gut empfunden hätte. Zum Teil hatte Sarah die Lieder ausgewählt, die ihre Mutter beim Begräbnis ihrer eigenen Mutter hatte spielen lassen.

Sarah stolperte auf dem unebenen Weg, und Falko fasste sofort zu. »Alles in Ordnung?«, raunte er.

»Alles gut«, antwortete Sarah, den Blick starr auf den Sarg vor sich gerichtet.

Sie erreichten die vorbereitete Grabstätte der Familie Bischoff, in der schon Sarahs Vater lag, und die Träger hoben den Sarg von dem Gefährt. Würdevoll schritten sie zu dem ausgehobenen Loch, stellten den Sarg auf den zwei Querbalken ab, die darübergelegt worden waren. Auf ein Zeichen des Pastors fassten vier Träger die Seile, die auf den Querbalken lagen, und hoben den Sarg ein Stück an. Dann zogen die beiden anderen die Balken seitlich weg, sodass der Sarg nur noch von den Männern mit den Seilen gehalten wurde.

»Wir übergeben nun den Leib Vera Bischoffs der Erde«,

sagte der Pastor laut, und alle sahen zu, wie der Sarg langsam herabgelassen wurde.

Sarah wurde eiskalt. Abschied! Endgültig! Es gab kein Zurück, keinen weiteren Blick. Sie würde ihre Mutter nie wiedersehen. Niemals. Sarah schluckte schwer, umklammerte Falkos Hand. Die Tränen liefen ihr über die Wangen.

Der Sarg erreichte mit einem kurzen Poltern den Boden, die Leichenträger nickten und ließen die Seile hinabfallen. Der Pastor trat an die Stirnseite des Grabes. »Nimm nun den Leib unserer Schwester Vera Bischoff, oh Herr.« Er griff nach der Schaufel, die neben dem Grab in einem kleinen Sandhaufen steckte. Er hob die Schaufel, nahm Sand auf und warf ihn auf das Grab. »Erde zu Erde«, wieder nahm er Sand, »Asche zu Asche«, er hob ein letztes Mal Sand an, »und Staub zu Staub.«

Gemeinsam beteten alle laut das Vaterunser, dann kam der Pastor zu Sarah und schüttelte ihr die Hand.

Sarah trat an das Grab, griff in die kleine Schale mit Blütenblättern und streute diese hinab. »Mach's gut!«, flüsterte sie leise. Falko hielt sich hinter ihr, legte ihr sanft die Hand auf die Schulter. Sie schwankte ein wenig, und Falko fürchtete einen Moment, dass sie das Gleichgewicht verlieren würde. Doch dann fing sie sich wieder und trat rückwärts vom Grab.

Falko vergewisserte sich, dass Sarah einen festen Stand gefunden hatte. Dann trat er selbst vor, griff die Schaufel und ließ seinerseits Erde auf den Sarg fallen. Er nickte dem Sarg zu, trat zurück, ging zu Sarah hinüber, die etwa fünf Meter weiter stehen geblieben war, und trat seitlich hinter sie.

Nach und nach kamen die Trauernden, gingen erst an das Grab und dann zu Sarah, um dieser ihr Beileid zu bekunden.

Sarah ließ die Gesichter an sich vorbeiziehen, nahm kaum eines von ihnen wirklich wahr. Sie schüttelte die ihr gereichten Hände, nickte den Menschen zu und dankte ihnen für ihre Anteilnahme. In Gedanken war sie bei ihrer Mutter. Vera hatte sich die letzten Jahre, seit dem Tod Sarahs Vaters, ehrenamtlich engagiert und es sich zur Aufgabe gemacht, die Menschen im nahe gelegenen Seniorenheim regelmäßig zu besuchen, diesen vorgelesen und Spaziergänge mit ihnen unternommen. Viele derer, um die sie sich gekümmert hatte, hatten Vera, obwohl sie um einiges älter waren, überlebt und sprachen nun Sarah ihr Mitgefühl aus. Für Sarah fühlte es sich falsch an.

»Ich möchte Ihnen mein Beileid aussprechen. Der Tod Ihrer Mutter hat mich tief bestürzt«, sagte nun eine Frau. Sie war die Letzte derer, die sich eingereiht hatten, um Sarah zu kondolieren, und Sarah war erleichtert, dass es gleich vorbei sein würde. Sie hatte die Frau noch nie gesehen, doch auch viele der anderen, die ihr die Hand geschüttelt hatten, kannte Sarah nicht.

»Danke.«

»Sie werden mich nicht kennen. Mein Name ist Lisa Schönfeld. Ich habe früher hier in Flensburg gelebt. Ihre Mutter und ich waren enge Freundinnen, als wir Kinder waren.«

Sarah bemühte sich um ein Lächeln. »Lisa Schönfeld? Ihr Name sagt mir etwas. Meine Mutter hat mir von Ihnen erzählt. Sie hat sich immer gewünscht, sie einmal wiederzusehen.«

»Ich bereue, den Kontakt zu Ihrer Mutter nicht wieder aufgenommen zu haben. Nun ist es zu spät, und ich werde damit leben müssen.«

»Vielleicht ist es Ihnen ein Trost, dass meine Mutter Sie in sehr guter Erinnerung gehabt hat.«

»Es ist nett, dass Sie das sagen.«

»Das ist mein Lebensgefährte, Falko Cornelsen«, stellte Sarah vor und bedachte diesen mit einer Handbewegung, wobei der Kurzmantel, den Sarah trug, etwas zur Seite rutschte. Ganz plötzlich veränderte sich der Gesichtsausdruck Lisa Schönfelds. Erschrocken blickte sie Sarah an.

»Woher haben Sie das?«

Falko hatte ihr die Hand entgegengestreckt, nachdem Sarah ihn vorgestellt hatte, zog diese aber zurück, als er die heftige Reaktion der Frau bemerkte. Er folgte ihrem Blick. Wie gebannt starrte sie auf die Kette, die Sarah um den Hals trug.

Sarah fasste das Schmuckstück. »Dies?« Sie blickte Lisa Schönfeld an. »Von meiner Mutter. Es war eines ihrer Lieblingsstücke, obwohl sie es nie getragen hat. Weshalb fragen Sie?«

Lisa sah von Falko zu Sarah, schnappte nach Luft. »Nein«, hauchte sie leise. »Nein!«, schrie sie plötzlich auf, drehte sich um und rannte los. Sie stieß die Trauergäste, die noch nicht gegangen waren, einfach beiseite und bahnte sich einen Weg hindurch.

Falko und Sarah warfen sich einen verständnislosen Blick zu, dann löste Falko die Starre und lief hinter der Frau her. Sie hatte fast das schmiedeeiserne Tor des Friedhofs erreicht, eher er sie einholte. Von hinten fasste er ihr an die Schulter, um sie aufzuhalten. »Warten Sie. Bitte warten Sie.«

Sie bremste ab, drehte sich zu ihm um. Ihr Kopf war hochrot, ihre Augen mit Tränen gefüllt. Fast panisch sah sie ihn an.

»Gehen Sie weg! Verschwinden Sie! Fassen Sie mich nicht an!«, brüllte sie hysterisch.

»Beruhigen Sie sich doch. Bitte, ganz ruhig.« Er hob die Hände, um ihr zu zeigen, dass er keine Gefahr darstellte.

»Sagen Sie mir nicht, was ich tun soll!«, schrie sie laut, als nun auch Sarah die beiden erreichte.

»Was ist denn nur geschehen?«, fragte Sarah hilflos.

Lisa rang um Luft, suchte offenbar nach Worten. Dann schüttelte sie den Kopf. »Folgen Sie mir ja nicht. Ich will Sie nie wiedersehen. Sie und Ihresgleichen!« Sie griff nach der Pfortenklinke. »Es ist mein Ernst! Ich zeige Sie an, wenn Sie mich nicht in Ruhe lassen.«

»Aber …«, sagte Sarah, doch Falko fasste ihren Arm und brachte sie so zum Schweigen.

Lisa registrierte es, hob den Kopf und ging. Sie knallte die Pforte hinter sich zu, ging ein paar Schritte, dann lief sie los und war schon wenige Momente später aus dem Sichtfeld der beiden verschwunden.

Sarah blickte Falko fassungslos an. »Was war das denn?«

Falko schüttelte den Kopf. »Ich habe wirklich nicht die geringste Ahnung.« Er fasste ihre Schultern. »Alles gut mit dir?«

»Ich weiß nicht. Ich bin vollkommen durcheinander.«

»Nicht nur du.« Er legte den Arm um ihre Schultern. »Komm. Jetzt ist nicht die Zeit, sich darum Gedanken zu machen.«

Keiner sagte mehr etwas, als sie das Friedhofsgelände verließen. Falko hatte das Gefühl, dass durch die unerwartete Störung durch Lisa Schönfeld der Abschied von Vera Bischoff nicht so ausgefallen war, wie es angebracht gewesen wäre. Doch er wusste nicht, ob es Sarah helfen könnte, noch einmal zurückzugehen und einen letzten Blick auf das offene Grab zu werfen. Womöglich empfände sie es als zusätzliche Belastung, war unter Umständen einfach nur froh, alles hinter sich gebracht zu haben. Er hielt es für falsch, sie jetzt darauf anzusprechen und sie damit dem

Zweifel auszusetzen, was das Richtige war. Also sagte er nichts.

*

Mit einem wechselnden Gefühl zwischen Neugierde und Erregung hatte er die Szene am Grab verfolgt. Er hatte keine der drei Personen je gesehen, auch die Tochter Vera Bischoffs nicht. Ein hübsches Ding, das musste er zugeben. Wenn er es richtig mitbekommen hatte, war es um die Kette gegangen, die Vera Bischoffs Tochter um den Hals getragen hatte. Unauffällig war er ihr gefolgt, als sie dem Mann, offenbar ihrem Freund oder Ehemann, der neben ihr am Grab gestanden hatte, nachgelaufen war, als dieser die Verfolgung der Frau aufgenommen hatte. Am Friedhofstor hatten die drei noch eine weitere, kurze Auseinandersetzung gehabt. Er hatte nur Bruchstücke hören können, doch es reichte ihm, um sich ein Bild zu machen. Er war neugierig geworden, wer die Frau wohl war, die schließlich die Friedhofspforte zugeschlagen hatte und davongelaufen war. Wenn er sich beeilte, konnte er sie vielleicht noch erreichen und sehen, wohin sie ging. Doch er wollte nicht riskieren, dass die Bischoff-Tochter und deren Freund ihn sahen, also wartete er noch einen Moment ab. Als er sah, dass diese in den BMW stiegen, huschte er vorbei und lief im Eilschritt an die Straßenecke, um zu sehen, wohin die Frau vom Friedhof gegangen war. Er lief erst ein Stück in die eine, dann in die andere Richtung und kehrte schließlich an die Einmündung der Straße zurück, doch er konnte sie nirgendwo mehr sehen. Verdammt! Zu gern hätte er gewusst, wer sie war. Er überlegte kurz, was er nun weiter unternehmen könnte, da hörte er, wie der Motor des BMW gestartet wurde. Schnell setzte er sich in Bewegung und ging davon, um zu vermeiden, dass die Bischoff-Tochter oder deren Freund ihn sahen.

*

Erst als sie im Auto saßen und Falko den Motor anließ, fand Sarah ihre Sprache wieder. »Was denkst du, was sie gemeint hat?«

»Ich habe nicht die geringste Ahnung. Offenbar hat es etwas mit dem Bernsteinamulett zu tun, das du um den Hals trägst.« Er überlegte. »Woher kommt es?«

»Es ist ein Erbstück und schon seit Jahrzehnten in unserer Familie. Es gehörte ursprünglich meiner Großmutter, vielleicht hat sie es sogar auch schon von ihrer Mutter bekommen. Ich weiß es wirklich nicht.«

»Lisa Schönfeld wirkte erschrocken, geradezu fassungslos«, stellte Falko nachdenklich fest.

»Aber weshalb? Wegen einer Kette?«

»Es muss irgendetwas mit diesem Schmuckstück auf sich haben. Oder es ist einfach nur eine Verwechslung. Bernstein ist nicht eben selten. Was weißt du über Lisa Schönfeld?«

»Eigentlich nicht viel. Sie war eine Freundin meiner Mutter, bis sie mit ihrer Familie weggezogen ist.«

»Weggezogen? Wohin?«

Sarah zuckte mit den Schultern. »Das weiß ich nicht. Meine Mutter hat nicht viel von ihr erzählt, nur eine Handvoll Male hat sie erwähnt, dass sie Lisa gern einmal wiedergetroffen hätte.«

»Hat deine Mutter mal gesagt, warum sie weggezogen ist?«

»Nein. Nein, ich glaube nicht.«

»Was willst du jetzt tun?«

Sarah schwieg einen Moment. Sie lehnte ihren Kopf an die Kopfstütze, schloss ihre Augen. »In Bezug auf Lisa Schönfeld? Ich weiß es nicht. Ich fühle mich leer, vollkommen leer. Vielleicht sollte ich es einfach auf sich beruhen lassen.«

»Das verstehe ich sehr gut. Denkst du, dass du damit leben kannst, nicht zu wissen, was sie gemeint hat?«

»Könntest du es?«

»Wenn ich die Entscheidung treffen würde, ja«, antwortete Falko nach kurzem Überlegen. Er lenkte den BMW in die Schöne Aussicht und fuhr unter das Carport. Falko stieg aus, doch Sarah rührte sich nicht. Er ging zur Beifahrertür und öffnete sie. Sarah saß noch immer mit geschlossenen Augen da. »Komm. Wir sind da.«

»Ich weiß«, sagte sie, ohne ihn anzusehen. »Lass mich einfach noch eine Weile hier sitzen, ja?«

»Weil du allein sein möchtest?«

»Weil ich das Gefühl habe, keinen einzigen Schritt mehr tun zu können.«

Falko lächelte. »Dann trage ich dich eben. Na, komm schon.« Er griff ihre Hand, zog den Arm ein wenig zu sich heran. Sarah setzte einen Fuß aus dem Auto, während sie wieder die Augen öffnete. »Schon gut. Ich kann allein gehen.« Sie mühte sich um ein Lächeln, das ihr nur mäßig gelang.

»In Ordnung.« Falko wartete, bis sie ausgestiegen war, umfasste ihre Taille und zog sie nah an sich heran, während sie zusammen zum Haus gingen.

»Ich habe dich nicht mal gefragt, ob es für dich in Ordnung ist, wenn ich mit zu dir komme.«

»Natürlich ist es das«, beruhigte Falko und ließ sie erst los, als sie die Haustür erreichten und er aufschloss. Im Flur schmiegte sie sich wieder an ihn. Sie gingen zum Wohnzimmer hinüber, wo Sarah sich auf die Couch niedersinken ließ. »Ich mache uns einen Tee«, sagte Falko. »Nimm dir die Decke und leg dich hin.«

Sarah nickte nur, griff nach der Decke, die auf der Couchlehne lag, streckte sich aus und zog den Stoff über ihren Körper. Sie war müde, einfach nur müde. Ihre Glieder fühlten sich an, als hätte sie gerade einen Marathonlauf hinter sich gebracht.

»Du hast das Schlimmste geschafft«, sagte Falko beim Rausgehen. »Ruh dich aus. Ab jetzt wird es jeden Tag ein bisschen besser.«

3. KAPITEL

Donnerstag, 15. Oktober 2015, 8.04 Uhr

Während Falko am Donnerstag zur Arbeit ging, blieb Sarah in seinem Haus und ruhte sich weiter aus. Über allem, was sie taten, lag eine lähmende Trägheit, und Falko war froh, im Präsidium wieder ein wenig Normalität zu spüren.

»Wie geht's Sarah?«, fragte Kriminaloberkommissar Stefan Krieger, Falkos rechte Hand, und stellte einen Kaffeebecher vor ihm auf dem Schreibtisch ab. Seine eigene Tasse behielt Stefan in der Hand und setzte sich auf einen der

Besucherstühle. Falko hatte das Büro von seinem Vorgänger und Freund, Oliver König, genauso gelassen, wie dieser es seinerzeit eingerichtet hatte. Die Einrichtung entsprach zwar nicht seinem Geschmack, doch er hatte nichts verändern wollen, um die Gegenwart Olivers zumindest auf diesem Wege weiter in seinem Leben zu halten.

»Danke«, sagte Falko und nahm die Kaffeetasse zur Hand. »Sarah hält sich. Doch es ist schwer für sie. So krank ihre Mutter auch war, kam deren Tod jetzt doch vollkommen überraschend. Sarah hat in Lüneburg alles aufgegeben, um Vera zu pflegen. Und jetzt steht sie vor dem Nichts.«

»Eine verdammte Scheiße ist das«, urteilte Stefan.

»Sarah wird das hinbekommen. Sie braucht nur etwas Zeit.« Falko trank einen Schluck. »Was war hier so?«

Stefan trank ebenfalls einen Schluck, bevor er antwortete. »Die Demo gestern in der Innenstadt ist ziemlich aus dem Ruder gelaufen. Rechts gegen links, angebliche Salafisten, die mitgemischt haben. Und natürlich die üblichen Schreihälse mit ihren Scheißhausparolen. Es hat einige Verletzte gegeben, zunächst nichts Besonderes. Doch dann haben die Kollegen in einer Seitenstraße eine Leiche gefunden. Ein Mann, noch keine 30 Jahre. Stumpfe Gewalteinwirkung gegen den Kopf.«

»Wisst ihr schon, wer der Tote ist?«

»Noch nicht. Sieht aus, als hätte ihm jemand mit einem Baseballschläger das Gesicht bearbeitet. Nach der Autopsie wissen wir mehr. Michael und Tammo kümmern sich drum und werden den Fall nachher vorstellen.«

»In Ordnung. Sonst noch was?«

»Nur das Übliche. Wir kriegen das hin, falls du noch ein paar Tage freinehmen willst.«

»Offen gesagt, bin ich ganz froh, wieder hier zu sein.«

»Dir fällt zu Hause die Decke auf den Kopf, was?«

»So sieht's wohl aus.«

»Ich sag dir Bescheid, wenn Michael und Tammo so weit sind. Dann gehen wir den Fall wie gewohnt gemeinsam an.«

»Klingt gut.«

»Und denkst du an den Neuen, der sich vorstellen kommt?«

Falko brauchte einen Moment, um Stefan folgen zu können. »Ach ja, richtig, das ist ja heute. Um 11 Uhr, oder?«

»Ja. Bin gespannt, was das für einer ist. Er soll gut sein und wirkt sympathisch.«

»Was weißt du über ihn?«

»Er ist Kriminaloberkommissar, genau wie ich. Will aber wohl seinen Schwerpunkt aufs Profiling legen. Ich hab vor einigen Tagen mit ihm telefoniert, als wir den Termin abgesprochen haben. Er sagt, ihr seid euch mal auf einer Fortbildung begegnet. In München, glaube ich.«

»Möglich. Ich hab wirklich viele von diesen Fortbildungen gemacht. Wo arbeitet er zurzeit?«

»Bei der Kripo in irgend so einer Kleinstadt.« Stefan griff nach einer Akte, die er auf den Tisch seines Vorgesetzten gelegt hatte. »Warte, hier hab ich's. In Verden an der Aller. Er heißt Holger Schierloh, ist 39 Jahre alt, verheiratet, zwei Kinder, ein Mädchen im Alter von 17 Jahren und einen Sohn, der gerade neun ist. Er will sich neu orientieren, und seine Tochter möchte nächstes Jahr nach dem Abi in Flensburg studieren.«

»Und da kommt die ganze Familie mit?«

Stefan zuckte mit den Schultern. »Scheinen ziemlich eng miteinander zu sein, vor allem will er aber wohl unbedingt Profiler werden, genau wie du. Und da bietet es sich an, hierher umzuziehen. Da passt das mit der Tochter umso besser.«

»Bin gespannt, ihn kennenzulernen.«

»Soll ich dabei sein?«, fragte Stefan.

»Fände ich gut«, stimmte Falko zu. »Und was ist mit unserem Direktionsleiter? Warum macht Wenck das Gespräch nicht?«

»Hat er schon. Er sagte mir, dass er der Richtige ist, wenn du ihn ins Team holen willst.«

»Okay. Ich will noch eben was überprüfen, bevor Michi und Tammo kommen und den Fall von gestern vorstellen.«

Stefan stand auf. »Okay. Mach mal. Ich bin drüben bei mir, wenn was sein sollte.«

Falko nickte ihm zu, als Stefan sein Büro verließ und die Tür hinter sich schloss. Er war ihm noch nicht so vertraut, wie Timo Breitenbach, Falkos rechte Hand in Lüneburg, es gewesen war. Doch er hatte das Gefühl, sich voll und ganz auf Stefan verlassen zu können, und das war für ihn das, was wirklich zählte.

Falko fuhr seinen PC hoch und gab die Passwörter ein. Es dauerte eine gefühlte Ewigkeit. Schon seit Langem wurde darüber gesprochen, dass in eine neue Computeranlage investiert werden sollte. Doch scheinbar scheuten die Verantwortlichen die Ausgabe oder zögerten diese zumindest weiter hinaus. Falko hatte seine Zweifel, dass ein wirklich ambitionierter Hacker nicht in der Lage war, die überholte IT zu knacken. Für ihn war es ein Sparen am falschen Ende, aber er wollte sich nicht einmischen. Spätestens, wenn ein Schaden entstand, würde man reagieren. Falko konnte nur hoffen, dass dann nicht schon brisante Informationen in die falschen Hände gelangt waren.

Falko nahm den letzten Schluck aus seinem Kaffeebecher, als der PC dienstbereit war. Zunächst gab er bei Google den Namen Lisa Schönfeld ein und erhielt sofort eine ganze

Reihe von Treffern. Er überflog die Ergebnisse. Einige Frauen konnte er sofort ausschließen, weil sie um einiges zu jung waren. Doch es gab andererseits zu viele Treffer, um wirklich weiterzukommen. Also loggte Falko sich über seinen Account bei der Polizei ein, um die dortige Datenbank zu überprüfen. Er versuchte einmal die Schreibweise des Nachnamens nur mit d am Ende, dann mit dt. Doch er erhielt nur ein Ergebnis, das nicht auf die mindestens Mitte 60-jährige Frau passte, die er auf dem Friedhof kennengelernt hatte. Vielmehr handelte es sich um eine Anzeige wegen Ladendiebstahls gegen eine 15-Jährige namens Lisa Schönfeldt, die in Flensburg wohnte. Es überraschte ihn nicht, keine weiteren Ergebnisse zu finden. Er glaubte kaum, dass die Lisa Schönfeld, die er suchte, vorbestraft war. Aber er hatte sich seit ihrer heftigen Reaktion gestern gefragt, ob sie selbst auf irgendeine Weise zum Opfer geworden war.

Was könnte ihre Reaktion zu bedeuten gehabt haben? In eine andere Suchmaske gab er die Begriffe »Bernsteinkette«, »Bernsteinamulett« und »Bernsteinanhänger« ein. Hierauf erhielt er einige Treffer, die sich auf einige noch nicht lange zurückliegende Diebstähle bezogen. Falko überflog die Daten, doch er las nichts heraus, das er mit dem Verhalten Lisa Schönfelds in Verbindung bringen konnte. Sarah hatte gesagt, dass die Kette schon ihrer Großmutter gehört hatte. Er rechnete zurück. Sarahs Mutter war 67 Jahre alt gewesen, als sie starb. Er schätzte Lisa Schönfeld etwa im gleichen Alter. Wenn die Familie weggezogen war, als die Frauen noch Jugendliche waren, lag dies an die 50 Jahre zurück. Selbst wenn etwas vorgefallen war, das in die Polizeiakten eingegangen war, würde er sie hier nicht finden. Die Akten waren erst bis Mitte der 70er-Jahre übertragen, also um viele Jahre zu spät. Erst zögerte er, dann rief er sie an. Es klingelte einige Male, und Falko fragte sich, ob er Sarah womöglich aus dem Schlaf holte.

»Bei Cornelsen.« Sarahs Stimmte klang nicht, als wenn sie geschlafen hätte. Doch Falko meinte, eine gewisse Unsicherheit herauszuhören.

»Hallo. Ich bin's. Hab ich dich geweckt? Das tut mir leid.«

»Nein, ich bin schon lange wach.«

»Und wie geht es dir?«

»Okay.« Mehr sagte sie nicht.

»Sarah, ich weiß nicht, ob es dir recht ist, aber ich habe mal den Namen Lisa Schönfeld in den Computer eingegeben und versucht, etwas über sie herauszufinden. Mir geht die Sache von gestern nicht aus dem Kopf.«

»Mir auch nicht. Wieder und wieder frage ich mich, weshalb sie so reagiert hat und was sie gemeint haben könnte.«

»Was weißt du von ihr? Hat deine Mutter mal was erzählt?«

»Nur, dass sie zusammen zur Grundschule gegangen sind und anfangs auch gemeinsam auf das Gymnasium. Wie lange, weiß ich nicht. Sie waren damals wohl unzertrennlich, bis die Schönfelds weggezogen sind. Sie haben die Schule zumindest nicht mehr zusammen abgeschlossen«, gab Sarah tonlos von sich, während sie sich zu erinnern versuchte.

»Weshalb sind die Schönfelds weggezogen? Gab es einen Grund dafür? Und weißt du, wohin?«

Sarah zögerte, ehe sie antwortete: »Nein. Ich weiß beim besten Willen nicht, wohin. Und auch nicht, warum. Das hat mir meine Mutter nicht gesagt. Ich weiß nicht mal, ob sie selbst die Gründe kannte. Aber jetzt, wo du fragst, erinnere ich mich, dass meine Mutter das Thema immer nur kurz zugelassen hat. Und ich habe auch nicht groß nachgefragt. Sie war eben eine Jugendfreundin meiner Mutter, die irgendwann fort war.«

»Verstehe. Warum hättest du auch nachfragen sollen? Hätte ich auch nicht gemacht. Ich glaube, mir fallen nicht mehr als drei oder vier Namen von Leuten ein, mit denen meine Eltern früher befreundet waren.«

Einen Moment sagte keiner etwas.

»Wo hat die Familie Schönfeld damals gewohnt? Weißt du das?«

»Nein, leider auch nicht. Es muss irgendwo in unserer Nähe gewesen sein, aber eine Adresse habe ich nicht. Doch ich könnte ja mal die alten Briefe meiner Mutter durchsehen. Sie hatte immer so einen Karton dafür, der unten in ihrem Kleiderschrank steht. Vielleicht hat Lisa Schönfeld meiner Mutter ja geschrieben, nachdem sie weggezogen war.«

»Fühlst du dich dazu in der Lage?«

»Irgendwann muss ich sowieso wieder in das Haus. Und so habe ich wenigstens das Gefühl, einen guten Grund zu haben.«

»Okay. Ruf mich an, wenn du was gefunden hast.«

»Mach ich.«

»Gut. Dann bis später. Du hältst dich wirklich gut.«

»Bis später«, gab Sarah nur zurück und legte auf. Falko konnte die Trauer förmlich spüren, die wie eine dicke dunkle Decke alles um Sarah herum einhüllte. Womöglich war es gut, dass sie wieder in das Haus ging.

Falko überlegte kurz, dann wählte er die Durchwahl einer Mitarbeiterin des Einwohnermeldeamts Flensburg, mit der er in den letzten Monaten immer mal wieder zu tun gehabt hatte.

»Bürgeramt Flensburg, Fornholt, guten Tag.«

»Falko Cornelsen hier, hallo, Frau Fornholt.«

»Ach, hallo, Herr Cornelsen. Schön, mal wieder von Ihnen zu hören. Wie geht's denn so? Haben Sie sich inzwischen bei uns in Flensburg eingelebt?« Es klang, als freute sie sich wirklich über seinen Anruf.

Falko war der Frau bisher nur einmal kurz persönlich begegnet, als er auf dem Weg von einem Einsatz direkt dort vorbeigefahren war, um sie nach einer Anschrift zu fragen. Seiner Erfahrung nach war es hilfreich, den Menschen wenigstens einmal kurz in die Augen gesehen zu haben, damit er ein Bild von ihnen, diese aber auch von ihm hatten. Auch wenn er nicht so vermessen war, sich allzu viel hierauf einzubilden, wusste er doch, dass er gerade beim anderen Geschlecht oft einen guten Eindruck hinterließ und daraus gewisse Vorteile ziehen konnte.

»Als wäre ich schon seit Ewigkeiten hier«, gab er freundlich zurück.

»Aber bestimmt rufen Sie mich nicht an, weil es Ihnen hier so gut gefällt, oder? Also, wie kann ich Ihnen helfen?«

»Ich ermittle in einer Sache, die mit einer anderen, weit zurückliegenden zusammenhängen könnte. Es geht um eine Familie, die vor Jahrzehnten aus Flensburg weggezogen ist.«

»Wann?«

»Ganz genau weiß ich es nicht.« Falko sah auf die Zahlen, die er zuvor auf den Notizzettel vor sich geschrieben hatte. Lisa Schönfeld musste, da sie mit Sarahs Mutter zusammen zur Schule gegangen war, maximal ein Jahr älter oder jünger als diese sein. Vera Bischoff war im Jahr 1948 geboren. Sarah hatte ihm gesagt, dass die beiden noch zusammen auf das Gymnasium gekommen seien. Demzufolge hatte Lisa Schönfeld bis mindestens 1958 in Flensburg gelebt. »Die Frau, die ich suche, ist irgendwann nach 1958 mit ihrer Familie weggezogen.«

»1958?«, echote die Angestellte. »Da reicht ein Klick im Computer nicht aus. Hier muss ich die alten Register einsehen.«

Falko hatte es befürchtet. Ehe er etwas erwidern konnte, fuhr sie fort: »Wissen Sie was, ich habe ja bald Frühstückspause. Dann kann ich das kurz für Sie erledigen, Herr Cornelsen.«

»Wirklich? Das wäre sehr nett von Ihnen!«

»Geben Sie mir den Namen und die weiteren Daten, die Sie vorliegen haben.«

»Vielen Dank, Frau Fornholt. Ich schulde Ihnen was. Der Name der Frau ist Lisa Schönfeld. Sie muss zwischen 1947 und 1949 geboren worden und nicht vor 1958 aus Flensburg weggezogen sein.«

»Vornamen der Eltern?«

»Die kenne ich leider nicht. Tut mir leid.«

»Hm. Viel ist es ja nicht. Ich werde sehen, was ich tun kann. Ich rufe an, sobald ich was rausgefunden habe.«

»Nochmals vielen Dank. Das ist wirklich sehr nett von Ihnen.«

»Schon in Ordnung. Ich melde mich. Tschüss.«

Falko legte auf. Er musste sich in Geduld üben, bis die Stadtangestellte sich zurückmeldete.

Es war noch nicht mal 9 Uhr, als das Telefon klingelte und Falko auf dem Display die Durchwahlnummer Frau Fornholts sah.

»Cornelsen?«

»Fornholt hier, hallo. Ich hab's gefunden, Herr Cornelsen.«

»Wirklich? Das ist ja fantastisch.«

»Haben Sie was zu schreiben da?«

»Ja.« Er griff sich einen Stift. »Legen Sie los.«

»Lisa Schönfeld, geboren am 13.02.1948 in Flensburg. Die Eltern hießen Horst und Marie, wohnhaft Norderallee 11 hier in Flensburg. Am 01.03.1959 hat sich Horst Schönfeld dort abgemeldet und ist in die Gartenstraße 4 gezogen. Die Eltern haben sich wohl scheiden lassen. Marie wohnte weiter mit ihrer Tochter Lisa in der Norderallee. Am 25. September 1962 verstarb Marie Schönfeld im Alter von nur 34 Jahren. Bis 15.10.1962 war Lisa Schönfeld noch in der Norderallee gemeldet, danach bei einer Familie Gerlach in Kiel. Der Vater Horst verstarb im Jahr 1979. Das ist alles, was ich habe.«

Falko hatte alles mitgeschrieben und hierzu sofort einige Fragen, die ihm die Angestellte des Einwohnermeldeamtes jedoch nicht würde beantworten können. »Können Sie sehen, in welchem Verhältnis Lisa Schönfeld zu dieser Familie Gerlach steht? Waren sie verwandt?«

»Das kann ich Ihnen leider nicht sagen, weil es aus den Akten nicht hervorgeht. Da müssten Sie schon bei den Kollegen in Kiel nachfragen. Ich habe lediglich die Abmeldung nach dorthin vorliegen.«

»Haben Sie vielen herzlichen Dank! Sie haben mir wirklich sehr weitergeholfen, Frau Fornholt. Wie gesagt, Sie haben etwas gut bei mir.«

»Wie wäre es mal mit einem Kaffee?«, fragte sie und überraschte Falko hiermit.

»Gern«, willigte Falko ein und versuchte, sich kein Zögern bei diesem Zugeständnis anmerken zu lassen. Am liebsten würde er sich um das Treffen drücken, doch er würde wohl keine Wahl haben. »Melden Sie sich, wenn es bei Ihnen passt. Ich bin im Moment an einem neuen Fall, doch ein Treffen in einer Mittagspause würde mit Sicherheit klappen«, fügte er in freundlichem Tonfall hinzu.

»Okay, ich melde mich. Einen schönen Tag noch, Herr Cornelsen.«

»Ihnen auch, Frau Fornholt. Danke.«

Falko seufzte, als er die rote Taste drückte. Er fühlte sich nicht ganz wohl bei dem Gedanken, sich mit ihr zu treffen, auch wenn es nur auf einen Kaffee war. Er fürchtete, damit Erwartungen zu wecken, die er keinesfalls erfüllen wollte.

Er stand von seinem Stuhl auf und ging zu Stefans Büro hinüber. Die Tür stand offen, und Stefan war über eine Akte gebeugt. Falko klopfte kurz an den Türrahmen, und sein Kollege sah auf. »Sag mal, wie komme ich an alte Akten aus dem Jahr 1962 ran?«

»1962? Was willst du denn damit?«

»Es ist wegen einer alten Freundin von Sarahs Mutter. Ist 'ne längere Geschichte.«

»1962? Da musst du ins Archiv der Staatsanwaltschaft.« Er deutete auf den Notizzettel, den Falko in seiner Hand hielt. »Sind das die Daten zu dem Fall?«

Falko trat ganz in das Büro ein und reichte Stefan den Zettel. »Ja. Ich habe die Auskunft aus dem Einwohnermeldeamt.«

Stefan las murmelnd vor, was Falko aufgeschrieben hatte. »Ich habe da eine Bekannte bei der Staatsanwaltschaft«, sagte er schließlich. »Wenn du willst, kann ich sie anrufen und es auf dem kleinen Dienstweg versuchen.«

»Würdest du das tun? Das wäre klasse.«

»Darf ich fragen, worum es überhaupt geht?«

Falko zögerte kurz, machte einen Schritt zurück zur Tür und schloss diese. Dann ging er zu einem der Besucherstühle, die vor Stefans Schreibtisch standen, setzte sich und erzählte seinem Kollegen, was sich gestern auf dem Friedhof ereignet hatte.

Stefan hörte aufmerksam zu und hob zwischendurch immer mal wieder verwundert die Augenbrauen. »Ach du Scheiße. Hat Sarah eine Ahnung, wie diese Lisa Schönfeld das gemeint haben könnte?«

Falko schüttelte den Kopf. »Das ist es ja. Sie kann es sich auch nicht erklären.«

Es klopfte, und im nächsten Moment trat Tammo ein. »Ach, hier seid ihr. Wir könnten den neuen Fall vorstellen, wenn ihr Zeit habt?«

Stefan sah auf die Uhr. »Dann aber schnell. Um 11 Uhr kommt einer, der eventuell zu uns stoßen soll. Und ich muss vorher noch kurz telefonieren.«

»Das schaffen wir. In fünf Minuten im Konferenzraum?«

»Okay. Wir kommen gleich«, antwortete Falko, und Tammo ging hinaus. Falko stand auf. »Ich gehe schnell in mein Büro und schließe mein Handy an. Es hat kaum noch Akku.«

»Ich ruf nur kurz bei der Staatsanwaltschaft an. Deinen Notizzettel bringe ich dir gleich wieder.«

»Danke, dass du das für mich machst.«

»Ich bin ja selbst neugierig«, gab Stefan zurück und griff bereits zum Hörer, als Falko sein Büro verließ.

Stefan hatte Falko zugenickt, als er in den Konferenzraum gekommen war, und ihm so bedeutet, dass er erreicht hatte, was er wollte. Falko hatte die Geste fast unmerklich erwidert und musste sich nun zusammennehmen, um sich einigermaßen auf das konzentrieren zu können, was Michael Gerster und Tammo Weinert über den neuen Fall zu sagen hatten. Michael war 41 Jahre alt und hatte bis vor einigen Wochen stets mit seinem nur noch dürftig vorhandenen Haupthaar gehadert und die letzten verbliebenen längeren Strähnen so gekämmt, dass er die bereits kahlen Stellen zumindest einigermaßen abdeckte. Vor etwa zwei Wochen nun war er am Morgen mit fast kahl rasiertem Schädel zur Arbeit gekommen. Nur an den Seiten und hinten hatte er noch Stoppeln, die aber nicht länger als zwei Millimeter sein mochten. Falko war überrascht gewesen, wie viel jünger Michi mit dieser konsequenten Frisur aussah und wie viel selbstbewusster er wirkte. Und den Eindruck hatte offenbar nicht nur Falko, denn er hatte mitbekommen, dass einige der weiblichen Kolleginnen Michi auf einmal ganz anders wahrzunehmen schienen. Hatte er vorher immer etwas hilflos und wenig selbstsicher gewirkt, weil er seine Kahlheit zu verstecken versuchte, war er nun ein Mann, der eine Entscheidung getroffen hatte und dies auch nach außen trug. Falko hatte Michi nicht darauf angesprochen, hätte aber eine Wette abgeschlossen, dass dieser sich nach der Veränderung geärgert haben mochte, nicht schon vor Jahren zum Rasierer gegriffen zu haben.

Der Kollege Tammo Weinert war mit seinen 26 Jahren der Jüngste in der Runde, ein drahtiger Typ, der seine knapp bemessene Freizeit am liebsten im Fitnessstudio verbrachte. Seine Muskeln waren beachtlich, aber hatte er hierdurch nicht seine athletische Figur verloren, wie Falko es oft bei den klassischen Bodybuildern bemängelte. Tammo war ein sehr entschlossener Typ, Single und mit seinen 1,93 nur einen Zentimeter kleiner als Falko.

»Das Opfer ist inzwischen identifiziert worden«, kündigte Tammo an und las von dem Blatt Papier ab, dass es sich bei dem Toten um den 29-jährigen Fabian Heemsoth handelte, der aus der Nähe von Halle stammte. Er hatte einige Vorstrafen wegen Körperverletzung und wurde der rechtsradikalen Szene zugeordnet. Wahrscheinlich, so die Vermutung, war er wegen der Demonstration nach Flensburg gekommen.

»Haben die eigentlich alle keinen Job? Wer fährt an einem ganz normalen Arbeitstag wegen einer Demo von Halle nach Flensburg, nur um dort Stunk zu machen?«, stellte Michael in den Raum.

»Davon gibt's genug«, konterte Tammo. »Aber der hier wird nun keinen Stunk mehr machen. Dafür hat einer gesorgt.«

»Gibt es Zeugen?«, fragte Falko.

Tammo und Michael schüttelten fast gleichzeitig den Kopf. »Bisher nicht«, sagte Michi. »Und er wurde auch nicht von einem möglichen Begleiter als vermisst gemeldet. Im Moment müssen wir davon ausgehen, dass er allein hergekommen ist, nur um ein bisschen mitzumischen.«

»Die Autopsie ist heute Mittag um 14 Uhr«, fuhr Tammo fort und sah Falko in der Erwartung an, dass dieser vermutlich dabei sein wollte.

»Wenn ihr wollt, könnt ihr euch der Sache annehmen«, bot Falko an. »Es sei denn, einer von euch will Stefan oder mich unbedingt dabeihaben.«

Michael war überrascht, wollte es sich aber nicht anmerken lassen. »Ne, kein Thema. Tammo und ich gehen da hin.«

»Dann können wir die weitere Vorstellung des Falles eigentlich auch auf später verschieben«, schlug Stefan vor. »Dann wissen wir wahrscheinlich schon mehr.«

»Klingt fast, als hättet ihr besseres zu tun«, meinte Tammo mit Argwohn in der Stimme.

Stefan wollte gerade ausweichend antworten, als Falko ihm zuvorkam. »Es ist eigentlich gar kein Fall, sondern reine Neugierde«, erklärte er und berichtete sowohl von dem Vorfall auf der Beerdigung als auch davon, dass Stefan versuchen wollte, an die alten Fallakten heranzukommen.

»Ich habe eine Bekannte bei der Staatsanwaltschaft angerufen und ihr die Daten durchgegeben. Mal sehen, ob was dabei rauskommt.«

Tammo gab einen Pfiff von sich. »Okay, mysteriös, das muss ich schon sagen.«

»Aber wie gesagt«, erklärte Falko, »es ist reine Neugierde und steht natürlich hinter dem neuen Fall zurück. Vielleicht ist ja auch gar nichts dran.«

In diesem Moment gab Stefans Handy ein Geräusch, das verriet, dass er soeben eine Nachricht erhalten hatte. Er zog es vor und las. »Na, bitte. Du scheinst den richtigen Riecher gehabt zu haben. Vanessa«, er biss sich kurz auf die Lippen, als wäre ihm der Name unbeabsichtigt rausgerutscht, »hat tatsächlich einen noch ungeklärten Fall gefunden, der auf den Namen Marie Schönfeld passt«, sprach er weiter.

»Schicken sie uns die Akten rüber?«

Stefan stand auf. »Ich hole sie lieber persönlich ab.« Er sah von Michael zu Tammo. »Oder habt ihr noch was?«

Michael winkte ab. »Lass mal. Wir kriegen das schon hin. Aber haltet uns auch auf dem Laufenden, in Ordnung? Solche alten Fälle haben doch immer was Besonderes an sich.«

»Vor allem, wenn sie nie aufgeklärt wurden und sich die Tochter des Opfers noch heute so eigenartig verhält«, fügte Stefan hinzu und ging zur Tür. »Ich komme direkt in dein Büro, sobald ich die Akten habe.«

»Soll ich vielleicht mitkommen?«, fragte Falko, obwohl er die Antwort bereits zu kennen glaubte. Er vermutete, dass Stefan ein ungestörtes Zusammentreffen mit der durch ihn selbst erwähnten Vanessa mehr als recht war.

»Ne, lass mal. Das kriege ich schon hin.«

Falko erhob sich ebenfalls. »Okay. Danke. Ich bin in meinem Büro, wenn ihr mich sucht.«

»Wir kommen nach der Autopsie wieder her und fassen euch den Fall richtig zusammen.«

»Okay, Michi, danke dir.« Damit verließen Falko und Stefan den Raum. Für Falko war es ein gutes Gefühl, solche Kollegen zu haben.

4. KAPITEL

Sonntag, 30. September 1962, 10.34 Uhr

Er atmete tief aus, legte die Hände auf seinem Schoß übereinander und hörte aufmerksam zu. Seine Füße standen exakt parallel zueinander, er saß vollkommen aufrecht und hielt seinen Rücken gerade, den Kopf leicht gehoben, das Kinn vorgestreckt. Die Worte des Pastors erreichten sein Innerstes, gaben ihm Ruhe und Frieden. Fast schien es ihm, als spräche der Gottesmann allein zu ihm. Die Kirche war nur mäßig besucht, wie fast immer, obwohl es doch wohl die Pflicht eines jeden Gläubigen war, am Sonntag diesen Ort zu besuchen. Es ärgerte ihn, vor allem, weil es seine feste Überzeugung war, die Welt wäre ein besserer Ort, würden mehr Menschen ihre Pflichten ernster nehmen. Nun, er jedenfalls tat es, und die Rituale, die der Gottesdienst seinen Besuchern auferlegte, gaben ihm selbst die Sicherheit und Stabilität, die er im Alltag so dringend brauchte. In der Kirche hatte er für sich eine Heimat gefunden, wie er sie nie zuvor gekannt hatte. Es war das erste Mal, dass er sich seit Ende des Krieges wirklich wieder wohl in seiner Haut fühlte. Jahrzehnte hatte er ausharren müssen, um seine wahre Berufung zu finden. Er wusste, dass er gut war in dem, was er tat. Er war in der Lage, Menschen, die den richtigen Weg verlassen hatten, auf diesen zurückzuführen. Noch war er nur der brave Soldat, benötigte selbst ein wenig Lenkung, dessen war er sich bewusst. Doch er strebte nach Höherem. Eines Tages, dessen war er sicher, würde er selbst die Auswahl treffen. Ein Lächeln huschte über seine Lippen. Er spürte, dass seine Gedanken ihm entglitten. Sofort setzte er sich wieder aufrecht hin, sah sich kurz um, als wolle er sichergehen, dass niemand seine Schwäche bemerkt hatte. Soweit er es erkennen konnte, schenkte niemand ihm besondere Beachtung. Keiner schien bemerkt zu haben, dass er einen Moment unaufmerksam gewesen war. Der Pastor hob die Stimme an. Seine Worte hatten etwas Mahnendes. Er sprach von der Wertigkeit der Familie, von Mann und Frau, von der Gott gewollten Ordnung. Von Regeln, die bewahrt werden mussten.

Wie wohltuend die Worte des Pastors für ihn waren. Seine Schultern entspannten sich. So lange hatte er das Gefühl gehabt, mit seinen Neigungen fehlgeleitet gewesen zu sein. Doch hier hatte er erkannt, dass all die widerlichen schmutzigen Gedanken in seinem Kopf nichts waren als eine Prüfung, die er zu bestehen hatte. Bilder tauchten vor seinem inneren Auge auf, die Unruhe in ihm aufsteigen ließen. Nervös pulte er an der Nagelhaut seines Daumens, bis er einen blutigen Riss spürte. Reflexartig nahm er den Daumen in den Mund, saugte am Blut und biss das abstehende Hautstück ab. Es schmerzte, doch auf irgendeine Weise fühlte es sich auch gut für ihn an. Aus dem

Augenwinkel nahm er wahr, dass die Frau rechts von ihm es bemerkt hatte. Sofort hörte er auf, legte die Hand rasch wieder auf seine Oberschenkel, wenngleich er das Bedürfnis hatte, an seinen Fingernägeln zu kauen. Doch das verbot er sich. Disziplin. Disziplin war wichtig. Disziplin bewahrte ihn vor unschicklichen Gedanken. Erneut pulte er kurz an seinem Finger, zwang sich aber sogleich, es zu unterlassen. Seine Augen wanderten durch die Kirche. Unruhe machte sich in ihm breit. Er versuchte sich zu konzentrieren, doch seine Gedanken irrten nervös umher. Der Steinboden, die Säulen, die minimalistische Einrichtung. Alles war auf das Notwendigste reduziert. Er betrachtete jeden einzelnen Gegenstand, versuchte seine Ruhe wiederzufinden. Langsam wurde es besser, die Worte des Pastors erreichten ihn wieder. »Die Weiber seien untertan ihren Männern als dem HERRN. Denn der Mann ist des Weibes Haupt, gleichwie auch Christus das Haupt ist der Gemeinde, und er ist seines Leibes Heiland. Aber wie nun die Gemeinde ist Christo untertan, also auch die Weiber ihren Männern in allen Dingen …«, hörte er den Pastor sagen. Ja. Die Weiber sollen dem Manne untertan sein. Dieser Gedanke gab ihm Kraft. So stand es in der Bibel. So war es der Wille des Herrn. Und er würde als Gottes Diener so lange dafür sorgen, bis auch das letzte Weib dem Willen des Herrn zugefügt und seine eigenen Sünden damit von ihm abgewaschen waren. Seine Sünden. Ja, er hatte gesündigt. Bilder von jungen Männern kamen ihm in schneller Abfolge in den Kopf, ließen einen wohligen Schauer über seinen Körper laufen. Sein Pulsschlag beschleunigte sich. Unruhe machte sich breit. Doch nicht nur bei ihm. Erst jetzt bemerkte er, dass der Pastor die Kanzel verlassen und die Gemeinde ihre Gesangbücher aufgeschlagen hatte. Schon nach den ersten Tönen der Orgel erkannte er es. *Gott ist Liebe, Gott ist Erlösung.* Er hob den Kopf, sang in tiefer Zufriedenheit mit. Ja, er würde erlöst. Es war seine Bestimmung. Er spürte es tief in sich selbst.

*

Donnerstag, 15. Oktober 2015, 10.25 Uhr

»Ein Holger Schierloh ist wegen eines Vorstellungsgesprächs hier«, meldete ihm ein Kollege, nachdem er an Falkos Bürotür geklopft hatte und kurz darauf eingetreten war. Falko hatte sich eben auf dem Weg vom Konferenzraum einen Kaffee geholt und gerade wieder an seinen Schreibtisch gesetzt, als es geklopft hatte.

Er sah auf die Uhr. »Der Kollege ist früh dran. Wo wartet er?«

»Gleich hier vorn.« Der Polizist deutete in Richtung der Besucherstühle, die in einer Ecke platziert waren. Falko überlegte kurz. Stefan hatte sich gerade erst auf den Weg zur Staatanwaltschaft gemacht. Selbst wenn alles glattginge, würde er es vermutlich gerade mal so bis 11 Uhr schaffen. Zwar wäre es ihm lieber gewesen, Stefan bei dem Vorstellungsgespräch dabeizuhaben, doch er entschied, dass es besser wäre, lieber gleich das Gespräch zu führen, um dann später Zeit für die Akten zu haben, die Stefan hoffentlich direkt mitbringen würde.

»Er soll am besten gleich reinkommen«, sagte Falko zu seinem Kollegen, was dieser mit einem Nicken quittierte.

Nur einen Moment später trat ein Mann unter den Rahmen, den Falko auf Mitte bis Ende 30 schätzte. Blond, etwa zehn Zentimeter kleiner als er selbst und schlank. Er war Falko vom ersten Moment an sympathisch.

»Holger Schierloh«, erklärte er und ging mit ausgestreckter Hand auf Falko zu, der sich aus seinem Bürosessel erhob.

»Falko Cornelsen, freut mich. Bitte.« Er deutete auf den Besucherstuhl. »Setzen Sie sich doch.«

»Danke.«

Falko verzichtete darauf, die auf seinem Tisch liegende Akte mit den Informationen Schierlohs aufzuklappen. Für ihn zählte, was er sah, was sein Gegenüber sagte und ob die Körpersprache zu dem passte, was er von sich gab.

»Also«, begann Falko. »Sie interessieren sich für eine Stelle hier bei uns in Flensburg. Wo sind Sie jetzt beschäftigt?«

»Bei der Kriminalpolizei in Verden an der Aller. Schöne Stadt.«

»Und doch wollen Sie wegziehen?«

»Es ist an der Zeit. Ich bin gerade 38 Jahre geworden und will den Sprung in ein Team schaffen, in dem die Operative Fallanalyse Anwendung findet.« Er schmunzelte. »Und da waren Sie für mich die erste Adresse.« Er lehnte sich an die Stuhllehne. »Wahrscheinlich wissen Sie's nicht mehr, aber wir sind uns schon mal auf einer Fortbildung in München begegnet. Ich habe so ziemlich alles mitgenommen, was es an Weiterbildungen in dem Bereich gibt. Ich denke, ich bin so weit, in der praktischen Anwendung hilfreich zu sein.«

Falko musterte sein Gegenüber einen Moment und fragte sich, ob er ihn schon einmal gesehen hatte. Kurz glaubte er es, doch sicher war er nicht. »Wann war das in München? Ehrlich gesagt, erinnere ich mich nicht, Sie dort mal getroffen zu haben.«

Schierloh schmunzelte. »Ich hab wohl nicht genug Eindruck hinterlassen. Es ist noch gar nicht so lange her. Drei Jahre, denke ich. Sie haben zusammen mit einem Gerichtsmediziner referiert und die Grundlagen der Operativen Fallanalyse dargestellt. Wir haben danach in einer Runde von etwa zehn Leuten noch zusammengestanden und uns unterhalten.«

»Sie haben recht. Meine Güte, ich werde wohl älter. Sie haben mich seinerzeit gefragt, ob Sie mir einen Fall vorstellen könnten, nicht wahr? Ging es nicht um das Tötungsdelikt an einer über 80-Jährigen?«

»Sie wissen es noch. Da bin ich erleichtert.«

»Soweit ich weiß, haben Sie mir die Unterlagen nie geschickt.«

»Das war nicht mehr notwendig. Nur einen Tag, nachdem ich zurück war, konnten wir den Täter überführen. Er hat einen dämlichen Fehler gemacht und wahrscheinlich aus Geldnot einige Schmuckstücke versetzen wollen. Er war der Neffe der Frau.«

»Verstehe«, sagte Falko. »Also, kümmern wir uns wieder um Sie. Warum die Operative Fallanalyse?«

»Weil der Bereich für mich das Mittel der Zukunft ist, um Verbrecher wirklich dingfest zu machen. Glauben Sie mir, ich bin nicht so naiv zu glauben, dass wir mehr als nur eine kleine Chance haben, Straftaten einzudämmen und entgegenzuwirken. Doch ich glaube, zu verstehen, wie diese Typen ticken, ist der beste Weg, von Tat zu Tat zu lernen und so effektiver die Strafverfolgung zu betreiben.«

»Klingt idealistisch.«

»Sind Sie das nicht?«

Falko überlegte kurz. »Doch, eigentlich schon.« Er sah Schierloh prüfend an. »Welche Methode bevorzugen Sie, um sich einem Tatort zu nähern im Wege der Fallanalyse?«

»Leider nicht durch Suggestion, so wie Sie«, erklärte der Kriminaloberkommissar. »Ich hab's mal versucht, doch irgendwie liegt es mir nicht. Bei mir sind es weniger die

Täter, auf die ich mich anfangs konzentriere, sondern die Tatorte. Vor allem, was dort fehlt.«

Falko hörte förmlich seine eigenen Worte heraus, die er so oft bei seinen Seminaren an die Zuhörer vermittelt hatte.

»Und funktioniert's?«, fragte er.

»Mal so, mal so, würde ich sagen. Herr Cornelsen, ich glaube wirklich, etwas bewegen zu können. Und ich will von Ihnen lernen. In Verden läuft es gut, doch ich trete auf der Stelle.« Er beugte sich vor. »Ich habe Ihren Werdegang verfolgt und weiß, dass Sie stets ein festes Team hatten, das so gut wie nie gewechselt hat.« Schierloh schien zu überlegen, ob er den nächsten Satz sagen sollte, entschied sich aber offenbar dafür. »Um ehrlich zu sein, war ich überrascht, dass Sie in Lüneburg alles abgebrochen haben und in ein komplett neues Team eingestiegen sind. Sie werden gute Gründe gehabt haben. Für mich war es eine Art Anstoß. Ich weiß, dass es nicht gerade viele Stellen gibt, die die Operative Fallanalyse so wie Sie betreiben. Ich glaube wirklich, dass ich in Ihr Team passen würde.«

Falko schmunzelte. »In Ordnung. Sie haben mich neugierig gemacht. Erzählen Sie mir einfach ein bisschen mehr von sich. Kaffee?«

»Gern.«

Sie unterhielten sich über eine Stunde. Stefan war noch immer nicht aufgetaucht, als Falko sich von Holger Schierloh verabschiedete und versprach, sich noch diese Woche bei ihm zu melden. Er wollte mit dem Direktionsleiter Peter Wenck sprechen. Doch im Grunde war es für ihn entschieden: Holger Schierloh passte menschlich zu 100 Prozent ins Team. Wenn er in der Lage war, das anzuwenden, was sie soeben besprochen hatten, war er ein großer Gewinn.

Nachdem er Schierloh zum Fahrstuhl begleitet hatte, ging Falko zurück in sein Büro und rief Stefan auf dem Handy an. Es war inzwischen fast Viertel vor zwölf.

Sein Kollege meldete sich und erklärte, schon fast auf dem Rückweg zu sein. Offenbar hatte er während seines Gesprächs bei der Staatsanwaltschaft ein wenig die Zeit vergessen, was Falko schmunzeln ließ. Nachdem Stefan ihm versichert hatte, gleich zurück zu sein, legte Falko auf und wählte Sarahs Handynummer. Es klingelte mehrmals, doch Sarah meldete sich nicht. Stattdessen klopfte es, und Peter Wenck, sein Direktionsleiter, betrat Falkos Büro.

»Hallo, Falko.«

»Peter. Komm rein. Ich habe eben mit Holger Schierloh gesprochen, aber ich denke, das weißt du, oder?«

»Was wäre ich für ein Direktionsleiter, wenn ich das nicht wüsste?« Er nahm auf dem Stuhl Platz, auf dem noch kurz zuvor Schierloh gesessen hatte. »Und? Was hältst du von ihm?«

»Er passt«, gab Falko knapp zur Antwort. »Er ist ehrgeizig, aber nicht verbissen, soweit ich das beurteilen kann, hat diverse Fortbildungen gemacht, die nicht mal von der Dienststelle übernommen wurden, und verfügt über ein ziemlich breites Wissen zur Operativen Fallanalyse. Wenn er von seiner Frau und seinen Kindern spricht, hört man, dass er keiner ist, der irgendwas riskiert, nur um einen Fall abzuschließen. Wenn du mich fragst, er wäre ein Gewinn für uns.«

»Siehst du ein Problem in der Aufweichung der jeweiligen Zweierteams? Ich glaube, dieser Schierloh will vor allem was von deinen Methoden lernen. Und das könnten wir hier gut gebrauchen. Aber ich kann Stefan nicht einfach abziehen.«

Falko überlegte. »Lass Stefan und den Neuen ein Team bilden und Tammo und Michi wie gewohnt auch. Ich habe als deren Vorgesetzter ohnehin eine Sonderstellung. Oder aber wir versuchen, einen weiteren Kollegen hinzuzunehmen, wenn Schierloh hier anfängt. Er kann ja ohnehin erst im Sommer wechseln. Wir haben also noch ein gutes Dreivierteljahr.«

Peter Wenck erhob sich ein wenig unbeholfen. Falko war schon seit Längerem aufgefallen, dass ihm offenbar die Hüfte zu schaffen machte. Nicht ungewöhnlich für einen Mann knapp unter 60, dessen Fitness ein wenig zu wünschen übrig ließ.

»Alles in Ordnung bei dir?«, vergewisserte sich Falko.

Wenck winkte ab. »Ich brauche eine neue Hüfte, so einfach ist das. Hab ich schon seit Jahren. Ich beweg mich immer weniger und lege dadurch gewichtsmäßig immer mehr zu. Und durch noch mehr Gewicht wird's nicht gerade besser. Ist ein Teufelskreis.«

»Hast du dich schon mal in einer Klinik beraten lassen?«

»Ich war beim Facharzt, klar. Aber der hat mir auch nur gesagt, was mir ein anderer Arzt schon vor 20 Jahren gesagt hat. Ich brauche eine neue Hüfte, daran führt kein Weg vorbei. Und bei den Dauerschmerzen denke ich langsam wirklich drüber nach.«

»Eine Hüft-OP ist doch auch heute keine so große Sache mehr. Warum machst du's nicht einfach?«

»Wegen der Narkose«, antwortete Wenck und ging etwas unrund zur Tür hinüber. »Vor der OP habe ich keine Angst. Aber ein Freund von mir ist nach einer Blinddarmoperation nicht mehr aus der Narkose aufgewacht. Drei Wochen haben sie ihn noch am Leben gehalten, dann war's aus.«

Falko wollte widersprechen, dass dies doch schließlich ein Ausnahmefall gewesen sei. Doch er wusste, dass seine Worte verhallen würden. »Verstehe«, sagte er nur.

»Also dann, ich bereite alles mit diesem Schierloh vor. Willst du ihm Bescheid geben oder ich?«

»Ich kann das machen.«

»Gut.« Wenck war schon fast zur Tür raus, kam aber noch mal zurück. »Hab ich das richtig gehört, dass Michael und Tammo federführend die Sache von gestern übernehmen sollen?«

»Hast du. Wieso? Ist das ein Problem?«

Wenck schüttelte den Kopf. »Ich war nur überrascht, weil du derzeit keinen aktuellen Fall hast.«

»Wenn du willst, können Stefan und ich die Sache übernehmen.«

Wenck winkte ab. »Nein, nein, lass die beiden mal machen. Aber halt dich und auch mich auf dem Laufenden.«

»In Ordnung.«

»Also dann.« Peter schloss Falkos Bürotür in dem Moment, als Falkos Telefon klingelte. Er sah auf dem Display, dass es Sarah war. »Hallo! Alles in Ordnung bei dir?«

»Ich bin im Haus und hab die zwei Kartons mit den Karten und Briefen durchgesehen. Nichts von Lisa Schönfeld. Keine Karte, kein Brief. Gar nichts.«

»Schade. Aber ich bin dafür weitergekommen. Lisa Schönfeld hat mit ihren Eltern in der Norderallee 11 gewohnt, bevor sie wegzog.«

»Norderallee? Das ist fünf, vielleicht zehn Minuten von hier.«

»Kennst du dort jemanden, der schon da gewohnt hat, als du noch Kind warst?«

Sarah überlegte. »Hm, auf Anhieb fällt mir niemand ein.«

Falko sah auf die Uhr. Fast 12 Uhr, und Stefan war immer noch nicht aufgetaucht. Dann konnte er auch ebenso gut vor Ort ein wenig nachforschen.

»Weißt du was, ich komme, und wir fahren zusammen zur Norderallee. Vielleicht stoßen wir auf was.«

»Jetzt?«

»Natürlich jetzt. Die Sache lässt uns doch sowieso keine Ruhe.« Er hielt es für besser, nicht zu erwähnen, dass Stefan schon herausgefunden hatte, dass es einen Fall hierzu gab.

»Ist gut. Dann werde ich auf dich warten.«

»In Ordnung. Ich mache mich gleich auf den Weg.«

»Bis gleich.« Sarah beendete das Gespräch.

Falko stand sofort auf, griff sich seinen Kurzmantel und zog ihn über, während er das Büro verließ. Bis zu Sarahs Elternhaus in der Straße Friedrichstal brauchte er mit dem Auto sechs Minuten.

Sarah wartete schon vor dem Haus, als Falko vorfuhr. Sie sah blass aus, ihre Augen gerötet. Und obwohl es nicht kalt war, schien sie zu frieren. Falko stieg aus und gab ihr einen flüchtigen Kuss.

»Ich hab's drinnen nicht ausgehalten«, erklärte Sarah.

»Komm. Steig ein.«

Sie fuhren gerade mal sieben Minuten über den Alten Kupfermühlenweg, dann Am Katharinenhof und Lornsendamm, bogen dann von der Waldstraße ab.

»Hier ist die Norderallee. Welche Hausnummer?«, fragte Sarah.

»Die Schönfelds haben in Nummer 11 gewohnt.« Falko fuhr im Schritttempo die Straße entlang, damit sie die Hausnummer überprüfen konnten. »7, 9, das da muss die 11 sein«, murmelte er mehr zu sich selbst und hielt direkt vor dem

Haus, das, wie er schätzte, in den 40er-Jahren gebaut worden sein musste.

»Und jetzt?«, fragte Sarah.

»Jetzt gehen wir hin und klingeln. Mal sehen, ob die Leute die unmittelbaren Nachfolger der Schönfelds waren und diese womöglich gekannt haben.« Falko versuchte, seiner Stimme nicht anmerken zu lassen, dass Sarahs Verhalten ihn bei allem Verständnis, das er für sie hatte, etwas nervte. Sie war eine ausgebildete Polizistin und hatte schon wer weiß wie viele Male Zeugen befragt. Auch wenn sie trauerte, musste sie sich jetzt dennoch zusammennehmen. »Ich kann das allein machen, wenn du willst«, schlug er vor und hoffte, dass sie sein Angebot annehmen würde.

»Nein, ich komme mit. Ich schaff das schon.«

Allein die letzte Bemerkung verriet, dass Sarah sich in Selbstmitleid suhlte. Und Falko wusste, dass er in solchen Situationen alles andere als der Richtige war, einen Menschen aufzufangen. Er hätte, wenn er sich selbst beobachtet hätte, nicht sagen können, wann sein Denken und Fühlen abgestumpft war. Vielleicht schon als Kind, als er Schwester und Vater bei einem Autounfall verloren hatte. Vielleicht auch erst als junger Erwachsener oder später durch den Umgang bei der Polizei. Nein, er hätte es wirklich nicht genau sagen können. Doch er wusste, dass Mitgefühl nicht seine Stärke war.

»Nimm es mir nicht übel, aber wenn du mitkommen willst, musst du dich ein wenig zusammenreißen.«

»Wie soll ich das bitte verstehen?«

»Betrachte das hier nicht als ein Nachforschen hinter der Freundin deiner Mutter her, sondern als eine Arbeit, die wir schon hunderte Male so gemacht haben. Wir ermitteln hier und wollen etwas herausfinden. Denkst du, du kriegst das hin?«

Er sah, dass Sarah ihm widersprechen wollte. Doch schließlich nickte sie. »Selbstverständlich bekomme ich das hin.« Entschlossen öffnete sie die Tür und stieg aus dem BMW.

Sie gingen zum Haus und klingelten. Erst tat sich nichts, dann nahmen sie durch die mattierte Glasscheibe eine Bewegung war. Im nächsten Moment wurde geöffnet.

»Ja?«

Eine Frau, etwa um die 40 Jahre mit zurückgebundenen, dunkelblonden Haaren, die teilweise zerzaust aus dem Knoten abstanden, hatte die Tür geöffnet.

»Mein Name ist Falko Cornelsen, Kriminalpolizei Flensburg.« Falko zog seinen Ausweis und hielt ihn der Frau vor die Nase. »Das ist meine Kollegin Sarah Bischoff. Können wir Ihnen einige Fragen stellen?«

»Um Himmels willen! Ist meinem Mann etwas passiert?«

»Nein, wir sind hier …« Weiter kam Falko nicht.

»Meinen Kindern?« Die Frau blickte ängstlich zwischen Falko und Sarah hin und her.

»Es ist niemandem aus Ihrer Familie etwas geschehen. Wir sind aus einem anderen Grund hier«, erklärte Falko ruhig. »Es geht um die Familie, die früher einmal in diesem Haus gelebt hat.«

»Die Denkers?«

»Nein, die Schönfelds. Seit wann wohnen Sie hier?«

»Wir sind, warten Sie, ich muss überlegen, wir sind 1989 hierhergezogen. Mein Mann hat damals seine neue Arbeit angetreten, sodass wir uns ein größeres Haus leisten konnten. Wir hatten vorher nur eine Drei-Zimmer-Wohnung, und es war mit unseren Kindern doch zu eng.«

»1989 sagen Sie? Und die Familie vorher? Sie sagten, die hießen Denker?«

»Ja, Denker. Ich weiß es genau. Wir haben das Haus von ihnen gekauft.«

»Und wissen Sie auch etwas darüber, wie lange diese Familie hier gelebt hatte?«

»Nein«, sie schüttelte den Kopf. »Bedauere. Das weiß ich leider wirklich nicht.«

»Haben Sie die Vornamen? Und wissen Sie vielleicht, wohin diese Denkers gezogen sind?«

»Hm«, überlegte sie. »Irgendwo ins Bayrische, soweit ich mich erinnere. Die Vornamen weiß ich leider nicht.«

»Haben Sie eine Anschrift oder eine Telefonnummer?«

»Nein. Tut mir sehr leid.«

»Wenn Sie das Haus damals gekauft haben, müssten die vollständigen Namen ja im Kaufvertrag stehen. Könnten Sie vielleicht einmal nachsehen?«

»Oh, sie waren nur Mieter. Verkauft wurde das Haus von irgend so einer Anwaltskanzlei.«

»Und von welcher?«

»Hören Sie, das weiß ich wirklich nicht mehr. Und es ist ja auch schon sehr lange her. Um solche Dinge kümmert sich immer mein Mann. Und er hat auch die Verträge von damals.«

»Könnten Sie Ihren Mann bitten, die Verträge herauszusuchen, und mich dann anrufen?« Falko reichte ihr seine Visitenkarte. »Es wäre wirklich sehr wichtig.«

»Gut. Mach ich. Aber jetzt muss ich wirklich in die Küche, bevor mir mein Braten verbrennt.«

Falko warf einen Blick aufs Klingelschild. »Danke, Frau Schröter. Und bitte lassen Sie von sich hören.«

»Ja, ist gut. Auf Wiedersehen.«

Falko konnte durch die matte Glasscheibe erkennen, dass sie über den Flur lief und dann in einem der angrenzenden Räume verschwand.

Sarah hatte die ganze Zeit kein einziges Wort gesagt. Erst als sie zum Auto gingen, sprach sie Falko an. »Was willst du mit den Namen? Du bist doch sicher, dass Lisa Schönfeld mit ihrer Familie hier gewohnt hat. Selbst wenn sie die Verkäuferin war, wissen wir damit immer noch nicht, wo sie jetzt ist.«

»Darum geht es mir weniger. Wir werden sie schon finden. Ich will in Erfahrung bringen, was damals geschehen ist und warum …«

»Herr Cornelsen, hallo, warten Sie!«, rief die Frau, mit der sie sich eben unterhalten hatten.

Falko und Sarah waren stehen geblieben und warteten, bis Frau Schröter sie erreichte.

»Mir ist da etwas eingefallen. Wenn es um die Leute geht, die hier früher gewohnt haben, könnten sie sich an Frau Weber ganz am Ende der Straße wenden. Sie ist eine alte Frau, schon an die 90, aber die macht noch ihren ganzen Haushalt selbst und ist wirklich fit im Kopf, wenn Sie verstehen, was ich meine.«

»Frau Weber, ja?«

»Ja. Sie wohnt schon ihr ganzes Leben hier in der Straße, hat alle in der Nachbarschaft kommen und eben auch wieder gehen sehen. Und sie freut sich über Besuch. Bestimmt wird sie Ihnen gern weiterhelfen.«

»Danke. Das ist eine gute Idee. Wir werden gleich mal hingehen.«

»Machen Sie das.« Sie deutete mit dem ausgestreckten Arm. »Dort auf der rechten Seite das gelbe Eckhaus. Richten Sie ihr einen Gruß von mir aus.«

»Danke, Frau Schröter. Dann noch einen schönen Tag.«

»Ebenso.« Sie ging zurück ins Haus und schloss die Tür, während Falko und Sarah sich auf den Weg zum Haus von Frau Weber machten.

Falko hatte bei einer Frau, die ihnen als Anfang 90 beschrieben worden war, mit einer längeren Wartezeit nach dem Klingeln gerechnet. Doch die Tür wurde rasch geöffnet. Und das von einer Frau, mit der er noch weniger gerechnet hatte. Trugen ältere Menschen üblicherweise vornehmlich gedeckte Farben, so stand vor ihnen die klassische Ausnahme von der Regel. Sie hatte eine weiße Bluse und dazu eine rot-schwarz karierte Hose an, die weißen Haare waren zum Pagenschnitt frisiert.

»Ja, bitte?«, fragte sie freundlich und blickte von Falko zu Sarah und wieder zurück.

»Sind Sie Frau Weber?«

»Wie sie leibt und lebt. Und mit wem habe ich das Vergnügen?«

Falko zog seinen Ausweis hervor. »Falko Cornelsen, Kriminalpolizei Flensburg. Das ist meine Kollegin Frau Bischoff.«

Erschrocken legte sich Frau Weber eine Hand auf die Brust. Falko wollte ihr gerade rasch erklären, dass es nicht um irgendwelche Angehörigen ging, als sich ihr Blick veränderte. »Ich kann mir denken, warum Sie hier sind. Doch Sie können diesem Kerl sagen, dass ›Volltrottel‹ nur eine Beleidigung für jemanden ist, der keiner ist. Doch das können wir hier ganz klar ausschließen. Und wenn jemand zu zittrig ist zum Autofahren, hat er auf der Straße nichts zu suchen.« Sie stemmte die Hände in die Hüften. »Ein Kerl, noch nicht mal 60 und kriecht mit seinem Volvo die Straße entlang wie ein alter Tattergreis. So was gehört aus dem Verkehr gezogen.«

Kurz war Falko verdutzt, dann amüsiert. »Scheint, als hätten Sie eine Menge Spaß in Ihrem Leben. Und unter uns, ich gebe Ihnen recht«, sagte er und beugte sich verschwörerisch etwas vor. »Ich würde solche Fahrer auch gern von der

Straße haben.« Er wurde wieder ernst. »Doch deshalb sind wir nicht hier, und es ist auch niemandem aus Ihrer Familie etwas geschehen. Es gibt also keinen Grund zur Besorgnis.«

Nun war es an Frau Weber, ihn verdutzt anzusehen. »Sie hübscher junger Mann, mache ich auf Sie einen besorgten Eindruck?«, fragte sie dann mit einem spöttischen Lächeln. »Glauben Sie mir, damit ich mir Sorgen mache, muss schon mehr geschehen, als dass hier ein Leckerchen von der Kripo vor mir steht und mit mir sprechen will.« Sie sah zu Sarah hinüber. »Kindchen, ist mit Ihnen alles in Ordnung? Sie sehen blass aus.«

»Mir geht es gut. Danke.«

»Na, dann kommen Sie erst einmal herein und erzählen mir, was ich für Sie tun kann. Ich mache rasch einen Tee.«

»Machen Sie sich keine Umstände«, sagte Falko. Als er den Blick sah, den Frau Weber ihm zuwarf, fügte er eilig hinzu: »Aber nein. Sie sehen nicht wie eine Frau aus, der es Umstände macht, einen Tee aufzugießen.«

Frau Weber lachte kurz auf. »Und der Hübsche lernt auch schnell. Wie schön, dass Sie meine Gäste sind. Bitte, treten Sie ein.«

»Haben Sie vielen Dank.«

»Nur der Neugierde wegen, geben Sie mir einen Tipp, worum es geht?« Sie funkelte Falko an, als freute sie sich, welche Überraschung er für sie bereithielt.

»Es geht um die Familie Schönfeld, die bis Anfang der 60er-Jahre in Nummer 11 gewohnt haben. Kannten Sie sie?«

Frau Webers Miene verfinsterte sich. Von einem auf den anderen Moment wurden ihre Lippen schmal, ihr Gesichtsausdruck wie versteinert. »Haben Sie's endlich aufklären können?«, fragte sie mit kratziger Stimme. »Es wurde auch Zeit.«

Er schüttelte mit dem Kopf. »Wir brauchen hierbei Hilfe. Darum sind wir hier.«

Sie nickte. »Hoffentlich sind Sie fähiger als Ihre Kollegen damals. Ich mache den Tee«, kündigte sie an. »Gehen Sie dort hinein und setzen sie sich. Ich komme gleich.« Sie ging zur Küche und Falko und Sarah ins Wohnzimmer. Dort setzten sie sich auf die Stühle am Esszimmertisch.

»Hast du die Veränderung bemerkt? Sie weiß also, was damals geschehen ist«, sagte Falko.

Sarah nickte ihm nur zu. Natürlich war ihr die Reaktion der alten Dame nicht entgangen. War ihr vorher nur unwohl gewesen bei dem Gedanken, was sie wohl gleich über Lisa Schönfeld und deren Familie erfahren würde, so wich dieses Gefühl nun einer gewaltigen Übelkeit. Was auch immer in der Nummer 11 geschehen sein mochte, so vermutete Sarah, war bestimmt nicht leicht zu ertragen.

5. KAPITEL

Montag, 1. Oktober 1962, 16.10 Uhr

Eph 5,22–23: 22. Ihr Weiber, [seid unterwürfig] euren eigenen Männern, als dem Herrn. 23. Denn der Mann ist das Haupt des Weibes, wie auch der Christus das Haupt der Versammlung ist; er ist des Leibes Heiland.

Wieder und wieder las er die Textzeile, strich fast zärtlich mit dem Finger über die Buchstaben, als wolle er so deren Richtigkeit unterstreichen. Ja, alles war richtig gewesen. Er hatte nichts Falsches getan. Und doch war er ein wenig nervös. Für den Abend war überraschend ein Treffen einberufen worden. War er der Einzige, der informiert worden war? Sollte er allein zur Rechenschaft gezogen werden für das, was geschehen war? Der Gedanke beunruhigte ihn. Was, wenn sie ihn aus der Gemeinschaft ausschließen wollten? Nein! Das konnten sie nicht, sie durften es nicht. Er hatte alles getan, was verlangt worden war. Sein Puls schlug heftig. Eilig blätterte er weiter, bis er fand, wonach er gesucht hatte.

1 Kor 11,3–9: 3. Ich will aber, daß ihr wisset, daß der Christus das Haupt eines jeden Mannes ist, des Weibes Haupt aber der Mann, des Christus Haupt aber Gott. 4. Jeder Mann, der betet oder weissagt, indem er etwas auf dem Haupte hat, entehrt sein Haupt. 5. Jedes Weib aber, das betet oder weissagt mit unbedecktem Haupte, entehrt ihr Haupt; denn es ist ein und dasselbe, wie wenn sie geschoren wäre. 6. Denn wenn ein Weib nicht bedeckt ist, so werde ihr auch das Haar abgeschnitten; wenn es aber für ein Weib schändlich ist, daß ihr das Haar abgeschnitten oder sie geschoren werde, so laß sie sich bedecken. 7. Denn der Mann freilich soll nicht das Haupt bedecken, da er Gottes Bild und Herrlichkeit ist; das Weib aber ist des Mannes Herrlichkeit. 8. Denn der Mann ist nicht vom Weibe, sondern das Weib vom Manne; 9. denn der Mann wurde auch nicht um des Weibes willen geschaffen, sondern das Weib um des Mannes willen.

Er hatte nichts Falsches getan. Er hatte nichts Falsches getan. Wieder und wieder gingen ihm die Worte durch seinen Kopf.

Er hatte im Namen des Herrn handeln wollen. Alles andere war ein Unfall gewesen. Er kaute auf seiner Unterlippe, pulte an der abstehenden Nagelhaut, während er nochmals die Zeilen las. Nervös führte er den Daumen an seinen Mund, knabberte am Nagel, bis er Blut schmeckte. Er musste etwas tun, irgendetwas, das ihm möglich machte, sich zu beruhigen. Er schlug das Buch zu, stand von dem Stuhl auf und ging ins Bad. Er griff in den Schrank, holte das Rasiermesser heraus und fuhr mit dem Zeigefinger die Klinge entlang, bis sich ein roter Film hierauf ausbreitete. Schnell nahm er den Finger in den Mund, saugte das Blut fast gierig ein. Als sein Blick in den Spiegel fiel, begann er zu zittern. Er hob das Messer, führte es sich an den Hals, drückte es gegen die Haut. Er spürte die Verletzung nicht, sah jedoch, wie das Blut hervorsickerte und seinen Hals herunterlief. Mit einem Gefühl, als wäre es nicht sein eigener Körper, sondern ganz so, als würde er den Mann dort im Spiegel lediglich beobachten, schnitt er weiter ins Fleisch. Erst als sein Hemdkragen sich bereits vollgesogen hatte, löste er sich aus der Starre, griff ein Handtuch und presste es gegen die Wunde. Eine ganze Weile blieb er so stehen und wartete, bis die Blutung nachließ. Immer wieder nahm er das Handtuch weg, wusch es im Waschbecken aus und presste es erneut an den Hals. Schließlich riss er ein wenig Toilettenpapier ab und tupfte damit die Wunde, öffnete den Schrank, nahm ein Pflaster heraus und klebte es auf den Schnitt. Er sah auf das blutige Rasiermesser, das er auf dem Waschbeckenrand abgelegt hatte. Er hatte noch immer nicht zu der Ruhe zurückgefunden, nach der er sich so sehnte. Er griff erneut das Messer, umklammerte es so fest, dass seine Handknochen weiß hervortraten, und sah in den Spiegel. Ein fast unwiderstehlicher Drang überkam ihn, seine Haare bis auf die Kopfhaut zu rasieren. Ein Kribbeln breitete sich in seinem Körper aus bei dem Gedanken, hierbei tief mit dem Messer in die Kopfhaut zu fahren. Schnell warf er das Messer in das Waschbecken, ließ kochend heißes Wasser darüber laufen. Dampf stieg auf und ließ den Spiegel beschlagen. Kleine Wassertropfen spritzten auf seine Hände und fügten ihm wohlige Schmerzen zu. Er war in Versuchung, seine Hände bis tief zu den Ellenbogen in das heiße Wasser zu tauchen, den Schmerz zu spüren, zu fühlen, dass er lebte. Plötzlich klingelte es, und er fuhr erschrocken herum. Eilig drehte er den Wasserhahn zu, verließ das Bad und ging über den Flur zur Wohnungstür. Als er öffnete, sah er in das früher vermutlich einmal hübsch gewesene Gesicht seiner Nachbarin, deren Haustür auf dem Flur der seinen direkt gegenüber war.

»Der wurde bei mir abgegeben«, sagte sie mit einem etwas gezwungenen Lächeln. »Und bevor ich ihn unten in den Kasten werfe, dachte ich, ich klingle kurz.« Ihr Blick fiel auf sein Hemd und sie machte einen Schritt rückwärts. »Du meine Güte. Was ist denn mit Ihnen geschehen?«

»Hab mich beim Rasieren geschnitten«, murmelte er und griff rasch den Umschlag, den sie in der Hand hielt.

»Das ist aber wirklich viel Blut. Sie sollten …«, weiter kam sie nicht.

»Danke für den Brief. Einen schönen Tag noch.« Ohne ihre Antwort abzuwarten, schloss er die Tür. Diese neugierige Zicke hatte ihm gerade noch gefehlt. Er sah auf den Absender des Schreibens. Der Gashändler hatte die monatliche Abrechnung geschickt. Er legte den Brief auf die Kante der Kommode. Ganz links oben schloss er in der Ecke ab. Ja, so war es korrekt. Gleich morgen würde er das Geld überweisen. Doch nicht mehr heute. Die Vorstellung, was heute Abend auf ihn zukommen mochte, verlangte ihm alles ab. Er sah auf die Uhr an seinem Handgelenk. Noch nicht einmal halb fünf. Er wusste nicht, wie er die gut eineinhalb Stunden bis zur Zusammenkunft überstehen sollte. Kurz überlegte er, dann ging er zum Schlafzimmer hinüber, griff sich ein frisches Hemd und zog das blutige aus. Mit dem sauberen Hemd in der einen und dem blutigen in der anderen ging er wieder ins Bad, nahm das Rasiermesser aus dem Waschbecken, schüttelte es und nahm den Stopfen vom Rand. Er verschloss den Abfluss, legte das Hemd hinein und ließ abermals heißes Wasser darauf laufen. Das Rasiermesser verstaute er im Schrank, griff zur Seife und rieb hiervon etwas auf den Hemdkragen, der gleichmäßig die rote Flüssigkeit in das Wasser abgab. Zu guter Letzt wusch er sich gründlich mit der Seife die Hände, spülte sie ab und trocknete sie mit dem Handtuch. Das schmutzige Hemd ließ er weiter einweichen. Dann nahm er sich das neue und zog es über, fuhr sich mit dem Kamm durch die Haare und richtete seinen Seitenscheitel. Er betrachtete sich im Spiegel. Alles an ihm wirkte nun wieder akkurat und korrekt. Nur seine roten Wangen verrieten die Aufregung, die er noch immer in sich spürte. Er hoffte, dass niemand ihm den inneren Kampf ansehen würde, den er auszufechten hatte. Er ging in den Flur, nahm Mantel und Hut, zog beides über und verließ, nachdem er seine Schlüssel gegriffen hatte, die Wohnung. Bis zum Treffen würde er spazieren gehen. Er hatte exakt um 18.05 Uhr an der Unterkunft zu erscheinen. Wie immer waren alle im Fünf-Minuten-Abstand bestellt. Nur so konnte gewährleistet werden, dass sie sich die dort bereitliegenden Masken überstreifen und so auch wechselseitig nicht erkennen konnten. Anonymität war ihre Stärke. Keiner kannte das Gesicht des anderen. Und doch war dies die ihm vertrauteste Gemeinschaft, die er je kennengelernt hatte.

*

Donnerstag, 15. Oktober 2015, 12.38 Uhr

»Danke.« Falko führte die Teetasse an seinen Mund. »Der ist köstlich, Frau Weber.«

»Meine eigene Mischung. Und nennen Sie mich Elisabeth. Meine Schwiegermutter war Frau Weber und die ist seit Jahren tot.«

»Gern.« Falko warf einen kurzen Blick auf Sarah, die sich ihrerseits mehr an der Teetasse festzuhalten schien, als dass sie trank.

Elisabeth Weber sah sie an. »Ihnen geht es wirklich nicht gut, nicht wahr, Schätzchen?«

»Ich habe einen Todesfall in der Familie«, erklärte Sarah knapp.

»Das tut mir leid. Die Zeit wird es richten. Glauben Sie mir, ich habe schon viele liebe Menschen begraben müssen. Es wird besser werden.«

»Danke.« Sarah nippte an ihrem Tee.

»Frau Weber, Entschuldigung, Elisabeth, können Sie uns sagen, was damals geschehen ist?«

»Wie viel wissen Sie?«

»Nicht viel. Woran ist Marie Schönfeld gestorben? Können Sie sich daran erinnern?«

»Als ob ich das je vergessen könnte.« Nachdenklich griff sie zu der Tasse, stellte sie jedoch ab, ohne zu trinken. »Es war alles so furchtbar damals.«

Weder Falko noch Sarah sagten etwas. Elisabeth Weber saß da, knetete ihre Finger. »Ich erinnere mich, als wäre es gestern gewesen. Marie und ich waren etwa gleichalt. Sie war eine so nette Frau. Und dann ihre Tochter, ein hübsches Mädchen. Lena hieß sie.«

»Lisa«, korrigierte Falko, und sofort tippte Elisabeth

Weber sich an den Kopf. »Richtig. Lisa.« Wieder nahm sie ihre Tasse, trank nachdenklich einen Schluck und hielt sie weiter in der Hand. Sie blickte nicht auf, als sie weitersprach. »Es war grauenvoll.«

»Was ist geschehen?«

Elisabeth Weber zuckte mit den Schultern. »Ganz genau hat das nie jemand gesagt, doch wir alle konnten es uns denken. Offiziell wurde nur Auskunft gegeben, dass bei Marie und Lisa eingebrochen wurde und Marie in der Nacht gestorben ist. Die Polizisten haben Andeutungen gemacht. Und der Zeitraum, über den sich der Einbrecher im Haus befand …«, sie stellte die Tasse mit leicht zittrigen Händen zurück. »Es muss die Hölle gewesen sein, was die beiden durchgemacht haben.« Sie sah Falko an. »Keiner hat es laut ausgesprochen, doch Marie ist in der Nacht vergewaltigt worden. Und die kleine Lisa hat es mitbekommen oder sogar mit ansehen müssen.«

Falko atmete laut vernehmlich aus. »Haben Sie danach mit Lisa gesprochen? Wir wissen, dass sie bald darauf weggezogen ist.«

Elisabeth Weber schüttelte mit dem Kopf. »Ich habe das Mädchen danach nicht mehr gesehen. Natürlich haben wir, also mein Mann und ich, der damals noch lebte, mitbekommen, als die Polizei und die Streifenwagen kamen. Lisa selbst hatte sie wohl gerufen, denn soweit ich weiß, hat niemand von den Nachbarn mitbekommen, was sich dort abgespielt hatte. Zumindest hat keiner von uns die Polizei gerufen. Ich habe das Mädchen das letzte Mal gesehen, als sie auf der Rückbank des Streifenwagens saß und mich von dort aus anguckte. Ich war fassungslos, habe sie nur anstarren können. Unsere Blicke trafen sich, als der Wagen langsam an uns vorbeifuhr. Und da sah ich es.«

»Was sahen Sie, Elisabeth?«

»Ihre Augen. Sie hatte stets so leuchtende Augen. Wie funkelnde Edelsteine. Doch so wie sie dasaß, war kein Funkeln mehr darin, da war gar nichts mehr. Ihre Augen waren wie tot. Sie hatte etwas mit ansehen müssen, das sie nie mehr würde vergessen können.«

Falko versuchte, das Gehörte mit dem Verhalten Lisa Schönfelds auf dem Friedhof in Kontext zu bringen. Er sah Sarah an, die jedoch fast teilnahmslos dasaß. Dabei war er davon ausgegangen, dass sie doch interessiert, ja sogar neugierig sein müsste, was es mit der Sache auf sich hatte. Er dachte an die Kette, deren Anblick Lisa Schönfeld so aus der Fassung gebracht hatte. »Sagen Sie, Elisabeth, wissen Sie, was damals gestohlen wurde?«

Sie zuckte mit den Schultern. »Kleinere Wertsachen, nehme ich an. Obwohl es das ist, was ich eigentlich nie so recht begreifen konnte. Die Schönfelds hatten nicht viel Geld, und ihr Haus sah von außen auch bestimmt nicht so aus, dass man es hätte annehmen können. Marie war von ihrem Mann geschieden, und das schon eine ganze Zeit.«

»Wissen Sie, woran die Ehe gescheitert ist?«

»O ja, das wussten wir alle hier. An seinem Suff. Der Kerl war ein Säufer übelster Sorte. Hat seine Frau schlecht behandelt und seine Tochter auch. Was er hatte, wurde hochprozentig angelegt, wenn Sie verstehen. Ein Taugenichts, wie er im Buche stand.«

Falko ging gedanklich die Informationen durch, die er von Frau Fornholt über die Familie bekommen hatte. Deshalb war Lisa vermutlich nach dem Tod der Mutter nicht zu ihrem Vater gekommen. Entweder hatte er sich nicht um das Mädchen kümmern wollen oder war gar nicht in der Lage dazu. Vielleicht gab es Aufzeichnungen vom Jugendamt, obwohl Falko sich fragte, inwieweit die Behörden zur damaligen Zeit schon eingeschritten wären. »Lisa ist danach nicht zu ihrem Vater gekommen, sondern weiter fortgezogen, nicht wahr?«

»Dem Himmel sei Dank. Sonst hätte das Mädchen noch mehr Schrecken auszustehen gehabt.«

»Ich würde gern noch einmal auf die Wertsachen zu sprechen kommen, die gestohlen worden sein könnten. Wissen Sie irgendwas Konkretes?«

»Nein, wirklich nichts. Ich sagte ja schon, die Schönfelds waren alles andere als wohlhabend. Marie hat damals noch lange für die Schulden ihres Mannes aufkommen müssen. Sie hat als Krankenschwester gearbeitet, und es hat wohl immer gerade so gereicht. Lisa war schon früh viel allein. Manchmal kam sie zu uns rüber. Doch die Kleine kam gut zurecht. Wir haben selbst nie Kinder bekommen, wissen Sie? Wir haben uns immer gefreut, wenn sie das eine oder andere Mal bei uns gegessen hat.«

»Ich verstehe«, sagte Falko.

»Was war sie für ein Mensch? Lisa, meine ich.« Es war das erste Mal, dass Sarah von sich aus auch etwas zum Gespräch beigetragen hatte.

»Sie war nett, wenn auch etwas verschlossen. Wahrscheinlich lag es an ihrem Vater. Es ist ihr nicht leichtgefallen zu vertrauen.«

»Und sie hat sich nie wieder bei Ihnen gemeldet? Ich meine, in all den Jahren nicht?«, vergewisserte sich Falko.

»Nein.« Elisabeth Weber schüttelte den Kopf. »Nicht ein einziges Mal in über 50 Jahren.«

Auf einmal wirkte die Frau um Jahre gealtert. War es die Trauer, nie wieder etwas von Lisa Schönfeld gehört zu haben, oder lag es daran, wie viele Jahre vergangen waren und Elisabeth Weber so die Unbarmherzigkeit der Vergänglichkeit und des Alterns aufgezeigt wurden?

»Lebt sie noch?«, fragte Elisabeth nun unvermittelt.

»Ja, sie lebt«, antwortete Falko.

Ein Lächeln huschte über das Gesicht der betagten Dame. »Das freut mich aufrichtig. Ich habe oft an sie gedacht in all der Zeit, und, nun ja, irgendwie habe ich befürchtet, sie hätte sich etwas angetan. Ich bin froh zu hören, dass es nicht so ist.«

Falko überlegte kurz, wusste jedoch in diesem Moment nicht, was er noch hätte fragen können, das sie nicht besser aus den alten Akten erfahren könnten. Nur um sicherzugehen, fragte er: »Das Verbrechen an Marie Schönfeld ist nie aufgeklärt worden, nicht wahr?«

»Soweit ich weiß, nicht.« Elisabeth Weber wirkte etwas überrascht. »Aber deshalb sind Sie doch hier, oder habe ich Sie falsch verstanden?«

Falko stand auf. »Nein. Sie haben mich richtig verstanden. Ich werde mir den alten Fall noch einmal vornehmen.«

Elisabeth Weber sah zu Sarah hinüber. Offenbar lag ihr eine Bemerkung auf den Lippen, die sie jedoch herunterschluckte.

Sarah erhob sich im gleichen Moment wie Frau Weber.

»Könnten Sie mir einen Gefallen tun, Herr Cornelsen? Ihr Name war doch Cornelsen, richtig?«

»Ganz recht. Falko Cornelsen.«

»Gut. Wenn Sie den Kerl nach all den Jahren noch finden sollten, würden Sie es mir dann sagen?«

»Das werde ich. Vielleicht komme ich noch einmal wieder, wenn ich weitere Fragen habe.«

»Gern, tun Sie das.«

Sie gingen zusammen zur Tür. Gerade als Falko öffnen wollte, fasste Frau Weber ihn am Arm. »Es ist mir wirklich wichtig, wissen Sie? Ich möchte nicht nur aus Neugierde Bescheid bekommen. Es ist mehr, wie soll ich sagen, um abzuschließen.«

»Ich verspreche es Ihnen. Ich werde Sie auf dem Laufenden halten.«

»Haben Sie vielen Dank.«

Sie verabschiedeten sich mit Handschlag von Elisabeth Weber, dann gingen Sarah und Falko hinaus. Die alte Dame sah ihnen nach und schloss die Tür erst, als sie das Stück die Straße entlanggegangen, ins Auto gestiegen und losgefahren waren. Als Falko gewendet hatte und am Haus Elisabeth Webers vorbeifuhr, hatte die betagte Dame zum Abschied die Hand gehoben. Falko meinte, die Hoffnung in ihrem Blick zu sehen, die nun auf seinen Schultern lastete.

*

Donnerstag, 15. Oktober 2015, 13.35 Uhr

Falko hatte Sarah bei sich zu Hause abgesetzt und war dann wieder zur Direktion gefahren. Auf dem Weg hatten sie kaum ein Wort gesprochen. Langsam bereitete Sarahs Gemütszustand Falko erhebliche Sorgen. Er konnte nicht verstehen, wie gleichgültig, geradezu apathisch sie alles hinzunehmen schien, was mit dem eigenartigen Verhalten Lisa Schönfelds auf der Beerdigung ihrer Mutter zu tun hatte. War sie denn gar nicht neugierig? Und jetzt, wo sie wussten, dass Lisa seinerzeit etwas so Schreckliches widerfahren war, musste Sarah doch wissen wollen, ob es womöglich im Zusammenhang mit den Geschehnissen von gestern stand. Die Kette ging ihm nicht mehr aus dem Kopf. Wie gebannt hatte Lisa Schönfeld darauf gestarrt. Falko wollte sich selbst nicht erlauben, Mutmaßungen darüber anzustellen, was dahinterstecken könnte. Erst wollte er Einsicht in die Akten nehmen.

»Da bist du ja.« Stefan Krieger trat gerade aus der Teeküche, als Falko den Fahrstuhl verließ.

»Und?«, kam Falko ohne Umschweife zur Sache. »Hast du die Akten?«

Stefan nickte. »Und ich habe auch schon einen ganz kurzen Blick reingeworfen. Der Fall wurde nie aufgeklärt.«

»Das dachte ich mir schon«, antwortete Falko, ohne Stefan zu erklären, wer ihm diesen Umstand gerade eben nochmals bestätigt hatte.

»Willst du auch einen Kaffee?«, fragte Stefan.

»Gern.«

»Okay, nimm meinen.« Stefan hielt ihm die Tasse hin. »Ich hole mir einen neuen.«

»Danke. Wo sind die Akten?«

»In deinem Büro.«

»Okay. Kommst du gleich her?«

»Mach ich. Nur mal so aus Neugierde: Willst du den alten Fall wieder aufrollen?«

»Soweit ich es inzwischen herausfinden konnte, wurde eine Frau getötet und der Täter nie gefasst. Und es gibt da eine nette alte Dame, die gern Antworten hätte. Und ich auch. Also ja – ich werde den Fall wieder aufrollen.«

Sie verbrachten etwa eine halbe Stunde mit dem Aktenstudium, um das Wesentliche an Informationen zum damaligen Fall zu erfahren. Nach Aktenlage ergab sich für Falko folgendes Bild: Einer oder mehrere Täter hatten sich Zugang zum Haus der Schönfelds verschafft und waren hierbei offenbar von Marie Schönfeld überrascht worden. Die Situation war eskaliert und Marie Schönfeld vergewaltigt und umgebracht worden. Doch nicht nur das. Die Untersuchung im Krankenhaus hatte ergeben, dass auch die damals 14-jährige Lisa Schönfeld brutal vergewaltigt worden war, weshalb Falko davon ausging, dass es vermutlich mindestens zwei Männer gewesen sein mussten. Allerdings kam auch ein Einzeltäter in Betracht, wenn er entsprechend lang im Haus gewesen war. Was Falko am meisten wunderte, war die Aussage von Elisabeth Weber, dass Lisa auf der Rückbank des Polizeifahrzeugs mitgenommen worden war. Weshalb war das Mädchen nicht gleich mit einem Krankenwagen und im Liegen abtransportiert worden? Und warum fand sich nirgendwo in der Akte die protokollierte Aussage Lisa Schönfelds?

»Was denkst du?«, fragte Stefan.

»Ein absoluter Albtraum. Wobei mich wundert, dass die Tochter nicht mit einem Krankenwagen, sondern einer gewöhnlichen Funkstreife mitgenommen wurde. Ihre Verletzungen waren doch ganz erheblich.«

»Woher willst du das wissen?«

Falko erzählte Stefan von dem Gespräch mit Elisabeth Weber und auch, wie er auf die Zeugin gestoßen war.

»Die Kollegen haben sie also einfach auf die Rückbank gesetzt und sind mit ihr losgefahren?«

»So hat Frau Weber es gesagt. Und ich glaube ihr. Sie mag alt sein, aber von Gedächtnislücken ist bei ihr nichts zu spüren.« Falko blätterte in der Akte. »Ich habe keinen Hinweis darauf gefunden, dass etwas gestohlen wurde. Du?«

Stefan schüttelte den Kopf. »Nichts. Überhaupt nichts. Vielleicht wollten die Kerle etwas stehlen, doch dann schien ihnen die Gewalt an den Frauen reizvoller. Widerliches Pack.«

»Du gehst also von zwei Tätern aus?«

»Ja. Schließlich sind beide vergewaltigt worden. Aber findest du nicht eigenartig, dass Lisa Schönfeld hierzu keine Angaben gemacht hat?« Stefan langte zur Akte hinüber, blätterte weiter und tippte auf eine Seite. »Hier. Lisa Schönfeld hat jede Aussage verweigert. Sie hat scheinbar überhaupt nichts gesagt.«

»Alles sehr eigenartig«, sagte Falko und hob die Akte an. »Überhaupt gibt es nur diese und noch die weitere Akte dort vorn. Und das bei einem Einbruch mit Todesfolge. Ziemlich dünn, was damals ermittelt wurde.«

»Wer war der verantwortliche Kollege?«

Falko las den Namen ab: »Ein Volkmar Hürthel.«

Stefan schüttelte den Kopf. »Sagt mir überhaupt nichts. Na ja, kein Wunder, nach 53 Jahren. Er ist entweder schon lange im Ruhestand oder womöglich tot.« Er griff zum Hörer und wählte die Kurzwahl Peter Wencks. »Ja, hier Krieger. Wir haben eine alte Akte. Du bist doch schon eine halbe Ewigkeit hier. Sagt dir der Name Volkmar Hürthel etwas?« Stefan lauschte und nickte dann. »Es geht um einen alten Fall. Okay. Wir sind bei Falko im Büro.«

Stefan legte auf. »Peter sagte der Name etwas. Er kommt rüber.«

Falko nickte ihm zu. »Sag mal, hab nur ich das Gefühl oder gibt die Akte im Hinblick auf die Schwere des Verbrechens kaum etwas her?«

Stefan überlegte noch eine Antwort, als Peter Wenck bereits Falkos Büro betrat. »Also, was habt ihr?«, kam der Direktionsleiter gleich zur Sache.

Falko hob die Akte an und hielt sie ihm entgegen. Wenck griff sie und nahm auf dem Stuhl neben Stefan Platz.

»Ein Fall von 1962?« Der Direktionsleiter sah Falko und dann Stefan an. »Gibt es was, das ich wissen sollte?«

Falko berichtete ihm, was sich auf der Beerdigung Vera Bischoffs ereignet hatte, und gab ohne Umschweife zu, neugierig geworden zu sein. Wenck hörte sich alles an, während er die Akte durchblätterte.

»Ziemlich dünn für einen solchen Fall«, urteilte der Direktionsleiter und legte die Akte auf den Schreibtisch zurück. »Der damalige Ermittler, dieser Volkmar Hürthel, ich hab ihn gekannt.«

»Hab ihn gekannt, klingt nicht gut«, bemerkte Stefan.

»Stimmt. Er ist tot. Bestimmt schon zehn Jahre.«

»Aber der andere Kollege«, fuhr Peter fort, »der die Protokolle gegengezeichnet hat, den gibt's noch. Ist zwar längst im Ruhestand, aber vielleicht erinnert er sich an die Sache. Er muss damals ziemlich jung gewesen sein. War einer von der ganz korrekten Sorte. Als ich hier angefangen habe, hatte er schon 20 Jahre Polizeidienst auf dem Buckel. Ich hab ihn gemocht.«

Falko nahm sich die Akte noch einmal. »Werner Rehmert?«, las er ab.

»Genau der.«

Falko beugte sich vor und lehnte seine Arme auf den Schreibtisch. »Ich kann verstehen, wenn du nicht willst, dass wir uns der Sache annehmen, Peter. Aber ich wüsste zu gern, weshalb diese Lisa Schönfeld so reagiert hat und auch, ob es etwas mit dem Verbrechen von damals zu tun hat.«

Wenck überlegte kurz. »Was ist mit dem neuen Fall? Sind Tammo und Michi so weit? Wie schätzt ihr die Sache ein?«

»Ich habe meine ersten Mordsachen verantwortlich ermittelt, als ich jünger war als Michi jetzt. Die beiden sind gut in dem, was sie machen«, urteilte Falko und wurde durch ein Kopfnicken Stefans bestätigt.

»Ein Tötungsdelikt ist ein Tötungsdelikt, und wir müssen alles tun, um die Schuldigen zu ermitteln.« Wenck stand von seinem Stuhl auf. »Auch wenn sie vielleicht nicht mal mehr am Leben sind oder in irgendeinem Altenheim ihren Lebensabend verbringen.« Er ging zur Tür. »Ich gebe euch zehn Tage, um zumindest Ansatzpunkte zu finden. Wenn ihr bis dahin nichts habt, macht es keinen Sinn. Nicht nach über 53 Jahren.«

»Danke, Chef«, sagte Falko. »Ich bin dir was schuldig.«

Wenck winkte ab. »Die ganze Welt schuldet mir was. Außerdem interessiert mich auch, was dahintersteckt.« Er war schon fast draußen, da fügte er hinzu: »Ich kriege eine Scheißwut, wenn ich mir vorstelle, dass so ein Schwein da draußen rumläuft und vielleicht ein schönes Leben hatte, während diese Marie Schönfeld nicht mal Mitte 30 wurde.« Damit schloss er die Tür.

6. KAPITEL

Montag, 1. Oktober 1962, 18.04 Uhr

Er lehnte mit dem Rücken am Baum, verbot sich, auf das Haus zuzugehen, bevor der große Zeiger seiner Uhr auf 18.05 Uhr sprang. Auf keinen Fall durfte er zur Tür sehen oder gehen, bis es so weit war. Keinen Blick durfte er riskieren, sonst könnte alles verloren sein. Und wenn er doch der Einzige war, der hergebeten wurde? Was, wenn dort nicht auch die anderen zusammenkamen, sondern nur er? Sein Puls raste bei dem Gedanken, ihm wurde übel und ein wenig schwindelig. Wie gebannt starrte er weiter auf den Zeiger seiner Uhr. War sie stehen geblieben? Stand er womöglich schon zu lange hier? Rasch hielt er sein Ohr an die Uhr, lauschte. Ein leises Ticken verriet ihm, dass er sich unnötig Sorgen gemacht hatte. Er sah erneut auf die Uhr, und endlich bewegte der Zeiger sich den kleinen Millimeter und zeigte 18.05 Uhr. Sofort stieß er sich vom Baumstamm ab und überquerte hastig den kleinen Grünstreifen, dann den Fußweg und erreichte schließlich die Tür. Sie war nur angelehnt, wie sonst auch. Er huschte in den dunklen Flur, ertastete die Garderobe. Er nahm sich eine der Kutten vom Haken und zog sie an, griff dann eine der Kopfbedeckungen, die ähnlich der des Ku-Klux-Klans aus einem spitz zulaufenden Stoff bestanden, der lediglich zwei Öffnungen für die Augen hatte. Dann ging er zu der ersten Tür rechts, öffnete sie und war erleichtert, dort bereits fünf Männer auf den acht vorbereiteten Stühlen, die im Kreis aufgestellt waren, sitzen zu sehen. Also würden auch die anderen zwei noch kommen. Es war nicht nur ein Treffen für ihn. Es ging alle an. Seine Sorge war unbegründet gewesen. Ohne ein Wort zu sagen, ging er zum nächsten freien Platz und setzte sich. Keinem der anderen war eine Regung anzumerken. Alle saßen schweigend da, es war genau wie sonst auch. Kurz schloss er die Augen. Seine Sorgen waren unnötig gewesen. Es würde nichts geschehen. Und doch hielt die vermeintliche Ruhe für ihn nicht lange an. Die Minuten, die er noch zu warten hatte, erschienen ihm quälend lang. Mit dem Daumen pulte er an seinem Mittelfinger. Zu gern hätte er den Nagel bis zum Fleisch abgeknabbert, doch er konnte sich unmöglich so gehen lassen. Schnell setzte er sich auf seine Hände, zog sie jedoch sofort wieder hervor, als er eine kurze Regung seines Nachbarn wahrnahm. Er musste sich beruhigen, um jeden Preis disziplinieren. Er spürte, wie seine Blase zu drücken begann. Das konnte nicht sein. Auf keinen Fall. Noch vor einer Viertelstunde war er im Gebüsch eines Parks verschwunden und hatte sich erleichtert. Es konnte noch nicht wieder so dringend sein. Doch sosehr er es sich auch sagte, umso größer wurde nur der Drang. Schweiß brach ihm aus, er schluckte schwer. Die plötzliche Hitze in dem Raum ließ ihn kaum atmen. Es gab nur zwei Kerzen, die ein schwaches, flackerndes Licht spendeten. Ging von ihnen eine solche Hitze aus? Konnte das sein? Es war eine Wohltat, als die Tür geöffnet wurde und ein weiterer Mann in Kutte und mit Maske den Raum betrat. Viel zu schnell schloss er die Tür hinter sich und nahm direkt neben ihm Platz. Die Körper rechts und links schienen eine unglaubliche Wärme abzugeben. Und seine Blase drückte. Ihm wurde übel. Nur das nicht. Würde er sich übergeben müssen? Es kam ihm schier endlos vor, bis weitere fünf Minuten vergangen waren und der Letzte in der Runde, den sie alle den »Oberen« nannten, seinen Platz einnahm. Er hoffte inständig, die Tür würde nicht wieder vollständig geschlossen, doch seine Hoffnung erfüllte sich nicht. Er war inzwischen vollkommen durchgeschwitzt, meinte, bereits einen aufsteigenden Schweißgeruch seines Körpers wahrzunehmen. Außerdem musste er sich eingestehen, dass ein beißender Uringeruch von ihm ausging. Sosehr er sich auch bemüht hatte, war seine Blase nicht länger durch ihn zu kontrollieren. Er konnte nur hoffen, dass es nicht auch noch bis zum Stuhlpolster durchgegangen war, sodass er einen peinlichen Fleck hinterließ, wenn er später aufzustehen hatte.

»Ich begrüße euch!«, sagte der Obere in die Runde und zog damit die Aufmerksamkeit auf sich. »Vermutlich wisst ihr oder könnt zumindest erahnen, weshalb wir heute hier zusammengekommen sind.« Der Obere machte eine Pause, bewegte seinen Kopf, als würde er jeden der Anwesenden sehr genau prüfen. Doch auch ihm würde es unmöglich sein zu wissen, welches Gesicht hinter den jeweiligen Masken verborgen war.

»Ihr alle habt um die Aufnahme in diesen Kreis gebeten, weil ihr aufrechte, ehrliche Männer seid, mit Visionen und dem festen Willen und Mut, diese in die Tat umzusetzen. Wir stehen für Werte ein, Werte, die verteidigt gehören. Die Menschen haben vergessen, wo ihre Pflichten liegen, und geben sich einem lasterhaften Dasein auf eine Art und Weise hin, die nicht ohne Folgen bleiben darf. Viele haben wir schon zur Umkehr bewegt, doch das, was am letzten Dienstag geschah, hätte nicht geschehen dürfen und darf so nie wieder geschehen.« Er atmete laut vernehmlich aus. »Unsere Gemeinschaft und unser Zusammenhalt schützt uns in einer Zeit, in der die Gesellschaft uns nicht zu schützen vermag. Keiner von uns weiß, wer die Klinge angesetzt hat. Es war einer von uns, und wir stehen hinter ihm wie ein Mann. Doch ich sage hier und jetzt, dass es so nicht noch einmal ausgehen darf. Es ist unsere Aufgabe, die Botschaft zu überbringen und die Saat des Zweifels ins Leben zu rufen, um die Huren so zur Umkehr zu bewegen. Alles andere entspricht nicht dem, weshalb wir zusammenkommen.«

Der Uringeruch schien ihm immer deutlicher. Und er wollte es erklären. Er wollte erklären, weshalb er sie scheren musste. Er wollte erklären, warum er das Messer angesetzt hat und dass es ein Unfall war. Doch er wusste, dass er es nicht tun durfte. Auf keinen Fall. Niemals. Die Hitze schien ihm unerträglich. Er atmete rasch, bekam nur noch einen Teil dessen mit, was der Obere so eindringlich vernehmen ließ.

»Ich werde etwas Zeit vergehen lassen, bis ich diejenigen auswähle, die unserer Hilfe und Züchtigung bedürfen. Geduldet euch. Ihr werdet Nachricht erhalten. Das ist alles.« Der Obere stand auf und verließ ohne ein weiteres Wort den Raum.

Was? Er war fassungslos! Was sollte das bedeuten, es sollte einige Zeit vergehen? Wie viel Zeit? Er wollte nicht warten, konnte nicht warten. Auch wenn er sich den Gedanken verbot, so wusste er doch, dass es nicht nur seine Überzeugung war, was er tat. Er konnte gar nicht anders. Gott selbst verlangte es von ihm, ließ ihn Höllenqualen leiden, bis er seinen Auftrag erfüllte. Kurz kam ihm der Gedanke, aufzuspringen und dem Oberen hinterherzueilen, ihn zum Umdenken zu bewegen. Doch was sollten die anderen denken? Würde er sich so verraten? Der Schweiß lief ihm vom Nacken aus den Rücken entlang und sammelte sich in der vom Urin durchnässten Hose.

Der Mann, der neben dem Oberen gesessen hatte und als Erster gekommen war, stand nun auf und ging hinaus. Es würde ihm fast unerträglich sein zu warten, bis auch er an der Reihe war. Doch er mahnte sich, jetzt nur keinen Fehler zu machen. Disziplin! Disziplin war wichtig, Disziplin bestimmte alles. Kurz keimte der Gedanke, was geschehen mochte, wenn er überraschend für die anderen einfach aufstand und ging, obwohl er noch nicht an der Reihe war? Würden sie ihn packen und zu Boden werfen? Würden sie ihn bestrafen, weil sie ahnten, dass er es war, der sie in die missliche Lage gebracht hatte, abwarten zu müssen? Auch wenn er es nicht wollte, so erregte ihn der Gedanke an die Bilder, die ihm durch den Kopf gingen. Er legte die Hände auf seinem Schoß übereinander, damit man im Halbdunkel nicht die Wölbung unter der Kutte ausmachen konnte, die seine Erregung verriet. Als endlich sein Nebenmann aufstand und das Zimmer verließ, atmete er erleichtert aus. Noch fünf Minuten, dann konnte er gehen. Dann hatte seine Qual für diesen Abend ein Ende.

*

Donnerstag, 15. Oktober 2015, 14.40 Uhr

»Wir würden gern mit Herrn Rehmert sprechen, Werner Rehmert«, sagte Falko der etwa 40-jährigen Frau, die ihm soeben die Tür geöffnet hatte. Sie hatte ihr dunkles Haar zum Pferdeschwanz zurückgebunden und trug Jeans und T-Shirt, was Falko für die Jahreszeit etwas zu kühl fand. Als er jedoch an ihrer linken Hand den Einweghandschuh sah, vermutete er, dass Stefan und er sie beim Hausputz gestört hatten und sie wahrscheinlich deshalb so luftig gekleidet war.

»Meinem Vater geht es nicht besonders. Darf ich fragen, in welcher Angelegenheit Sie ihn sprechen möchten?«

Falko und Stefan zogen fast gleichzeitig ihre Ausweise hervor. »Falko Cornelsen und Stefan Krieger von der Kriminalpolizei hier in Flensburg. Es geht um einen alten Fall, an dem Ihr Vater gearbeitet hat. Wir hätten nur einige kurze Fragen und werden ihn auch nicht lange aufhalten.«

Sie gab den Eingang frei. »Bitte, kommen Sie rein. Aber ich kann Ihnen nicht allzu viel Hoffnung machen. Es gibt solche und solche Tage. Manches Mal verwechselt er mich mit meiner Schwester oder sogar meiner Tochter, dann wieder ist er vollkommen klar.«

»Wir werden ihn nur kurz fragen. Wenn er sich nicht erinnern kann, macht das wirklich nichts.«

»Gut. Dann bitte hier entlang. Er sitzt so gern im Wintergarten, wissen Sie. Meine Eltern haben Jahre darauf gespart und die meiste Zeit zusammen dort verbracht, als meine Mutter noch lebte.« Sie führte die beiden durchs Wohnzimmer. »Kann ich Ihnen vielleicht etwas anbieten? Ich habe einen frischen Apfelkuchen da. Und einen Kaffee dazu?«

Falko wollte ablehnen, bemerkte aber erst jetzt, dass er seit dem Frühstück nichts mehr zu sich genommen hatte. »Wenn es Ihnen auch wirklich nichts ausmacht.«

»Aber nein, gar nicht. Ich hätte meinem Vater ohnehin in einer Viertelstunde den Kuchen gebracht, und so kann er auch in Ihrer Gesellschaft essen. Dann schaffe ich es sogar noch, das Bad oben zu Ende sauber zu machen.«

Sie gingen durch das Wohnzimmer. Auf der linken Seite befand sich eine Anrichte in einem kräftigen Eichefarbton mit Glaseinsätzen, in deren Inneren fein säuberlich einige bemalte Porzellanfiguren drapiert waren. Weiter unten standen Sammeltassen mit passendem Unterteller. Auf dem Sideboard daneben ein Flachbildfernseher, der einzig moderne Gegenstand in diesem Raum. Alles andere wirkte wie in den 80er-Jahren eingerichtet und seither nicht mehr verändert. Dabei wirkte jedoch kein Gegenstand so, als hätte er schon einmal bessere Zeiten erlebt. Alles war überaus gepflegt. Über die hellbraune Auslegeware am Boden waren drei bunte Teppichläufer mit Fransen gelegt, die auf direktem Weg zum Wintergarten hinüberführten.

»Papa, zwei deiner Kollegen sind hier.«

Der Mann, den Falko auf etwa 80 Jahre schätzte, sah von seiner Zeitung auf und lächelte sie freundlich an. »Kollegen?« Er nahm die Brille ab und musterte Falko und Stefan. »Aber wir waren nicht zur gleichen Zeit tätig«, scherzte er.

»Nein, das wohl nicht.« Falko ging auf ihn zu und streckte ihm die Rechte entgegen. »Falko Cornelsen, schön Sie kennenzulernen, Herr Rehmert. Das ist mein Kollege Stefan Krieger.«

Stefan reichte ihm ebenfalls die Hand.

»Welchen Rang haben Sie?«, fragte Werner Rehmert.

»Ich bin Kriminalhauptkommissar, mein Kollege Kriminaloberkommissar.«

»So, so. Na dann, nehmen Sie doch bitte Platz.« Er deutete auf die Rattanstühle, die vor dem runden Tisch standen. Er selbst setzte sich aufrecht hin und schob den Fußhocker, auf dem bis eben seine Beine gelegen hatten, beiseite.

»Bitte. Machen Sie sich unseretwegen keine Umstände.«

»Es ist kein Umstand, sich gerade und wie ein erwachsener Mensch an einen Tisch zu setzen. Alles andere wäre unhöflich und entspricht nicht meinem Wesen.«

Stefan schmunzelte und warf Falko einen amüsierten Blick zu.

»Ich hole Kaffee und Kuchen«, erklärte die Tochter nun und ging.

»Danke«, rief Falko ihr etwas unbeholfen nach.

»Ich behandle sie nicht so gut, wie sie es verdient hätte«, sagte Werner Rehmert nachdenklich und sah seiner Tochter nach. »Sie ist ein Goldstück, macht einfach alles. Wie sie manchmal die Nerven behält, ist mir ein Rätsel.«

»Sie haben es wirklich sehr schön hier, Herr Rehmert.« Falko sah sich um. Der Wintergarten war nicht groß, dafür aber umso gemütlicher hergerichtet. Neben dem runden

Rattantisch, um den vier Stühle drapiert waren, gab es einige kleinere Tische, auf denen unterschiedliche blühende Pflanzen abgestellt waren. Das restliche Grün bestand aus verschiedenen Palmenarten, bei denen Falko sich wunderte, dass sie sich hielten. Durch die Fensterfront blickte man in den gepflegten Garten, der mit leichtem Gefälle auslief und dessen mit Efeu bewachsener Sichtschutz die Grenze zum Nachbargebäude bildete.

»Also meine Herren«, wandte sich Rehmert an seine Besucher, »was verschafft mir das Vergnügen Ihrer Gesellschaft?«

»Es geht um einen Fall aus dem Jahr 1962.«

»Schön. Um welchen? Ich hatte mehr als nur einen, wie Sie sich denken können.«

»Der Fall Marie Schönfeld.«

Der Gesichtsausdruck Rehmerts veränderte sich. Eben noch entspannt, zog er nun die Stirn in Falten.

»Erinnern Sie sich an den Fall?«, fragte Stefan.

Rehmert lehnte sich im Rattanstuhl an, dass dieser knarzte. Dann atmete er mit einem Pfeifton durch die Nase aus. »Allerdings erinnere ich mich an den Fall. Vergewaltigung mit Todesfolge.«

Falko war überrascht, wie gut das Gehirn des alten Mannes noch zu funktionieren schien, wollte sich aber nichts anmerken lassen, um diesen nicht womöglich durch eine gut gemeinte Bemerkung zu kränken. »Ja, ganz recht«, sagte er schnell. »Sie haben damals den Fall zusammen mit Ihrem Kollegen Hürthel bearbeitet, nicht wahr?«

Rehmert schüttelte den Kopf. »Da haben Sie falsche Informationen«, erklärte er.

»Ach ja? Wir haben Ihren Namen auf einem Protokoll gefunden. Deshalb sind wir hier«, erklärte Stefan.

»Mag sein, dass ich was unterzeichnet habe. Aber Volkmar war derjenige, der sich um die Sache gekümmert hat.«

Falko betrachtete Rehmert eindringlich, während dieser sprach und hierbei vor allem Stefan zugewandt war. Etwas an dessen Körpersprache hatte sich verändert. Auf eine gewisse Weise hatte er eine Abwehrhaltung eingenommen, wenngleich sein Tonfall nichts Abweisendes an sich hatte. Ein Gefühl sagte Falko, dass Rehmert weniger sagte, als er wusste.

»Wie haben Sie sich mit Ihrem Kollegen Hürthel verstanden?«, fragte Falko spontan.

»Mit Volkmar?« Wieder atmete er laut aus, dass es fast nach einem Seufzer klang. »Wir hatten nicht viel gemeinsam.«

»Mochten Sie ihn?«

»Es war nicht meine Aufgabe, Kollegen zu mögen. Ich wurde dafür bezahlt, Polizeiarbeit zu leisten, und das habe ich getan.« Die Stimme Rehmerts klang etwas gereizt.

Falko war froh, dass in diesem Moment dessen Tochter mit einem Tablett in den Händen zurückkam.

»So. Kaffee und Kuchen.«

»Der duftet fantastisch.« Falko nahm die Teller vom Tablett und verteilte sie. »Das ist wirklich sehr nett von Ihnen. Haben Sie vielen Dank.«

»Ich sagte den beiden gerade eben, dass du ein wahres Goldstück bist«, erklärte Rehmert.

»Ach ja?«, fragte sie überrascht und mit einem Hauch von Spott in der Stimme. »Muss da erst die Kripo kommen, dass ich so was mal von dir zu hören kriege?« Sie stellte die Tassen und eine Kaffeekanne ab, ging dann zu ihrem Vater hinüber und gab ihm einen Kuss auf die Wange. »Aber auch wenn du's sonst nicht sagst, weiß ich, dass du es denkst.«

Rehmert lächelte sie an und tätschelte ihre Hand. Das Lächeln blieb auf seinem Gesicht, als sie die drei verließ.

»Bitte, meine Herren, greifen Sie zu.«

»Danke sehr.«

Kurz tranken und aßen sie, dann nahm Rehmert das Gespräch wieder auf. »Also, worum geht es hier nun wirklich?«

»Wie ich schon sagte, der Fall Marie Schönfeld. Wir wollen ihn wieder aufrollen.«

»Tatsächlich?« Ein breites Lächeln zog sich über das Gesicht des alten Mannes. »Das ist eine wirklich erfreuliche Nachricht.«

»Finden Sie?«

»Aber ja. Die Täter laufen noch immer frei rum, soweit ich weiß.«

»Sie gehen also davon aus, dass es mehr als ein Mann war?«

»Sie etwa nicht?« Rehmert schien überrascht.

»Genau deshalb sind wir hier. Die Akte von damals ist ziemlich dünn. Deshalb wollten wir Sie fragen, ob Sie sich an irgendwelche Details erinnern können?«

»Was denn für Details?«

»Alles, was Sie womöglich selbst mitbekommen haben und das nicht zu den Akten genommen wurde.«

»Wie gesagt, es war gar nicht mein Fall«, sagte er nachdenklich, nahm die Brille von seiner Nase und rieb sich kurz die Augen. Dann setzte er die Brille wieder auf. »Aber ich denke, ich weiß jetzt, unter welchem Protokoll mein Name stand. Unter dem leeren Anhörungsbogen für Opfer, nicht wahr?« Er nahm einen Bissen vom Kuchen und legte die kleine Gabel ab, während er die beiden ansah.

Falko wollte gerade antworten, als Werner Rehmert nachdenklich fortfuhr. »Ja, das stimmt. Das habe ich damals gegengezeichnet. Sie hat ja nichts gesagt, das arme Ding. Und weil ich sie ins Krankenhaus gebracht hatte, glaubten die Kollegen, sie würde womöglich mit mir sprechen. Doch ich konnte sie auch nicht dazu bewegen. Armes Ding. Wirklich. Schrecklich armes Ding.«

»Moment.« Falko stutzte. »Sie«, er betonte das Wort, »haben damals Lisa Schönfeld ins Krankenhaus gefahren?«

»Ja, sicher habe ich das. Steht das denn nirgendwo in den Akten?«

Falko und Stefan tauschten einen Blick. »Also ich hab's nicht gelesen«, erklärte Stefan, und auch Falko schüttelte den Kopf.

Werner Rehmert presste die Lippen aufeinander. »Merkwürdig. Doch, das war ich. Die Kollegen haben die Kleine direkt vom Tatort zur Direktion gebracht. Dort saß sie dann zitternd auf einem Stuhl, weil wir auf die Psychologin warten wollten. Wir hatten ihr eine Decke übergelegt, die sie sich über den Kopf gezogen hat, und dann dort kauerte. Deshalb haben wir es nicht gleich gesehen.«

»Was gesehen?«, fragte Stefan.

»Das Blut. Sie hat sich wohl, nachdem es geschehen war, ihre Hose übergezogen und erst dann die Polizei gerufen. Wie ihre Mutter so dagelegen hatte, wollten die Kollegen sie nur möglichst schnell wegbringen. Keiner ahnte zu dem Zeitpunkt, dass nicht nur die Mutter vergewaltigt worden war. Sie dachten, sie hätte es ›nur‹ mit ansehen müssen. Doch nach und nach sickerte das Blut durch ihre Hose. Erst da haben wir begriffen, was wirklich geschehen war. Ich bin dann mit meinem Kollegen Horst Lingen sofort los. Er ist gefahren, ich habe bei dem Mädchen auf dem Rücksitz gesessen und versucht, beruhigend auf sie einzureden. Doch ich weiß nicht mal, ob sie mich gehört hat. Sie stand total unter Schock.«

»Und dann? Im Krankenhaus?«

»Horst und ich haben auf dem Flur gewartet, bis die Ärzte uns was sagen konnten. Sie war fürchterlich zugerichtet worden, hatte einen Dammriss und schwere innere Verletzungen. Die Ärztin sagte damals, dass sie nicht glaubte, dass das Mädchen je Kinder kriegen könnte. Dafür hatten diese Schweine zu viel zerstört.«

Falko fuhr sich mit der Zunge über die Lippen. So oft er schon solche oder ähnliche Geschichten gehört hatte, so wenig gelang es ihm, sie mit der nötigen beruflichen Distanz einfach hinzunehmen. Der Gedanke, was Lisa Schönfeld und ihre Mutter damals durchgemacht haben mussten, bestürzte ihn und ließ Wut in ihm aufsteigen.

»Und haben Sie auch mit Lisa selbst sprechen können?«

»Können ja, aber sie wollte nicht. Kein Wort hat sie gesagt. Weder im Krankenhaus noch später. Sie hat einfach nur dagesessen und geschwiegen. Deshalb wurde auch das leere Protokoll aufgesetzt und von uns gegengezeichnet.«

»Ich verstehe«, sagte Falko mit Enttäuschung in seiner Stimme. Er hatte gehofft, etwas erfahren zu können, was ihn in irgendeiner Art weiterbrachte.

»Wissen Sie noch, ob damals überhaupt etwas gestohlen wurde?«, fragte nun Stefan.

Rehmert zuckte mit den Schultern. »Soweit ich es mitbekommen habe, zumindest nichts offensichtlich. Und es gab niemanden, den wir fragen konnten. Die Mutter war tot, und die Tochter hat kein Wort gesprochen.«

»War zu irgendeiner Zeit mal die Rede von einer bestimmten Halskette?«, hakte Falko nach.

»Eine Halskette? Nein, nicht dass ich wüsste. Sie hätten wohl besser Volkmar gefragt, als er noch lebte. Aber da hätten Sie wahrscheinlich noch weniger erfahren.«

Die letzte Bemerkung und die Art, wie Rehmert sie ausgesprochen hatte, ließ Falko stutzig werden. »Weshalb denken Sie, dass wir durch ihn weniger erfahren hätten? Vorhin sagten Sie doch, dass er für den Fall verantwortlich war.«

»Ach«, Rehmert winkte ab. »Das ist mir wohl nur so herausgerutscht.«

»Bei allem Respekt, doch das glaube ich nicht.« Falko legte die Gabel hin. »Bitte, Herr Rehmert. Wir wollen niemanden anschwärzen, schon gar keinen längst verstorbenen Kollegen. Doch wir müssen wissen, was damals geschehen ist. Sie waren mit der Arbeit Ihres Kollegen nicht einverstanden, richtig?«

»Ach, verdammt, was soll's denn auch. Ich bin 81 Jahre alt. Wenn ich's jetzt nicht sage, dann wahrscheinlich nie«, grummelte er. »Nein, ich war nicht mit Volkmars Art, die Sache zu behandeln, einverstanden. Doch ich war gerade mal 28 und er 15 Jahre länger dabei. Er hatte schon was geleistet, ich stand noch ganz am Anfang. Aber mir kam es so vor, als wollte er den Fall nur möglichst schnell abschließen.«

»Doch das konnte er nicht, weil er keinen Täter hatte«, sagte Falko.

»Das ist es ja. Er hatte keinen Täter, und trotzdem war schon nach wenigen Wochen von Ermittlungen keine Rede mehr. Ganz so, als wäre es ihm egal, ob die Kerle gefasst würden. Er pochte darauf, dass ein Einbruchdiebstahl aus dem Ruder gelaufen war. Doch ich glaubte das einfach nicht. Und andere Kollegen waren da meiner Meinung. Nur hat sich keiner getraut, gegen Hürthel vorzugehen.«

»Weshalb genau haben Sie es nicht geglaubt?«

»Na ja, die Details, wissen Sie? Der zum Teil kahl geschorene Kopf, die Anordnung der Tische, die zugezogenen Gardinen im ganzen Haus. Und keine Unordnung. Überhaupt keine Unordnung. Einbrecher sind doch bei so was nicht gerade zimperlich, ziehen Schubladen heraus und solche Dinge. Doch hier war nichts davon der Fall.«

Falko musste das soeben Gehörte erst einmal sortieren. »Was meinen Sie mit kahl geschorenem Kopf und die Anordnung der Tische?«

Rehmert sah ihn verdutzt an. »Aber das steht doch alles in der Akte.«

Falko und Stefan tauschten einen Blick. »Mir wäre bestimmt aufgefallen«, sagte Stefan, »wenn irgendwo von einem geschorenen Kopf die Rede gewesen wäre. Darüber findet sich kein Hinweis in der Akte.«

Werner Rehmert zog die Stirn in Falten. »Was ist denn das nur für eine verdammte Schweinerei?«, schnauzte er los. »Bitte verzeihen Sie mir die grobe Ausdrucksweise, doch ich kann es einfach nicht glauben.«

»Was meinten Sie mit dem geschorenen Kopf und den Tischen?«, brachte Falko die Unterhaltung wieder zum Wesentlichen zurück.

»Der Mutter, Marie Schönfeld, war zum Teil der Kopf geschoren worden. Vermutlich mit einem Rasiermesser. Die Schnittwunden deuteten darauf hin.«

»Wurde das Messer gefunden?«

Rehmert schüttelte den Kopf. »Nein. Nie. Wir vermuten, dass es auch für die Tötung verwendet wurde.« Er seufzte schwer. »Wenn das wirklich nicht in der Akte stehen sollte, ist da mehr schiefgelaufen, als man einfach nur mit Schlamperei entschuldigen kann. Dabei war Volkmar sonst ein wirklich engagierter Kollege. Nur in diesem Fall …«, er zögerte, »es war, wie soll ich sagen, als wollte er den Fall gar nicht lösen.« Rehmert sah von Falko zu Stefan und wieder zurück. »Ja, das war mein Eindruck. Doch ich habe es nie zuvor so deutlich gesagt. Womöglich war das ein Fehler.«

»Sie sagten noch etwas von der Anordnung der Tische«, warf Stefan ein.

»Die Tische, ja, ganz recht. Die Täter haben sich die Mühe gemacht, den Tisch aus der Küche zum Esszimmer hinüberzutragen. Die Frauen lagen nebeneinander, als sie vergewaltigt wurden.«

»Diese verdammten Schweine.« Stefan presste Luft durch die Lippen. »Als wäre es nicht so schon schlimm genug, wollten sie offenbar, dass die beiden das Leid der anderen miterleben?«

»Ganz genau«, sagte Rehmert nachdenklich. »Und genau deshalb glaube ich nicht daran und habe nie daran geglaubt, dass es ein geplanter Einbruchdiebstahl war. Auf mich wirkte es, als hätte man sich die beiden ganz bewusst ausgesucht und von Anfang an vorgehabt, sie auf diese Weise zu quälen.« Rehmert rieb sich mit der Hand den Arm, als friere er plötzlich. »Ich bekomme noch immer eine Gänsehaut, wenn ich daran denke. So alt ich auch sein mag, ich habe nie begreifen können, was Menschen anderen Menschen anzutun bereit sind.«

»Ich hoffe, dass keiner von uns sich je daran gewöhnen wird«, gab Falko ihm nachdenklich recht. Er überlegte, was er noch für Fragen haben könnte, doch nach dem eben gehörten schien sein Kopf wie leer gefegt. »Wir müssen mit Lisa Schönfeld sprechen«, murmelte er.

»Glauben Sie, dass sie nach all den Jahren ihr Schweigen brechen wird?«, fragte Rehmert mit Zweifel in der Stimme.

»Wir müssen es wenigstens versuchen«, urteilte Falko und stand auf. Sofort erhob sich auch Stefan.

»Haben Sie vielen Dank, Herr Rehmert. Sie haben uns wirklich sehr geholfen.« Falko streckte ihm die Hand entgegen.

»Ich wünsche Ihnen wirklich, dass Sie Licht ins Dunkel bringen. Obwohl ich das nach all den Jahren kaum zu hoffen wage.«

»Wir werden alles tun.« Stefan verabschiedete sich ebenfalls mit Handschlag. »Wir finden allein raus. Danke.«

Sie gingen den Weg zurück durchs Wohnzimmer und trafen im Flur auf Rehmerts Tochter, bei der sie sich noch mal für Kaffee und Kuchen bedankten und dann das Haus verließen.

Kaum, dass sie ins Auto gestiegen waren, sagte Falko: »Wir müssen sofort die Adresse Lisa Schönfelds rausfinden. Versuch es unter Schönfeld und auch unter Gerlach. Sie ist 1962 nach Kiel gezogen und muss wenigstens eine Weile dort gemeldet gewesen sein.«

Stefan zog sein Handy hervor. »Ich klemm mich gleich dahinter.« Er rief in der Direktion an und gab die Daten durch. Der Kollege versicherte ihm, sich gleich zu melden. Stefan beendete das Gespräch und behielt das Handy in der Hand.

»Was glaubst du, weshalb Hürthel damals …«, weiter kam er nicht, weil er durch das Klingeln seines Handys unterbrochen wurde. Er meldete sich, bedankte sich bei dem Anrufer und beendete das Gespräch. Dann verriet ein Summton, dass er eine SMS erhalten habe. »Volltreffer«, sagte er zu Falko. »Lisa Gerlach, geborene Schönfeld, wohnhaft Gaardener Ring in Kiel. Offenbar hat sie den Namen der Familie angenommen.«

Falko sah auf die Uhr. Kurz nach halb vier. »In etwas über einer Stunde könnten wir da sein.« Er sah Stefan fragend an.

»Gib Gas«, sagte Stefan. »Wir müssen dringend ein paar Antworten bekommen.«

Falko erwog kurz, Sarah anzurufen und auf den neuesten Stand zu bringen. Doch dann überlegte er es sich anders.

Also bog er in die Harrisleer Straße, um von hieraus direkt zur Autobahn A 7 zu gelangen. Das Blut pulsierte in seinen Adern, Aufregung machte sich breit. Er kannte das Gefühl nur zu gut, das ihn gepackt hatte: Jagdfieber.

7. KAPITEL

Dienstag, 20. November 1962, 16.34 Uhr

Er hatte pünktlich Feierabend gemacht, seinen Schreibtisch aufgeräumt und mit einem Tuch gesäubert, die Aktentasche genommen und das Amt verlassen. Mehr als neun Wochen war die letzte Zusammenkunft her, und jeden Tag wartete er begierig auf eine Nachricht. Doch es kam nichts. Seine anfängliche Unruhe hatte sich zu einem nervenzerfetzenden Dauerzustand entwickelt, der es ihm unmöglich machte, sich zu konzentrieren, geschweige denn, auch nur eine einzige Nacht durchzuschlafen. So konnte es nicht mehr weitergehen. Vor zwei Nächten hatte er geglaubt, womöglich einen Herzinfarkt zu bekommen, als er schweißnass aufgewacht war und es ihm kaum mehr möglich schien, atmen zu können. Es hatte Stunden gedauert, bis er sich beruhigt hatte. So war er zu einer Entscheidung gekommen. Heute Abend würde er in einen der Klubs gehen, die angeblich niemand kannte. Klubs, in denen sich Männer trafen, um sich in einer gar gotteslästerlichen Art einander zu nähern. Wie sehr er es verabscheute. Und nein, er war keiner von ihnen. Und wenn seine Lenden zuckten bei dem Gedanken an einen solch widerlich verdorbenen Kerl, dann doch nur, weil er ihnen mit aller Verachtung der Welt begegnete. Nein. Er war keiner von ihnen. Gott gab ihm diese Gedanken zur Prüfung. Er sollte widerstehen, er sollte sich würdig erweisen. Niemals wieder würde er sich dem hingeben, das ihn ins Verderben geführt hatte. Er meinte, den Gürtel seines Vaters noch heute auf seinem Rücken und seinem Gesäß zu spüren, seinem nackten, dargebotenen Gesäß, über das sein Vater so gelacht hatte. Er hätte es erkennen müssen, damals, die Prüfung des Herrn, als er gerade mal zwölf Jahre alt war. Heinrich, ein Knabe aus der Nachbarschaft, schmächtig, weibisch gar, mit dem er viel Zeit verbracht hatte bis zu jenem verhängnisvollen Tag. Heinrich. Noch heute liefen ihm wohlige Schauer bei dem Gedanken an den jugendlichen Spielkameraden über den Rücken. Doch alles war seine Schuld gewesen. Sie hatten miteinander gelacht und getollt, vergnügt einander gekitzelt. Ja, da war dieses Kribbeln, dieser Reiz des Unbekannten. Heute wusste er, dass es das auflodernde Höllenfeuer war, das seine Wange erhitzt hatte. Und er wusste, dass Heinrich ihm als Prüfung gesandt worden war. Ja, heute war ihm all das klar. Auch, dass die Prüfung in der zarten Gestalt des mächtigen Knaben erschienen war, mit so weißer, zerbrechlicher Haut, so sanften Händen und den treuesten Augen, in die er je geblickt hatte. Womöglich war es, weil er das genaue Gegenteil des Mannes war, dem er zu gehorchen hatte. Sein Vater war ein grobschlächtiger, aufgedunsener Kerl gewesen, der dem Schnaps im Übermaß zugesprochen hatte und stets eine Ohrfeige für die Mutter oder auch ihn bereithielt. Doch was waren die Ohrfeigen und kleinen Tyranneien gegen das, was er an jenem Tag erfahren sollte? Nichts. Sie waren nichts gewesen. Der Herr hatte ihm Heinrich als Prüfung gesandt, und er war schändlich durchgefallen. Seine Mutter war nicht da gewesen, er zuvor allein mit Heinrich in der Kammer, die die Eltern sein Zimmer nannten. Noch heute schallten die Worte des Vaters in seinen Ohren, nachdem er Heinrich am Kragen gepackt und aus dem Haus geworfen hatte. Einen kleinen Schwanzlutscher hatte sein Vater ihn genannt, eine Missgeburt. Er hatte gezittert, als der Vater den Gürtel aus seiner Hose gezogen hatte, ihm grob die Hose heruntergezogen und dann mit dem Gürtel wieder und wieder zugeschlagen hatte. Doch nicht nur das. »Du willst einen Schwanz haben, du kleiner Wichser? Ich gebe dir einen Schwanz, ich gebe dir einen Schwanz!« Und dann hatte sein Vater das getan, was er bis dahin geglaubt hatte, nur Mann und Frau miteinander tun könnten. Er hatte nicht gewusst, dass so etwas möglich war. Kalte Schauer liefen über seinen Körper, wenn er daran zurückdachte. Ein Gefühl von Abscheu stieg in ihm auf. Doch war nicht auch etwas Wohliges daran? Er führte den Zeigefinger an seine Zähne, knabberte heftig am Nagel. Ihm war egal, wie er auf die Menschen wirken musste, die ihm auf seinem Nachhauseweg begegneten. Er sah nicht auf, wollte nicht die Verachtung in ihren Gesichtern lesen. Als er das Mehrfamilienhaus erreichte, in dem seine Wohnung lag, war er vollkommen durchgeschwitzt. Eilig schloss er auf, rannte die Stufen hoch, öffnete seine Wohnungstür und ließ sich von innen schwer dagegenfallen. Es war noch nicht einmal 17 Uhr. Er hatte noch genug Zeit. Vor dem Abend würde niemand in dem Klub sein. Noch ein wenig Schlaf, Ruhe finden, auch wenn ihm dies gerade unmöglich schien. Er stieß sich von der Tür ab, ging sofort ins Schlafzimmer und zog sich nackt aus. Dann ließ er sich auf sein Bett fallen, breitete die Arme aus, als wolle er die Ruhe als Geschenk empfangen. Ja, er würde in den Klub gehen. Er würde es als Prüfung tun. Und er würde sie bestehen. Bilder von jungen Männern, die sich einander näherten, tauchten vor seinen geschlossenen Augen auf. Er ließ seine rechte Hand zu seinen Leisten hinabgleiten und verschaffte sich die Erleichterung, die er so dringend brauchte.

*

Donnerstag, 15. Oktober 2015, 16.58 Uhr

Falko und Stefan brauchten fast eineinhalb Stunden, bis sie die Straße Gaardener Ring in Kiel erreichten. Stefan hatte von unterwegs aus Michael in der Direktion angerufen und ihn informiert, dass sie auf dem Weg nach Kiel waren. Michi hatte noch kurz von der Autopsie berichtet und außerdem, dass es bereits einen ersten Verdächtigen gab. Da Falko und Stefan mit Sicherheit nicht mehr rechtzeitig in der Direktion sein würden, beschlossen sie, sich gleich am nächsten Morgen über die neuen Fakten auszutauschen. Dann beendeten sie das Gespräch.

Der Feierabendverkehr auf der A 7 hätte Falko um den Verstand bringen können. Er musste tief atmen, um die Ruhe zu bewahren, und war sogar kurz davor gewesen, das Blaulicht entgegen aller Vorschriften auf das Dach zu klemmen und sich so Platz zu verschaffen.

»Dort ist es«, sagte Stefan zu Falko und deutete auf ein Rotsteingebäude.

Falko nickte und suchte nach einem Parkplatz. Unmittelbar vor ihnen fuhr soeben ein Fahrzeug aus einer Parklücke heraus. »Besten Dank für den Service«, sagte Falko und parkte ein.

»Vielleicht hätten wir vorher anrufen sollen, um sicherzugehen, dass sie auch da ist«, sagte Stefan, als sie auf das Haus zugingen.

»Glaub mir. So wie sie sich auf dem Friedhof benommen hat, wäre sie ganz sicher nicht da, wenn wir uns angekündigt hätten.«

Sie klingelten. Es dauerte einen Moment, da öffnete die Frau, die Falko auf dem Friedhof gesehen hatte, die Tür so weit, wie es die Sicherheitskette erlaubte. »Ja, bitte?« Sie sah von Stefan zu Falko. Dann veränderte sich ihr Blick. Erkennen flackerte auf. »Ich habe Ihnen nichts zu sagen. Verschwinden Sie sofort!«

Sie knallte die Tür zu.

Falko klingelte und klingelte, klopfte gegen die Tür und rief immer wieder: »Frau Gerlach, bitte öffnen Sie! Wir müssen Sie dringend sprechen!«

»Verschwinden Sie oder ich rufe die Polizei«, hörten sie sie durch die geschlossene Tür rufen.

»Wir sind die Polizei«, sagte Falko. »Frau Gerlach, bitte. Ich öffne jetzt den Briefschlitz und werfe Ihnen meinen Ausweis herein, in Ordnung?«

Sie reagierte nicht. Kurz zögerte Falko, dann tat er, was er angekündigt hatte. »Gib deinen Ausweis auch her.«

»Und wenn sie dann trotzdem nicht aufmacht?«, widersprach Stefan.

»Wir kriegen die Dinger schon wieder. Los jetzt, her damit«, zischte er.

Stefan zog widerwillig das lederne Etui mit seinem Ausweis hervor und gab es Falko.

»Und jetzt werfe ich Ihnen den Ausweis meines Kollegen durch den Schlitz.« Wieder öffnete er den Einwurf und ließ den Ausweis ins Haus fallen.

Einen Moment warteten sie, dann wurde die Klappe von innen geöffnet und die Ausweise einfach wieder rausgeworfen. »Ich werde trotzdem nicht mit Ihnen sprechen.«

Falko sammelte die Ausweise von den Treppenstufen auf, gab Stefan den seinen zurück. »Frau Gerlach«, sagte er in ruhigem, aber forderndem Tonfall. »Ich weiß, dass Sie nicht mit uns reden wollen. Aber es gibt leider keine andere Möglichkeit. Entweder Sie reden hier mit uns, oder ich muss Sie von den Kieler Kollegen auf die Polizeiwache bringen lassen und dort befragen. So oder so haben Sie leider keine Wahl.«

Die Tür wurde wieder einen Spalt breit geöffnet. Die Sicherheitskette war noch immer davor. »Warum lassen Sie mich nicht einfach in Ruhe?« Ihre Augen waren gerötet und ihrem Gesicht ein entsetzlicher Schmerz anzusehen.

»Weil Ihre Mutter Gerechtigkeit verdient hat«, sagte Falko leise.

Sie sahen sich einen Moment lang an, dann schloss Lisa die Tür, zog die Kette beiseite und gewährte ihnen Eintritt. Sie betraten schweigend das Haus und stellten sich im Flur an die Seite. Falko hatte schon oft erlebt, dass Opfer von Gewaltverbrechen es als beklemmend empfanden, wenn jemand hinter ihnen stand. Lisa schloss die Tür wieder ab, ließ die oben und unten angebrachten Sicherheitsschienen einrasten, machte die Kette vor und deutete mit dem Kopf. »Gehen wir in die Küche.« Ihre Stimme war nicht mehr als ein Flüstern.

Falko ging vor, gefolgt von Stefan. Erst in einigem Abstand folgte Lisa nach.

»Hier vorn?«, vergewisserte Falko sich und öffnete die Tür etwas weiter, die nur angelehnt war.

»Ja«, bestätigte sie schwach.

Falko sah sich um. Die Küchenzeile war weiß gestrichen, doch er vermutete, dass sie einmal holzfarben gewesen war. Alles war aufgeräumt und wirkte sehr gepflegt. Der in der Küchenzeile integrierte Gasherd war nicht mehr der neueste, während der Kaffeevollautomat mit das Beste war, was der Markt hergibt. Falko war ja selbst erst vor einigen Monaten umgezogen und hatte sich daher neu eingerichtet. Ein solcher Kaffeeautomat hatte auch auf seiner Liste gestanden. Für ein derartiges Modell jedoch an die 5.000 Euro auszugeben, erschien ihm bei Weitem zu hoch, sodass er sich für eine einfachere Variante entschieden hatte.

Neben der Küchenzeile stand noch ein Tisch mit vier Stühlen bereit, auf der Fensterbank waren fünf verschiedene Töpfchen mit frischen Kräutern drapiert. Das Fenster gab den Blick in den Garten frei, jedoch nur zum Teil, da von außen schmiedeeiserne Gitter einen Einbruch verhindern sollten.

Falko ging um den Tisch herum und bedeutete Stefan, sich neben ihn zu setzen. Lisa kam herein und nahm auf dem Stuhl gegenüber Platz.

»Ich sollte Ihnen wohl etwas anbieten, doch ich hoffe, dass Sie nicht lange genug bleiben werden, um es zu trinken.«

»Wir brauchen nichts. Danke.« Falkos Stimme klang freundlich und ohne jeden Vorwurf. Er hatte in seinem Leben schon so oft mit Opfern von Straftaten gesprochen, dass er über das Verhalten Lisa Gerlachs weder verwundert war noch es als unhöflich empfand. Diese Frau vor ihm wollte nur eines: in Ruhe gelassen werden.

»Also?« Sie hob das Kinn, setzte sich aufrecht hin. »Sind Sie wirklich dienstlich hier? Sie sind doch der Freund von Veras Tochter, oder nicht?«

»Ja, das bin ich. Doch wir sind tatsächlich dienstlich hier.«

»Dann stellen Sie mir Ihre Fragen und gehen bitte.« Sie saß vollkommen aufrecht, hatte die Hände im Schoß übereinandergelegt und sah Falko eindringlich an.

»Frau Gerlach, wir bedauern wirklich, die alten Wunden wieder öffnen zu müssen«, beteuerte Falko.

»Nun, offenbar bedauern Sie es nicht genug, da Sie es ja dennoch tun.« Sie hob die Augenbrauen.

Falko sah sie an. Alles an dieser Frau wirkte abwehrend, und einen Moment ging ihm der Gedanke durch den Kopf, sie mit der Sache einfach nicht weiter zu behelligen. Doch er wusste, dass es falsch wäre. »Darf ich Sie fragen, was Sie beruflich machen oder gemacht haben?«

»Warum bitten Sie mich um Erlaubnis? Sie haben ja bereits gefragt.«

»Frau Gerlach, bitte, machen Sie es uns doch nicht so schwer.« Falko sah sie bedauernd an. »Es tut uns sehr leid, was geschehen ist. Wir haben vor, den Fall wieder aufzurollen.«

Für einen kurzen Moment schloss Lisa Gerlach die Augen. »Bitte tun Sie das nicht.« Sie sah von Falko zu Stefan. »Es nützt niemandem etwas, die alte Geschichte erneut vorzuholen, und ich könnte es nicht ertragen.«

»Unserem Wissen nach wurde der Fall nie aufgeklärt?«

»Nein, das wurde er nicht. Doch ich habe damit abgeschlossen.«

»Das glaube ich nicht«, sagte Falko ernst und nachdenklich. »Und ich denke, das wissen Sie auch.« Er deutete auf die vergitterten Fenster. »Sie leben noch heute in Angst. Mehrere Sicherheitsschlösser an der Haustür, die Fenster mit schmiedeeisernen Gittern versehen, die vermutlich auch vor den weiteren Fenstern im Haus angebracht sind. Ihre

Küche stammt etwa aus den 80ern. Die eingebauten Geräte wurden nie ausgetauscht, obwohl Sie vermutlich das Geld hierfür hätten. Sie wollen niemanden ins Haus lassen, deshalb leben Sie lieber mit den alten Sachen, anstatt sie erneuern zu lassen. Sie haben sich einen Beruf gewählt, bei dem Sie keine Menschen an sich heranlassen müssen. Vermutlich eine Büroarbeit, die kein Teamwork notwendig macht. Dabei hätten Sie eigentlich gern einen kreativen, künstlerischen Beruf ergriffen. Die Tatsache jedoch, dass Sie hierbei mit einer für Sie nicht überschaubaren Menge anderer Menschen hätten zu tun haben müssen, hat Sie davon abgehalten. Soll ich weitersprechen oder erkennen Sie sich auch so wieder?«

»Woher wollen Sie wissen, dass ich mir eine neue Küche leisten könnte und die alte nicht einfach behalte, weil ich nicht so viel Geld habe?« Es klang schnippisch.

»Unter Ihrem Kaschmir-Rollkragenpullover tragen Sie keine Kette, Sie tragen auch keine Ohrringe, dafür aber eine Uhr, die mindestens 10.000 Euro gekostet hat.«

Kaum, dass er es gesagt hatte, zog sie rasch den Ärmel über die Uhr.

»Sie versuchen alles zu vermeiden, was nach außen hin den Eindruck vermitteln könnte, dass sich ein Überfall auf Sie lohnen könnte. Auf dem Klingelschild draußen steht L. u. K. Gerlach, obwohl Sie allein hier gemeldet sind. Das K. dürfte eine Erfindung von Ihnen sein, um den Eindruck zu erwecken, dass Sie mit einem Partner hier leben. Dann Ihr Auto, das in der Auffahrt steht. Ein Geländewagen im mittleren Preissegment, wie er ebenfalls eher einem Mann gefallen würde. Ihr Kaffeevollautomat ist hochwertig und so teuer, dass ihn sich jemand, der nur gerade so mit dem Geld hinkommt, niemals kaufen würde.«

»Na schön. Ich habe mein Leben lang gearbeitet und außerdem von meinen Adoptiveltern einiges hinterlassen bekommen. Und? Was fangen Sie nun mit der Information an? Möchten Sie sich Geld leihen?«

»Nein. Ich möchte Ihnen aufzeigen, dass Sie trotz finanzieller Unabhängigkeit nicht das freie Leben führen, das Sie sich wünschen, weil Sie noch immer die befürchten, dass er dort draußen ist.«

Lisa Gerlach rieb sich die Arme, als sei ihr plötzlich kalt geworden. »Bitte sagen Sie das nicht so. Es macht mir Angst.«

»Genau darum geht es. Ein Satz, ein Geruch, ein vermeintlicher Blick versetzt Sie in Angst und Schrecken. Sie haben nicht damit abgeschlossen, was damals geschehen ist. Doch wir würden Ihnen gern helfen, genau das zu tun.«

Stefan nickte sanft, als wolle er Falkos Worte bekräftigen.

»Ich bin 67 Jahre alt, Herr Cornelsen.« Sie sah zu Stefan hinüber. »Und Ihr Name war Krieger, richtig?«

»Ja, Stefan Krieger.«

»Nun, ich bin 67«, wiederholte sie. »Das Durchschnittsalter eines deutschen Mannes liegt bei 77,72 Jahren. Ich schätze, die Angreifer von damals waren wenigstens zehn Jahre älter als ich. Selbst wenn sie noch leben sollten oder es auch noch einige Jahre tun, sind sie inzwischen so alt, dass sie hoffentlich in irgendeinem Heim sind oder zumindest nicht mehr in der Lage, jemandem etwas anzutun. Sie verstehen, was ich meine?«

»Aber fühlen Sie sich deshalb sicher?«

»Ich rede es mir zumindest täglich ein«, gestand sie. »Ihre Kollegen haben diese Schweine damals nicht finden können. Weshalb glauben Sie, es heute zu schaffen?«

»Wir haben neue Möglichkeiten«, erklärte Falko und fügte hinzu: »Außerdem haben wir die Akten gelesen und haben nicht das Gefühl, das alles getan wurde, um die Täter zu überführen.«

Stefan sah seinen Kollegen überrascht an. Er hatte nicht damit gerechnet, dass Falko dies dem damaligen Opfer gegenüber so frei eingestehen würde.

Sie zuckte mit den Schultern. »Ich weiß nicht, ob alles getan wurde.« Sie wirkte erschöpft.

»Würden Sie uns erzählen, was damals geschehen ist?«

»Sie haben doch die Akten. Also wissen Sie Bescheid«, erklärte sie matt.

»Oft erinnern sich Opfer erst später an Details. Und Sie haben damals keine Aussage gemacht.«

»Aus gutem Grund«, murmelte sie.

»Würden Sie ihn uns verraten?«, fragte Falko mit sanfter, beruhigender Stimme.

Sie antwortete nicht.

»Und würden Sie uns verraten, was es mit der Kette auf sich hat?«

Sie zuckte zusammen, als hätte sie einen kleinen Stromschlag bekommen. Einen Moment starrte sie nur vor sich hin. Dann hob sie den Kopf. »Wollen Sie vielleicht doch einen Kaffee oder auch etwas anderes?«

Falko lächelte sie an. Er spürte, dass das Eis gebrochen war. »Das wäre fantastisch, haben Sie vielen Dank.«

»Ich auch, sehr gern«, stimmte Stefan zu.

Lisa Gerlach stand auf, schaltete die Maschine ein und holte die Tassen aus dem Schrank, füllte Wasser in den Automaten und drückte den Knopf, um die oben befindlichen Kaffeebohnen zu mahlen.

»Ich habe noch nie darüber gesprochen«, sagte sie, ohne

sich den Kommissaren zuzuwenden. »Es ist das erste Mal seit 53 Jahren.« Sie nahm die erste befüllte Tasse und stellte sie vor Falko ab.

»Wir danken Ihnen für Ihr Vertrauen«, sagte Falko.

Lisa erwiderte nichts, bereitete noch zwei weitere Tassen und bot Milch und Zucker an, was die Kommissare dankend ablehnten. Dann setzte sie sich wieder an den Tisch. »Möchten Sie aufnehmen, was ich zu sagen habe?«, fragte sie sachlich.

Falko schüttelte den Kopf. »Lassen Sie uns einfach reden. Für alles andere ist immer noch Zeit.«

Sie bemühte sich um ein kurzes Lächeln, dann begann sie zu erzählen.

8. KAPITEL

Dienstag, 20. November 1962, 21.40 Uhr

Er spürte die Blicke wie kleine Brandwunden auf der Haut, als er sich auf dem dunklen Flur an den Männern vorbeischob, die dort standen und sich nur aus einem Grund miteinander unterhielten: Um alsbald gotteslästerlicher und widerlicher zu sein, als ein gesunder Geist es sich je vorstellen konnte. Alles widerte ihn an, ihr Aussehen, ihre Blicke, die Gier, die darin lag. Männer wie diese waren an allem schuld, Männer, die lebten, was wider die Natur war. Er ließ den Flur hinter sich und betrat den etwa 40 Quadratmeter großen Raum, der einst als Lager gedient haben mochte, nun jedoch mit einem Tresen ausgestattet war und durch die wenige Beleuchtung etwas ebenso Verruchtes wie Liederliches an sich hatte. Alles hier war darauf ausgelegt, dass Männer sich zu zweit oder auch mit noch mehr anderen Gleichgeschlechtlichen ein stilles, dunkles Fleckchen suchen konnten, wo sie ungeniert ihre Körper der Begehrlichkeit preisgaben. Ihm wurde fast übel bei dem, was er sah. Übel, und doch erregte es ihn. Eilig ging er zur Bar hinüber, bestellte sich ein Bier, das er sofort bezahlte.

»Ich hab dich hier noch nie gesehen«, sagte der Mann, der ihm das Getränk gab.

Er wollte nicht mit ihm sprechen, senkte den Blick, schüttelte nur rasch den Kopf.

»So geht's hier jedem am Anfang. Lass dich einfach drauf ein und sieh, was dir gefällt«, bot der Barkeeper an und ging an das andere Ende des Tresens, wo in diesem Moment ein anderer Mann etwas bestellen wollte.

»Guten Abend«, hörte er nun eine Stimme neben sich und wandte sich ihr zu. Der Mann, zu dem die Stimme gehörte, war etwas kleiner als er selbst, trug seine dunklen Haare seitlich gescheitelt und hätte sympathisch gewirkt, wären da nicht diese Züge um seine leicht gehobenen Mundwinkel, die seine Gier verrieten.

»Guten Abend«, erwiderte er nur.

»Bier?«, fragte der andere. »Hier gibt's auch harte Sachen.«

Er antwortete nicht, nahm stattdessen sein Bier und trank einen Schluck.

»Ich heiße Dieter«, sagte der andere. »Und du?«

»Gerd«, antwortete er schnell, weil der Name seines Vaters der erste war, der ihm in den Sinn kam.

»Freut mich. Du bist das erste Mal hier, oder?«

Er sah zu dem anderen hinab und nickte. »Und du?«

Dieter schüttelte den Kopf. »Öfter. Es ist gut. Keiner stellt Fragen, keine Verpflichtung.«

Sein Blick fiel auf die leicht eingedrückte Stelle am Ringfinger Dieters, wo sonst offenbar ein Ehering steckte. »Nimmst ihn ab, bevor du hierherkommst, was?«

Dieter hielt schützend die Hand darüber, nahm sie aber sogleich wieder weg. »Tja, jeder von uns hat ein Leben außerhalb, oder nicht? Aber du siehst tatsächlich nicht so aus, als würde zu Hause ein braves Weib auf dich warten.«

Er reagierte nicht, und Dieter kam etwas näher heran. »Oder doch?«, hauchte er ihm ins Ohr. »Wollen wir nicht weiter da hinten hingehen, um uns zu unterhalten?«

Er bekam eine Gänsehaut. Dieters Gesichtszüge schienen zu verschwimmen. Je länger er ihn betrachtete, desto mehr erinnerte er ihn an Heinrich, den Knaben aus der Nachbarschaft, mit dem alles angefangen hatte. Dieter kam noch näher an ihn heran, fasste ihm plötzlich in den Schritt. Seine Augen schienen Funken zu sprühen. Die Bierflasche rutschte ihm aus den schweißnassen Händen und schlug mit einem Klirren am Boden auf. Sofort bückte er sich.

»Lass doch. Das fegen die hier morgen mit weg«, sagte Dieter und fasste ihn in den Nacken.

Er ballte die Fäuste. Erregung stieg in ihm auf, doch noch stärker war der Selbsthass, der wie eine gewaltige Welle über ihn schwappte. Er atmete rasch, keuchte, griff eine Scherbe der Bierflasche und schnellte hoch. Er rammte Dieter die Scherbe in die Wange, zog sie heraus, stieß noch zweimal zu. Dieter schrie und schrie und schlug sich die Hände vors

Gesicht, versuchte ihn abzuwehren. Er ließ die Scherbe fallen, stieß jeden um, der ihm entgegenkam oder sich ihm gar in den Weg zu stellen versuchte. Wie von Sinnen rannte er über den Flur hinaus ins Freie, stürzte von dem Lagerraum weg die Straßen entlang bis zur Brücke, die über den Lautrupsbach führte. Dort blieb er stehen. Er sah in das Wasser, keuchte und übergab sich schließlich.

Später wusste er nicht mehr, wie lange er dort gestanden hatte. Er hatte gewartet, dass die Polizei kommen würde. Dass ihn irgendjemand holte und für das zur Rechenschaft zog, was er getan hatte. Doch niemand kam. Ihm gingen die Bilder des Krieges durch den Kopf, die Gesichter der Menschen, die als Letztes ihn gesehen hatten, bevor er sie niedermachte. Wie viele mochten es gewesen sein? Hunderte. Er konnte sie nicht zählen. Irgendwann taumelte er nach Hause, fühlte sich benommen. Es war fast halb vier, als er seine Wohnung betrat. Er legte seine Schlüssel ab, zog sich aus und ging ins Bad. Dort ließ er sich in die Badewanne gleiten und drehte das heiße Wasser voll auf. So blieb er liegen. Er wollte nie mehr aufstehen.

*

Donnerstag, 15. Oktober 2015, 17.32 Uhr

»Es war der 25. September 1962«, begann Lisa Gerlach und drehte nachdenklich die Kaffeetasse in ihren Händen. Sie sah die Kommissare nicht an, blickte immer weiter in den schwarzen Kaffee in der Tasse. »Es muss so gegen 22 Uhr gewesen sein. Ich lag schon in meinem Bett, hätte am nächsten Tag Schule gehabt. Es stand eine Deutscharbeit an, und ich wollte ausgeruht sein. Ich muss schon eingeschlafen gewesen sein, habe erst mitbekommen, dass etwas nicht stimmt, als einer von ihnen bereits in meinem Zimmer stand.« Sie schluckte schwer. »Ich habe mich so furchtbar erschrocken, als ich die Augen aufschlug. Sie haben mich gepackt und aus dem Bett gezerrt.« Sie stellte die Kaffeetasse ab, rieb sich die Arme, als friere sie plötzlich. Dann sah sie Falko an. »Sie hatten Kapuzen über dem Kopf und Kutten an. Wie beim Ku-Klux-Klan.«

Falko sah Stefan kurz an. Die Maskierung war etwas, das ihnen vollkommen neu war.

Lisa brauchte einen Moment. »Sie haben mich zu zweit gepackt und ins Esszimmer gezerrt. Dort haben die anderen schon gewartet. Meiner Mutter waren die Hände auf dem Rücken gefesselt worden. Sie musste vor ihnen am Boden knien.«

»Sie sagen, zwei Männer haben Sie geholt, und die anderen hielten bereits Ihre Mutter im Esszimmer fest. Von wie vielen Angreifern sprechen wir hier?«

»Acht?« Sie sah auf. »Es waren insgesamt acht Männer.«

»Acht?«, echote Stefan ungläubig.

»Ja«, bestätigte Lisa leise. »Sie waren zu acht. Zwei von ihnen gingen in die Küche und holten den Tisch. Sie stellten ihn direkt neben den Esszimmertisch. Und dann fingen sie an.« Ihre Stimme brach, sie presste die Lippen aufeinander, brauchte einen Moment, bevor sie zum Weitersprechen in der Lage war. »Sie zwangen uns auf die Tische, zerschnitten unsere Kleidung mit Messern. Wir haben geschrien und geschrien. Meine Mutter flehte sie an, wenigstens mich gehen zu lassen.« Sie atmete tief durch. »Doch sie kannten kein Erbarmen. Sie vergewaltigten uns, einer nach dem anderen. Vier meine Mutter, vier mich. Und sie zwangen uns, dass wir uns dabei ansahen.« Ihr liefen die Tränen herab. »Ich glaube, das war das Schlimmste.« Sie sah Falko an. »Ich habe mich so geschämt.

Ich habe mich vor meiner Mutter geschämt, und ich glaube, sie sich auch vor mir.«

»Wir können nicht einmal erahnen, was Sie durchmachen mussten«, sagte Falko betroffen.

»Die Schmerzen waren schrecklich. Und dann dieser Singsang.« Wieder rieb sie sich die Arme, als friere sie entsetzlich.

»Was meinen Sie mit Singsang?«

»Die Männer. Sie haben gesungen. Nein, nicht gesungen, sie haben gesummt. Wie ein Chor oder so etwas. Es gibt Nächte, da höre ich die Stimmen immer noch.«

Falko wartete eine Weile, ließ ihr Zeit. Es war, als wäre Lisa ganz woanders. Sie sagte nichts, schloss nur immer wieder kurz die Augen, atmete und rieb sich abermals die Arme.

»Was ist dann geschehen?«

»Ich weiß es nicht«, antworte sie schnell.

»Doch, Lisa, Sie wissen es. Sie machen das wirklich sehr gut.«

»Ich will es Ihnen ja sagen, aber ich, es ist, als hätte ich ab einem gewissen Punkt keine Erinnerung mehr. Das Nächste, woran ich mich erinnere, ist, dass ich auf der Polizeiwache sitze.«

»Können Sie sich erinnern, wie Ihre Mutter gestorben ist?«

Sie schüttelte schweigend den Kopf.

»Gehen wir noch einmal zurück«, bat Falko.

»Ich erinnere mich wirklich nicht.«

Falko sah Stefan an. Er war nicht sicher, ob er Lisa Gerlach mit einer Suggestion zu viel zumuten würde. »Darf ich Sie Lisa nennen?«

Sie nickte.

»Ich weiß, dass Sie niemandem vertrauen. Und das ist nur zu verständlich. Doch darf ich Sie um einen großen Gefallen bitten? Würden Sie mir vertrauen?« Er deutete auf Stefan. »Würden Sie uns beiden vertrauen?«

Sie sah ihn prüfend an. »Was haben Sie vor?«

»Ihr Unterbewusstsein blockiert Sie, Lisa. Ich arbeite mit Suggestionen. Ist Ihnen der Begriff geläufig?«

»Ich weiß, was eine Suggestion ist. So eine Art Hypnose, nicht wahr?«

»Etwas in der Art. Aber Sie bleiben sich Ihrer selbst stets bewusst. Sie hören alles, was ich sage, und verlieren zu keinem Zeitpunkt die Kontrolle über sich selbst.«

»Und was versprechen Sie sich davon?«

»Details, die Ihr Unterbewusstsein abgespeichert hat, an die Sie sich jedoch nicht erinnern können, weil es zu schmerzlich für Sie wäre. Es ist ein Schutzmechanismus.«

»Und Sie holen all diese Erinnerungen wieder hervor?«

»Ja.«

»Ich weiß nicht, ob ich damit leben kann.«

Falko seufzte. Doch er konnte sie gut verstehen. »Dann will ich Sie auch nicht dazu überreden.«

»Danke.«

»Sie sagen, das Nächste, woran Sie sich erinnern, ist, wie Sie in der Direktion sitzen?«

»Ja, das stimmt. Dort ist ein Polizist, ein sehr freundlicher Mann. Ich war wohl verletzt. Er hat mich ins Krankenhaus gefahren. Nein, nicht er, sein Kollege. Er hat hinten bei mir auf der Rückbank gesessen und meine Hand gehalten.«

»Können Sie sich an seinen Namen erinnern?«, fragte Falko, um zu überprüfen, was sie tatsächlich noch wusste.

»Ja, er hieß Reinders, nein, Reimert, warten Sie, lassen Sie mich nachdenken. Rehmert. Sein Name war Rehmert. Er und sein Kollege haben die ganze Zeit auf dem Flur gewartet. Selbst abends noch. Irgendwann ist der andere gegangen, doch Herr

Rehmert kam immer mal wieder ins Zimmer und hat nach mir gesehen. Er glaubte, dass ich schlafe, doch ich war wach. Er hat mir das Gefühl gegeben, dass ich wieder in Sicherheit bin.« Sie sah Falko an. »Ich habe mich nie bei ihm bedankt.«

Falko lächelte. »Ich glaube, er wusste auch so, dass Sie ihm dankbar waren. Aber wenn Sie es noch nachholen wollen, er lebt immer noch in Flensburg.«

Ein Lächeln huschte über ihr Gesicht. »Er lebt noch. Das freut mich. Ja, vielleicht werde ich mich doch noch bei ihm bedanken.«

»Ich bin sicher, dass ihn das sehr freuen würde.«

»Möchten Sie noch einen Kaffee?«, fragte Lisa Gerlach, die nun um einiges gelöster wirkte als zu Beginn des Gesprächs.

»Hätten Sie vielleicht auch ein Wasser?«, fragte Stefan.

»Für mich bitte auch«, sagte Falko.

»Gern.« Lisa Gerlach stand auf und ging zum Kühlschrank. Sie holte eine Wasserflasche hervor, drei Gläser und stellte alles auf dem Tisch ab. Stefan übernahm das Einschenken.

»Was hat es mit der Kette auf sich?«, fragte Falko nun.

»Sie meinen die, die Veras Tochter getragen hat?«, vergewisserte Lisa sich.

»Genau.«

»Sie gehörte meiner Mutter. Sie hat sie in der Nacht getragen.«

»Und die Täter haben sie mitgenommen?«

Lisa überlegte. »Ich, ich weiß nicht.« Sie zwinkerte mehrfach, schien sich erinnern zu wollen.

»Sind Sie sicher, dass es die gleiche Kette ist? Bernstein ist nicht eben selten.«

»Ich würde den Stein immer wieder erkennen. Die Form, die Art, es war der Stein meiner Mutter. Er hat auf der Rückseite einen dünnen Riss über die gesamte Länge und einen dunkleren Punkt. Wenn Sie genau hinsehen, erkennen Sie, dass es der Teil eines Insekts ist.«

Falko überlegte kurz, Sarah sofort anzurufen, fand es jedoch falsch, das Gespräch an dieser Stelle zu unterbrechen.

»Aber wie sollte der Stein, wenn er wirklich Ihrer Mutter gehörte, in den Besitz der Bischoffs gekommen sein? Sarah sagte, dass er bereits ihrer Großmutter gehört habe.«

»Vielleicht haben diese Kerle die Kette auf einem Flohmarkt verkauft oder an einen Händler. Ich weiß es wirklich nicht. Doch es ist die Kette meiner Mutter.«

»Gibt es sonst noch irgendetwas, das Sie uns sagen können? Waren die Männer groß oder klein, gab es irgendetwas Auffälliges an ihnen?«

Lisa nahm einen Schluck Wasser, dachte nach. »Könnten Sie es doch machen?«

»Was meinen Sie?«

»Diese Suggestion. Ich möchte es versuchen.«

Falko und Stefan tauschten einen Blick. Fast unmerklich nickte Stefan ihm zu.

»Könnten wir vielleicht ins Wohnzimmer oder an einen Ort gehen, an dem ein Sessel steht oder eine Couch, auf der Sie es sich bequem machen können? Natürlich nur, wenn es Ihnen nichts ausmacht. Wir können auch …«

»Ich vertraue Ihnen!«, schnitt sie Falko das Wort ab. »Ihnen beiden. Ich weiß nicht, warum, doch seit ich mit Ihnen über all das spreche, geht es mir besser.«

»Das freut mich aufrichtig«, sagte Stefan und hob die Mundwinkel.

»Kommen Sie.« Lisa stand auf. »Gehen wir zum Wohnzimmer hinüber.«

Dieses Mal ging Lisa vor, und es schien Falko, als machte es ihr nichts aus, ihnen den Rücken zuzudrehen. Es gab ihm ein gutes Gefühl.

Das Wohnzimmer war überaus modern eingerichtet. Alles war hell und cremefarben gehalten. Die rechte Wand bestand fast nur aus Bücherregalen, die um einen Flachbildfernseher in der Mitte herumgebaut worden waren. Der dunkle Holzfußboden bildete einen schönen Kontrast zu den hellen Möbeln und der gemütlich wirkenden Couch. Direkt vor den großen Terrassenfenstern, die genau wie das kleinere Fenster auf der rechten Seite mit im Mauerwerk verankerten schmiedeeisernen Gittern versehen waren, stand ein weißer Ledersessel mit passendem Fußhocker. Auf dem dunklen Fußboden lagen mehrere kleine Hochflorteppiche, die die Gemütlichkeit des Raumes unterstrichen.

»Sie haben es wirklich sehr schön hier, Lisa«, sagte Falko anerkennend.

»Wenn ich mich mal neu einrichten will, weiß ich, an wen ich mich wende«, scherzte Stefan.

Lisa drehte sich mit einem Lächeln zu den beiden um. »Ich werde Ihnen meine Telefonnummer geben, Herr Krieger.«

»Nennen Sie mich Stefan«, bot er an.

»Sehr gern. Stefan also. Und Falko?«

»Ganz recht.«

»Wollen wir es hier machen?«, fragte Lisa und deutete auf den Sessel.

»Perfekt. Kann ich mir einen Stuhl holen, um ihn direkt danebenzustellen?«

»Ja, gern. Nebenan ist das Esszimmer. Aber bitte wundern Sie sich nicht, ich benutze das Zimmer so gut wie nie, und es könnte staubig sein.«

»Das bezweifle ich«, sagte Falko freundlich. »Aber ich hole mir einfach einen der Stühle aus der Küche.«

»Das geht auch.«

Falko ging hinaus. Als er mit dem Stuhl wieder das Wohnzimmer betrat, hatte Lisa sich bereits in den Sessel gesetzt. Sie wirkte ein wenig aufgeregt, doch anders als noch vorhin. Es war fast so, als sei sie lediglich gespannt, was gleich geschehen würde. Stefan hatte auf der Couch Platz genommen, während Falko mit seinem Stuhl zum Sessel hinüberging. Er stellte ihn ab, holte dann die auf der Couch liegende Decke und reichte sie Lisa. »Ich denke, damit werden Sie sich ein wenig behaglicher fühlen.«

»Danke schön.« Lisa nahm die Decke und legte sie über ihre Beine. Dann lehnte sie sich im Sessel zurück, zog die Decke ein Stück höher, sodass sie nun auch ihre Schultern bedeckte. »Ich bin so weit«, kündigte Lisa an.

Die plötzlich gewonnene Selbstsicherheit der Frau überraschte Falko, doch er ließ sich nichts anmerken.

»Gut«, sagte er nur und setzte sich auf den Stuhl. »Bitte sehen Sie zum Bücherregal hinüber, suchen Sie sich ein Buch aus und konzentrieren Sie sich auf diesen Punkt. Ab jetzt bitte ich Sie, nur noch zuzuhören und selbst nicht mehr zu sprechen.«

Sie nickte und hob den Kopf. »Ich habe einen Punkt.«

»Gut. Dann hören Sie jetzt bitte nur noch auf meine Stimme und blicken auf den Punkt. Nur auf den Punkt.« Falko sprach langsam und ruhig. »Lassen Sie nun Ihre Schultern sinken und atmen Sie tief ein und aus. Ein und wieder aus. Sehen Sie nur auf den Punkt und konzentrieren Sie sich auf Ihre Atmung. Auf nichts anderes als Ihre Atmung. Wenn Sie spüren, dass Sie so weit sind, schließen Sie Ihre Augen. Sie fühlen sich wohl, geborgen und sicher. Ihnen kann nichts geschehen. Sie entspannen immer mehr, Ihre Schultern entspannen und Ihr Kiefer entspannt. Die Muskeln um Ihre Augen entspannen.« Er sah, dass Lisas Augenlider flatterten, bis sie sie schließlich ganz schloss. »So ist es gut. Sie sind vollkommen entspannt. Sie fühlen sich geborgen. Jeder Muskel Ihres Körpers ist entspannt. Alles ist in Ordnung. Sie atmen ganz ruhig. Wenn ich es sage, beginnen Sie rückwärts zu zählen, beginnend mit 200. 200, 199, 198, 197.« Falko zählte noch bis 193, während Lisa die Zahlen mit murmelte. »So ist es gut. Sie zählen einfach weiter. Wenn Sie eine Zahl überspringen und nicht mehr genau wissen, bei welcher Zahl Sie gewesen sind, ist es überhaupt nicht schlimm. Sie zählen einfach dort weiter, wo Sie meinen, gewesen zu sein.«

Lisa sprach weiter die Zahlen vor sich hin, zählte leise rückwärts, während Falko weitersprach. »Sie machen das sehr gut. Der bewusste Teil Ihres Verstandes zählt einfach weiter, während Ihr Unterbewusstsein zum 25. September 1962 zurückgeht. Sie zählen einfach weiter. Und Sie atmen. Sie atmen weiter ruhig und entspannt.« Falko sah, wie Lisa ruhig dasaß, leise weiter herunterzählte und dabei tief ein- und ausatmete.

»Wir gehen zurück zum 25. September 1962. Wir gehen gemeinsam dorthin. Ich nehme Ihre Hand. Niemand kann Ihnen etwas tun. Ich lasse Ihre Hand keinen Moment los.« Vorsichtig nahm er ihre Hand und umschloss sie mit der seinen. Lisa ließ es geschehen. »Es ist Nachmittag. Alles ist in Ordnung. Was tun Sie gerade, Lisa?«

»Ich sitze im Wohnzimmer. Ich habe das Deutschbuch aufgeschlagen. Morgen steht eine wichtige Prüfung an.«

»Und? Sind Sie gut vorbereitet?«

»Ja, das bin ich. Ich bin die Beste im Deutschunterricht.«

»Sehr gut. Sie fühlen sich also sicher. Sie werden die Prüfung gewiss gut meistern. Ist Ihre Mutter zu Hause?«

»Nein. Sie ist noch auf der Arbeit.«

»Was arbeitet sie?«

»Sie ist Krankenschwester. Sie muss bald kommen. Ich habe schon eingekauft.«

»Was haben Sie eingekauft?«

»Spinat. Ich habe die Kartoffeln geschält. Sobald meine Mutter kommt, setze ich sie auf.«

»Gibt es noch etwas dazu?«

»Spiegeleier.«

»Spiegeleier. Sehr gut. Sie warten also darauf, dass Ihre Mutter nach Hause kommt. Ist sonst noch etwas Besonderes an diesem Tag?«

»Nein, nichts. Alles ist wie immer.«

»Sehr gut. Alles ist wie immer. Sie fühlen sich wohl und geborgen. Sie hören jetzt, wie ein Schlüssel ins Schloss gesteckt wird. Ihre Mutter kommt nach Hause. Hören Sie es?«

»Ja, ich höre es.«

»Was geschieht jetzt?«

»Ich lege mein Deutschbuch beiseite und stehe vom Sofa auf. Ich gehe in den Flur.«

»Und? Sehen Sie Ihre Mutter?«

Ein Lächeln umspielte Lisas Lippen. »Ja, ich sehe sie. Sie hängt ihren Mantel an die Garderobe. Sie hat noch ihre Krankenschwesternkleidung an.«

»Begrüßen Sie sie?«

»Ja. Ich umarme sie, und sie küsst mich auf die Wange.«

»Und jetzt?«

»Sie sagt, dass sie sich umziehen will, und geht nach oben.«

»Und was machen Sie?«

»Ich gehe in der Zeit in die Küche und setze die Kartoffeln auf. Und den Spinat. Ich gieße ein wenig Milch in den Spinattopf. Dann schmeckt er besser.«

»Hat Ihre Mutter Ihnen diesen kleinen Trick verraten?«

»Nein. Meine Großmutter. Sie war eine wunderbare Köchin.«

»Kommt Ihre Mutter jetzt die Treppe wieder herunter?«

»Ja. Sie kommt zu mir in die Küche. Sie freut sich, dass ich das Essen vorbereitet habe. Sie geht zum Schrank und nimmt zwei Teller heraus. Jetzt deckt sie den Tisch für uns.«

»Und was tun Sie?«

»Ich hole das Besteck aus der Schublade und stelle uns zwei Gläser hin.«

»Es klingt nach einer großen Harmonie zwischen Ihnen beiden. Worüber unterhalten Sie sich?«

»Meine Mutter fragt, ob ich mich gut auf die Deutschprüfung vorbereitet habe. Und dann erzählt sie, was im Krankenhaus war.«

»Gab es etwas Besonderes dort?«

»Nein, nichts. Sie hatte einen ganz normalen Tag.«

»Sehr gut. Was geschieht jetzt?«

»Meine Mutter macht uns Spiegeleier. Die Kartoffeln sind auch fertig, und ich fülle den Spinat um. Wir setzen uns an den Tisch und essen zusammen. Es ist schön.«

»Ja, so klingt es auch. Sie stehen jetzt vom Tisch auf, erledigen zusammen mit Ihrer Mutter den Abwasch, verbringen den Abend miteinander. Dann gehen Sie ins Bett.«

Lisa wurde unruhig, ihre Augenlider flatterten. »Sie konzentrieren sich ganz und gar auf Ihre Atmung, Sie atmen ein und wieder aus. Ihnen kann nichts geschehen. Wir werden jetzt Folgendes machen, Lisa. Sie werden das, was in den nächsten Stunden geschieht, nicht selbst miterleben. Und auch Ihre Mutter nicht. Sie stehen jetzt wieder von Ihrem Bett auf und stellen sich in eine sichere Ecke Ihres Zimmers. Stehen Sie in der Ecke, Lisa?«

»Ja, ich stehe in der Ecke.«

»Gut. Ich stehe neben Ihnen in der Ecke. Ich halte Ihre Hand. Spüren Sie, wie ich Ihre Hand halte, Lisa?«

»Ja, ich spüre es.«

»Gut. Und nun rufen Sie Ihre Mutter. Bitten Sie sie, ins Zimmer zu kommen und sich zu uns in die Ecke zu stellen. Haben Sie Ihre Mutter gerufen, Lisa?«

»Ja, ich habe Sie gerufen.«

»Gut. Ihre Mutter öffnet nun die Tür. Das Licht vom Flur erhellt Ihr Zimmer. Ihre Mutter sieht uns beide in der Ecke stehen. Sie möchte eine Erklärung. Sagen Sie ihr, dass sie die Tür schließen und zu uns in die Ecke kommen soll.«

»Ich sage es ihr.«

»Sehr gut. Sie kommt zu uns. Ich nehme nun Ihre Mutter an die andere Hand. Weder Ihnen noch Ihrer Mutter kann etwas geschehen. Fühlen Sie sich wohl, Lisa?«

»Ja, ich fühle mich wohl.«

»Gut. Sie dürfen sich gleich nicht erschrecken, wenn die Tür aufgeht und die Männer hereinkommen. Sie werden dann sehen, dass die Männer nur eine leblose Schaufensterpuppe aus dem Bett ziehen, die Ähnlichkeit mit Ihnen hat. Doch das sind nicht Sie, Lisa. Sie stehen zusammen mit Ihrer Mutter und mir in der Ecke. Verstehen Sie?«

»Ja, ich verstehe.«

»Gut. Die Männer haben die Schaufensterpuppe jetzt aus dem Bett genommen und tragen sie nach unten. Sie, Ihre Mutter und ich gehen hinterher. Die Männer können uns nicht sehen. Wir sind vollkommen sicher. Wir folgen ihnen nun zusammen ins Esszimmer. Dort befindet sich eine weitere Schaufensterpuppe, die Ähnlichkeit mit Ihrer Mutter hat. Die Männer haben nicht bemerkt, dass es nur eine Puppe ist. Ihrer Mutter selbst kann nichts geschehen. Sie ist bei uns. Die Kerle haben nur eine leblose Puppe.«

»Ja, nur eine Puppe«, wiederholte Lisa ruhig.

»Zwei der Männer holen den Tisch aus der Küche und die Männer werfen die Puppen darauf. Wir drei stehen ein gutes Stück entfernt. Um uns herum ist alles dunkel. Die Männer können uns nicht sehen.«

»Sie können uns nicht sehen«, echote Lisa.

»Lassen Sie uns die Kapuzenmänner in Ruhe betrachten, Lisa. Wir haben alle Zeit der Welt. Was fällt uns an ihnen auf? Trägt einer von ihnen eine Uhr?«

»Ja, der mit dem Bauch. Seine Uhr hat ein schwarzes Lederarmband.«

»Sie haben recht. Jetzt sehe ich es auch. Können Sie noch etwas erkennen? Vielleicht die Gesichter? Beugen Sie sich ruhig ein wenig vor.«

»Nein«, sie schüttelte den Kopf. »Ich kann sie durch die Masken nicht erkennen.«

»Sie haben recht. Ich kann die Gesichter auch nicht erkennen. Doch das macht nichts. Was tun die Männer gerade?«

»Sie beugen sich über die Puppen. Sie dringen in die Puppen ein.«

»Zum Glück sind es nur Puppen, Lisa. Das hat mit uns nichts zu tun. Aber haben Sie das gerade gehört, Lisa?«

»Was meinen Sie?«

»Hat einer von ihnen nicht eben etwas gesagt? Ich glaube, er sagte etwas zu der Schaufensterpuppe, die aussieht wie Ihre Mutter. Oder hat er es zu der anderen Puppe gesagt?«

»Ja, er hat etwas gesagt.«

»Was hat er gesagt, Lisa? Hören Sie ganz genau hin. Ich halte weiter Ihre Hand.«

»Du hättest auf uns hören sollen.«

»Er sagt, du hättest auf uns hören sollen? Zu wem sagt er das?«

»Zu der Puppe, die aussieht wie meine Mutter.«

»Er kennt die Puppe also. Haben Sie auch den Eindruck, dass er sie kennt?«

»Ja, er kennt sie.«

»Woher kennt er sie? Wissen Sie das?«

»Nein.«

»Was sagt er noch? Hören Sie genau hin.«

»Er sagt immer wieder, dass sie nicht in der Lage ist, ihre Tochter zu beschützen. Niemals. Und dass sie wiederkommen und wiederkommen werden. Die Puppen werden niemals vor ihnen sicher sein.«

Falko musste sich zwingen, noch nicht weiter über das Gehörte nachzudenken, um die Konzentration nicht zu verlieren.

»Was geschieht jetzt, Lisa?«

»Jeder von ihnen vergewaltigt die Puppen, während die anderen zusehen und singen.«

»Sie singen?«

»Es ist kein richtiges Singen, eher ein Summen. Sie summen und sehen zu, wie die anderen vergewaltigen.«

»Den Schaufensterpuppen wurden die Köpfe so gedreht, dass sie sich zugewandt sind. Was fällt Ihnen an den Puppen auf, Lisa?«

»Nichts. Es sind einfach nur Puppen, die nackt sind. Die Männer vergehen sich an ihnen.«

»Tragen die Puppen Schmuck?«

»Ja. Die eine Puppe trägt die Bernsteinkette meiner Mutter.«

»Können Sie sehen, wie der Puppe die Kette abgenommen wird?«

»Ja. Der Mann mit dem Rasiermesser nimmt die Kette.«

»Sagt er etwas?«

»Ja. Er sagt, dass er die Kette als Pfand nimmt. Er legt beiden Puppen eine Münze auf die Stirn. Er sagt, dass sie jederzeit wiederkommen können. Keine der Puppen wird je wieder sicher sein.«

»Was ist das für eine Münze?«

»Es ist ein Pfennig. Ein glänzender Pfennig.« Ihre Augenlider flatterten.

»Atmen Sie ganz ruhig, Lisa. Wir drei stehen ein gutes Stück von den Männern entfernt. Keiner von ihnen kann uns sehen. Atmen Sie ein und wieder aus. Ein und wieder aus. Was geschieht jetzt?«

»Der Mann mit dem Rasiermesser setzt die Klinge an die Haare und schneidet sie ab. Blut quillt hervor.«

»Das Blut ist nur rote Farbe. Die Puppe blutet nicht, Lisa. Es ist alles in Ordnung.«

»Nein, sie blutet nicht. Aber der Mann denkt es. Er zieht Kreise mit dem Finger über den Kopf. Er tunkt seinen Finger in die rote Farbe und hebt seine Maske, um es vom Finger zu lecken.«

»Können Sie sein Gesicht erkennen?«

»Ja, ich kann es sehen.«

»Kennen Sie den Mann?«

»Ich, ich weiß nicht. Ich glaube, ich habe ihn schon einmal gesehen.«

»Wo haben Sie ihn gesehen?«

»Ich erinnere mich nicht. Ich, ich weiß nicht, ich …«

»Ganz ruhig, Lisa. Ruhig.«

»Ja, ich kenne ihn. Er wird wütend.«

»Warum wird er wütend?«

»Die Puppe. Sie hat sein Gesicht gesehen.«

»Sagt sie seinen Namen?«

»Ja.«

»Wie lautet der Name?«

»Eberhard.«

»Und auch ein Nachname?«

»Nein, nur Eberhard.«

»Was geschieht jetzt, Lisa?«

»Er würgt die Puppe. Jetzt reißt er das Messer hoch und sticht ihr wieder und wieder in den Hals.«

»Es ist nur eine Puppe, Lisa. Sie kann die Stiche nicht spüren. Wir werden jetzt gehen, Lisa. Sie, Ihre Mutter und ich gehen jetzt hinaus. Wir gehen zu Frau Weber am Ende der Straße. Sie kennen doch Frau Weber noch?«

»Ja, ich kenne sie. Sie ist eine nette Frau. Ich mag sie und auch ihren Mann.«

»Gut. Dorthin gehen wir jetzt. Wir alle drei. Wir klingeln und Frau Weber öffnet die Tür. Sie bittet uns herein. Wir sind in Sicherheit. Und jetzt rufen wir die Polizei, damit sie die Männer aus Ihrem Elternhaus abholen, Lisa.«

»Ja, wir rufen die Polizei.« Lisa lächelte.

»Es ist alles in Ordnung. Sie haben das ganz wunderbar gemacht, Lisa. Ich zähle jetzt von fünf rückwärts, und mit jeder Zahl fühlen Sie sich wieder ins Hier und Jetzt versetzt. Sie umarmen Ihre Mutter und kehren ohne jede Trauer zurück. Fünf, vier, drei, zwei, eins. Sie sind wieder im Hier und Jetzt, Sie sind wach und fühlen sich gut.«

Falko ließ seine Worte noch einen Moment nachwirken.

Langsam öffnete Lisa die Augen. Sie blinzelte mehrfach. »Ich war wirklich die ganz Zeit wach.«

Erst jetzt ließ Falko ihre Hand los. »Wie fühlen Sie sich?«

Lisa setzte sich aufrecht hin. »Gut.« Sie sah zu Stefan hinüber. »Ich fühle mich wirklich gut.«

»Haben Sie das Gefühl, dass Sie das alles zu sehr aufgewühlt hat? Ich würde Sie in einem solchen Zustand ungern allein lassen.«

Lisa sah ihn nachdenklich an. »Ich kann es kaum in Worte fassen. Ich habe überhaupt keine Angst. Wirklich nicht. Ich kann mich nicht erinnern, wann ich mich zuletzt so gut gefühlt habe.«

»Sie hätten sich längst professionelle Hilfe holen sollen«, sagte Stefan.

»Ja, das sehe ich ein.« Sie wandte sich an Falko, legte ihre Hand auf seine. »Ich kann Ihnen gar nicht genug danken für das, was Sie da für mich getan haben. Es ist, als hätte ich einen eisernen Mantel, dessen Gewicht mich jeden Tag ein bisschen mehr in den Boden gedrückt hat, einfach von meinen Schultern gestreift. Ich danke Ihnen. Ich danke Ihnen von Herzen.«

»Bitte, Lisa, tun Sie mir den Gefallen und holen Sie sich Hilfe bei einem Therapeuten. Ich wünsche Ihnen so sehr, dass Sie nach all den Jahren die Hilfe bekommen, die Sie brauchen. Niemand kann so etwas allein durchstehen.«

»Das werde ich. Ich habe es immer für falsch gehalten, doch so, wie ich mich jetzt fühle, weiß ich, dass es richtig ist. Darf ich Sie etwas fragen?«

»Natürlich.«

»Wo haben Sie das gelernt?«

»Nun, ich hatte selbst eine sehr schwere Phase in meinem Leben. Mein Vater und meine Schwester sind tödlich verunglückt, als ich noch ein kleiner Junge war. Meine Mutter hatte mit sich selbst zu viel zu tun und konnte mir nicht helfen. Meine Rettung war ein Karate-Schnupperkurs, bei dem ich lernte, meinen Körper zu kontrollieren. Doch nicht nur das. Mein damaliger Lehrer hat mir viel über Suggestion und Autosuggestion beigebracht, den Rest habe ich aus Büchern und quasi im Selbstversuch erarbeitet. Mich hat das damals gerettet und mich gelehrt, meine Gefühle, vor allem aber meinen Verstand zu kontrollieren. Das war meine Rettung.«

»Wirklich bemerkenswert. Und wie kamen Sie darauf, meine Mutter und mich durch Schaufensterpuppen zu ersetzen?«

»Ich wollte nicht riskieren, Sie noch einmal in die Situation zu stürzen, die Sie seit 53 Jahren quält. Also ersetzte ich Sie und Ihre Mutter in Ihrer Vorstellung durch Puppen.«

»Und? Konnte ich Ihnen mit dieser Aussage nun auch weiterhelfen?«

»Ganz bestimmt sogar«, bekräftigte Stefan, der von der Couch aufgestanden war und sich vor Falko und Lisa stellte. Er deutete auf den Block in seiner Hand. »Ich habe alles Wesentliche notiert. Ein Einbruchdiebstahl war das nicht, wie uns und wohl auch Ihnen so gern weisgemacht werden sollte. Sie wurden ganz gezielt überfallen, und Ihre Mutter hat einen der Täter erkannt.«

»Darf ich Sie noch etwas fragen, Lisa?«

»Sicher.«

»Warum haben Sie damals keine Aussage gemacht? Einige der Hinweise hätten von Nutzen sein können.«

»Ich stand wohl zu sehr unter Schock. Und nachdem der Polizist mir im Krankenhaus gesagt hat, dass er alles notiert hätte und sich kümmern würde, dachte ich nicht, dass es noch nötig wäre.«

»Moment« Stefan wurde hellhörig. »Welcher Polizist? Rehmert?«

»Nein. Herr Rehmert wurde damals abberufen, weil ein anderer für den Fall zuständig war. Diesem habe ich gesagt, was ich wusste. Obwohl, viel war es ja nicht.«

»Aus der Akte geht hervor, dass Sie zu keiner Zeit eine Aussage gemacht haben«, stellte Falko klar.

Lisa schüttelte den Kopf. »Nein, das stimmt nicht. Es war etwa einen Tag danach. Der Polizist sagte dann zu mir, dass ich am besten mit niemandem sonst darüber sprechen sollte. Diese Bande hatte wohl schon mehrfach zugeschlagen, und in einem Fall waren sie, soweit er wusste, tatsächlich zurückgekommen, als die Opfer eine Aussage gemacht haben.«

Stefan und Falko tauschten einen fassungslosen Blick. Falko stand auf. »Sie haben uns wirklich sehr geholfen, Lisa. Haben Sie vielen Dank. Wir werden uns auf jeden Fall wieder bei Ihnen melden. Und bitte, machen Sie die Therapie.«

»Das werde ich. Ich bringe Sie noch zur Tür.«

Sie gingen vom Wohnzimmer über den Flur zur Haustür. Lisa schloss auf, schob die Verriegelung oben und unten beiseite und ließ die Kette aus der Schiene gleiten. Sie verabschiedete sich mit Handschlag von Falko und Stefan und schloss hinter ihnen wieder ab.

»Ich bin echt von dir beeindruckt«, sagte Stefan, als sie zum BMW gingen. »Aber mal ehrlich: Was für eine Scheiße ist da bei der Ermittlung gelaufen?«

»Ich weiß es nicht«, entgegnete Falko, »aber das kriegen wir raus. Auch wenn der Ermittler von damals tot ist, wir kriegen das raus.«

9. KAPITEL

Donnerstag, 15. Oktober 2015, 21.52 Uhr

Falko hatte Sarah alles berichtet, was sich seit dem gemeinsamen Besuch von Frau Weber am Mittag ereignet hatte. Sarah hatte mit wachsender Fassungslosigkeit alles angehört, was er ihr zu sagen hatte. Eilig hatte sie die Kette mit dem Bernsteinanhänger von ihrem Hals gelöst und zusammen mit Falko untersucht. Tatsächlich. Auf der Rückseite war ein dünner Riss über die gesamte Länge des Steins zu erkennen, und als sie den Anhänger gegen das Licht hielten, konnten sie im Innern eine dunklere Stelle ausmachen, an der ein Insekt im Stein eingeschlossen war. Falko hatte nicht den geringsten Zweifel, dass es sich bei dem Schmuckstück um den von Lisa Gerlach beschriebenen Stein handelte.

»Wie zum Teufel ist er in den Besitz meiner Familie gekommen?«, fragte Sarah fast mehr sich selbst.

»Weißt du, seit wann genau deine Mutter den Schmuck hatte? Lisa Gerlach hatte die Vermutung, dass er vielleicht irgendwann auf einem Trödelmarkt verkauft worden sein könnte.«

»Nein«, sagte Sarah. »Das weiß ich leider nicht. Aber es muss schon lange her gewesen sein. Meine Mutter hatte die Kette von ihrer eigenen Mutter bekommen. Wobei bekommen wohl zu viel gesagt wäre.«

»Wie meinst du das?«

»Das war eine merkwürdige Geschichte damals. Als meine Großmutter 1993 einen Herzinfarkt erlitt und hieran verstarb, trug sie genau an diesem Tag die Kette um ihren

Hals. Sie wurde meiner Mutter im Krankenhaus übergeben, weil meine Oma sie um den Hals getragen hatte, als sie eingeliefert wurde.«

»Was ist daran so merkwürdig?«

»Meine Mutter hatte die Kette nie zuvor gesehen.«

»Was?«

»Es stimmt. Ich selbst habe meine Großmutter nie Schmuck tragen sehen. Wobei das eigentlich so auch nicht stimmt. Ich weiß, dass sich unter ihrer Kleidung immer etwas abzeichnete, das verriet, dass sie eben doch Schmuck trug. Doch sie hat ihn nie öffentlich gezeigt. Niemals.«

»Weshalb nicht? Hast du sie mal danach gefragt?«

Sarah zuckte mit den Schultern. »Sie sagte damals, dass sie nicht wollte, dass die Menschen sie womöglich für eitel hielten. Ich glaube, es hing mit meinem Opa zusammen. Er war Pastor, weißt du. Und sie hatten immer ein bisschen Angst vor dem Gerede. Bloß nicht, dass da jemand hätte denken können, dass sie sich auch an schönen Dingen erfreuen.«

»Ich verstehe.«

»Meine Großeltern waren wirklich sehr eng miteinander. Nur zwei Tage, nachdem meine Oma gestorben war, starb mein Opa auch. Sie wurden sogar zusammen beerdigt.«

»Muss wohl die große Liebe gewesen sein.«

»Scheint so.«

Falko fühlte sich unwohl bei diesem Thema, weil er ahnte, dass Sarah alsbald wieder auf ihre Beziehung zu sprechen käme.

»Noch mal zurück zu der Kette«, bat er. »Nehmen wir an, deine Oma hat sich die Kette auf irgendeinem Flohmarkt oder so gekauft.«

Sarah schüttelte den Kopf. »Nein, sie war ein Geschenk meines Opas, das weiß ich.«

»Woher?«

Sarah zuckte mit den Schultern. »Ich weiß, dass meine Mutter ihn kurz vor seinem Tod danach gefragt hat. Sie dachte an einen Irrtum im Krankenhaus und wollte die Kette dorthin zurückbringen, weil sie befürchtet hat, irgendeiner armen alten Frau den Schmuck weggenommen zu haben. Doch mein Großvater sagte ihr, dass die Kette meiner Oma gehört hätte. Er selbst hätte sie ihr vor Jahren geschenkt.«

»In Ordnung.« Falko wollte gerade wieder ansetzen, da sprach Sarah weiter. »Langsam erinnere ich mich, dass meine Mutter noch etwas anderes daran merkwürdig fand.«

»Was?«

»Nun ja, meine Mutter hatte sich wie gesagt gewundert, weil sie die Kette nie bei meiner Oma gesehen hatte. Aber mein Opa sagte oder besser befahl meiner Mutter, meiner Oma die Kette wieder umzumachen und sie hiermit zu begraben.«

»Was deine Mutter aber nicht getan hat.«

»Nein. Aber nicht mit Absicht. Nachdem eben direkt danach auch noch mein Opa starb, war meine Mutter damals vollkommen von der Rolle. Sie hat alles vorbereitet, es gab eine Doppelbeerdigung und das ganze Drum und Dran. Und meine Mutter hat erst später bemerkt, dass sie vergessen hatte, meiner Oma die Kette wieder umzulegen. Und sie konnte sie ja schlecht wieder ausgraben lassen, nur um dem Wunsch meines Opas zu entsprechen.«

Ein eigenartiges Gefühl machte sich in Falko breit, auf das er bisher immer vertrauen konnte. »Warum, denkst du, wollte dein Großvater, dass deine Großmutter die Kette quasi mit ins Grab nimmt?«

»Aus sentimentalen Gründen, würde ich sagen. Warum fragst du so komisch?«

»Was, wenn dein Großvater wusste, was es mit der Kette auf sich hatte?«

Sarah sah ihn aufgebracht an. »Sag mal, drehst du jetzt völlig durch? Willst du sagen, dass mein Großvater Schmuck gekauft hätte, der aus einem Diebstahl nach einer Vergewaltigung und Tötung stammte?«

»Aber nein, so war es ja gar nicht gemeint.«

»Wie denn dann?« Sarah schäumte vor Wut.

»Jetzt beruhige dich doch. Ich versuche doch auch nur, mir zu erklären, was sich abgespielt hat.«

»Indem du meinen Großvater einen Hehler nennst.«

»Das habe ich weder gesagt noch gemeint. Und jetzt beruhige dich bitte.«

»Weißt du was, ich habe es langsam satt! Ich habe es satt, dass du immer total kontrolliert bist und über allem stehst, während wir anderen Würmer uns bei dir klein fühlen, weil wir ja ohnehin nichts richtig machen können.«

»Ich weiß nicht, weshalb du so heftig reagierst, Sarah. Ich versuche diesen Fall zu lösen, nicht mehr und nicht weniger. Vielleicht hat dein Großvater einen der Vergewaltiger gekannt, ohne es zu wissen. Dein Großvater war Pastor. Was wäre denn, wenn jemand in einer schwierigen Lage zu ihm gekommen wäre und ihn um Geld gebeten hätte. Und weil die Kette das einzig einigermaßen Wertvolle war, das er zu bieten hatte, hätte er darauf bestanden, dass dein Großvater sie behält, bis er das Geld zurückzahlen kann. Und dann wäre genau dieser Kerl, warum auch immer, verschwunden und die Kette wäre so lange in Vergessenheit geraten, bis dein Großvater sie irgendwann in einer Schublade, in die er sie gelegt hatte, wiedergefunden hätte. Jahre waren vergangen, und er sah keinen Grund, dass sie nur weiter vor sich hin rottete. Also erzählte er deiner Großmutter davon und schenkte sie ihr. Fertig. Logische Geschichte.« Er sah seine Freundin erwartungsvoll an. »Ganz ehrlich, Sarah. Ich verstehe sehr gut, dass das alles schwer für dich ist. Aber mit deinen Beschimpfungen und Wutausbrüchen kann ich nicht umgehen.«

»Dann ist es vielleicht besser, wenn wir uns eine Zeit lang nicht sehen«, sagte sie mit Trotz in ihrer Stimme.

Aus einem ersten Impuls heraus wollte Falko ihr widersprechen, besann sich dann aber. Er hatte in letzter Zeit viel über die Beziehung nachgedacht. Trauerfall hin oder her. Es brachte einfach nichts, immer so weiterzumachen. »Vielleicht hast du recht«, sagte er dann.

Die Überraschung in ihrem Gesicht zeigte ihm, dass sie keinesfalls von seiner Zustimmung ausgegangen war.

»Gut.« Sie sprang auf. »Dann sollte ich wohl besser gehen.«

»Ich fahre dich.«

»Nein. Ich komme allein nach Haus.«

»Es würde mich wirklich beruhigen, wenn ich dich fahren könnte.«

»Das ist mir egal, hörst du. Ich kann allein auf mich aufpassen und brauche keinen Beschützer.«

Ihm lag eine Bemerkung auf der Zunge, die er sich verkniff. »Wie du willst«, sagte er dann.

Sie griff in ihre Tasche, holte das Schlüsselbund hervor und pulte daran herum.

»Was machst du da?«

»Deinen Schlüssel. Ich gebe ihn dir zurück.«

»Wenn du meinst.« Er seufzte.

»Siehst du. Da ist es wieder. Du bist total überlegen. Du bleibst ruhig und versuchst auch nicht mal, mich aufzuhalten.«

»Du bist eine erwachsene Frau und triffst deine eigenen Entscheidungen. Ich werde nicht so respektlos sein, diese anzuzweifeln.«

»Du kannst mich, Falko Cornelsen.«

»Mach's gut, Sarah.«

Sie knallte den Schlüssel auf den Glastisch, dass Falko dachte, würde unter der Erschütterung in tausend Stücke zerspringen. Dann stürmte sie auf den Flur, riss ihre Jacke von der Garderobe und rannte hinaus. Sie knallte die Tür so heftig zu, dass die Wände wackelten.

Falko kam sich schäbig vor, denn er war erleichtert.

*

Freitag, 16. Oktober 2015, 8.10 Uhr

»Das ist der Mann, den wir suchen.« Michael drehte das Foto so, dass Falko und Stefan es sehen konnten. »Simon Heinze, er ist mit der Schwester des Opfers liiert.«

Falko und Stefan warfen einen Blick darauf. »Und? Wie kommt ihr auf ihn?«

»Wir sind zuerst davon ausgegangen, dass unser Opfer allein nach Flensburg gekommen ist«, erklärte Tammo. »Es gab überhaupt keinen Hinweis darauf, dass noch jemand bei ihm gewesen sein könnte. Niemand hat ihn als vermisst gemeldet. Es wirkte, als wäre er allein hier.« Er zog ein weiteres Foto hervor, das offenbar von einer Überwachungskamera stammte. »Doch dann haben wir das Überwachungsvideo einer Tankstelle in die Hände bekommen, an der das Opfer getankt hat. Und siehe da.« Er legte noch ein Foto hin, das erst das Auto mit zwei Personen darin zeigte, dann ein weiteres, bei dem der Fahrer zum Tanken ausgestiegen war, und dann noch eines, auf dem der Beifahrer vergrößert dargestellt war. »Da haben wir ihn. Simon Heinze. Er ist zusammen mit unserem Opfer nach Flensburg gekommen.«

»Woher wisst ihr, wer er ist?«, fragte Stefan.

»Das war wirklich so ’n Ding«, gab Michael von sich. »Wir wussten ja bisher nur, dass unser Opfer Fabian Heemsoth aus Halle stammte. Also haben wir die dortigen Kollegen kontaktiert, ihnen das Foto aus der Überwachungskamera gemailt und sie um Amtshilfe gebeten. Eigentlich dachten wir, dass es eine Weile dauern würde, bis sie uns etwas liefern würden. Doch kaum, dass das Foto drüben war, bekamen wir einen Anruf von den Kollegen. Dieser Simon Heinze ist da bekannt wie ein bunter Hund. Diverse Vorstrafen wegen Betrugs, Einbruchdiebstahls, Unterschlagung, Volksverhetzung. Die Latte ist lang.«

»Und, haben sie ihn?«, fragte Stefan.

»Noch nicht. Doch sie sind dran.«

»Können wir irgendwie helfen?«, bot Falko an.

Michael schüttelte den Kopf. »Lasst uns mal machen. Wir überprüfen noch weitere Spuren, doch dieser Simon Heinze scheint uns im Moment entweder der wichtigste Zeuge oder eben ein guter Verdächtiger zu sein.«

»Okay«, stimmte Stefan zu.

»Und bei euch?«, fragte Tammo.

Falko und Stefan tauschten einen Blick. Dann erzählte Falko, was sie am gestrigen Tage alles erfahren hatten.

»Und genau deshalb nehmen wir uns unseren verstorbenen Kollegen Hürthel vor. Das war mehr als nur schlampige Arbeit oder Bockmist«, sagte Stefan. »Der Kollege hat ganz bewusst manipuliert und die Sache in der Akte so dargestellt, dass es nach einem aus dem Ruder gelaufenen Einbruchdiebstahl aussehen sollte. Es waren acht Männer in Kutten, die zu keinem Zeitpunkt etwas stehlen wollten. Es ging um die Vergewaltigungen, und Marie Schönfeld hat ihren Mörder erkannt.«

»Mir wird ganz schlecht, wenn ich daran denke, was die Frau durchgemacht hat. Und dann noch von der Polizei keine Hilfe zu bekommen«, Tammo schüttelte den Kopf. »Unfassbar.«

»Was denkt ihr, wie die Kette in den Besitz der Familie deiner Freundin gekommen ist?«, fragte Michael.

Falko zuckte mit den Schultern. »Ich weiß es nicht. Doch das genau sind unsere Ansatzpunkte in dem Fall. Ich werde die Familie Bischoff durchchecken und Stefan, nimmst du dir Hürthel vor?«

»Mach ich.« Stefan sah Falko an. »Denkst du nicht, dass Sarah damit ein Problem haben wird?«

Falko zuckte die Schultern. »Vermutlich. Doch ich kann es nicht ändern. Es kann ein Zufall sein. Die Kette könnte auf alle möglichen Arten in den Besitz der Bischoffs gekommen sein. Doch Sarah hat mir etwas gesagt, das mich stutzig werden ließ.« Falko erzählte seinen Kollegen von dem eigenartigen Verhalten Sarahs Großvaters, der unbedingt wollte, dass seine Frau mit der Kette zusammen begraben werden sollte.

»Du glaubst, er wollte ein Beweisstück beseitigen?«, vergewisserte sich Michael, ihn auch richtig verstanden zu haben.

Falko nickte. »Es wäre zumindest möglich. Vielleicht gibt es noch alte Unterlagen, Fotos oder irgendetwas anderes. Sarahs Großvater könnte diesen Eberhard gekannt haben. Ich bin mir sicher, dass Lisa ihn wiedererkennen würde, wenn wir alte Fotos finden. Vielleicht bekommen wir so auch einen Nachnamen.«

»Ohne euren Elan bremsen zu wollen«, sagte Tammo. »Aber selbst wenn ihr einen Namen bekommt. Das Ganze war 1962. Vielleicht leben die Kerle nicht einmal mehr, die den Schönfelds das angetan haben.«

»Aber dann haben wir Antworten. Wir können die Sache nicht einfach auf sich beruhen lassen.« Falko sah Stefan an. »Du hast Lisa erlebt. Sie braucht das, um abschließen zu können.«

»Du hast recht«, sagte Stefan und wandte sich wieder seinen beiden Kollegen zu. »Ihr hättet es erleben sollen. Falko hat sie dazu gebracht, sich an alles zu erinnern.«

»Und wie ging es ihr danach?«, fragte Michael.

»Das ist es ja«, erklärte Stefan. »Gut. Sie sagte, dass es ihr besser ginge. Ich stimme Falko total zu. Wir müssen die Sache aufklären. Vorher wird sie keinen Frieden finden.« Er stand von Michaels Schreibtisch auf, auf dessen Ecke er sich gesetzt hatte. »Außerdem kann ich kaum erwarten herauszufinden, weshalb der Kollege Hürthel den Fall manipuliert hat. Wenn er korrupt war, muss es Hinweise geben. Und die werde ich finden.«

Falko und Stefan verabschiedeten sich von Tammo und Michael und gingen in Falkos Büro. »Ich werde noch mal zu Rehmert fahren und ihm sagen, was wir rausgefunden haben, in Ordnung?«

»Halte ich für eine gute Idee«, sagte Falko. »Und ich werde Sarah anrufen.« Falko verzog das Gesicht.

»Sie wird nicht begeistert sein«, urteilte Stefan.

»Sie wird sowieso nicht begeistert sein, von mir zu hören«, antwortete Falko. »Wir haben uns gestern getrennt.«

»Scheiße. Tut mir leid.«

»Ist besser so«, sagte Falko. »Vielleicht ist der Zeitpunkt, sie auch noch nach ihrem Großvater zu fragen, genau richtig. So kann sie mich richtig hassen für das, was ich tue.«

Hierauf wusste Stefan nichts zu sagen. »Dann gehe ich mal.

Ich melde mich zwischendurch, wenn ich was in Erfahrung gebracht habe.«

»Okay. Danke. Ich melde mich auch, wenn ich was weiß.«

Sie verabschiedeten sich, und Michael ging. Falko setzte sich in seinen Schreibtischsessel, nahm das Telefon zur Hand und wählte Sarahs Nummer. Nach dem vierten Klingeln ging sie ran. »Hallo, Falko«, sagte sie, statt sich mit Namen zu melden.

»Hallo, Sarah.«

»Wie geht's dir heute Morgen?«, fragte Sarah. Ihre Stimme vibrierte.

Falko wollte nicht, dass das Gespräch allzu persönlich wurde. »Es tut mir leid, dass ich dich jetzt damit nerven muss, doch wir werden den Fall Schönfeld offiziell wieder aufnehmen.«

»Darum rufst du also an. Es geht um die Kette, nicht wahr?«

»Genau.«

»Der professionelle Kriminalkommissar, wie immer«, sagte sie spöttisch.

Falko ging nicht darauf ein. »Sarah, hast du noch Unterlagen von deinen Großeltern? Vielleicht alte Fotos, Briefe oder Ähnliches?«

Sarah seufzte. »Für dich ist es endgültig aus, nicht wahr?«

»Ja. Es hat keinen Sinn.«

Er hörte, dass sie weinte. Falko ließ ihr einen Moment.

»Hat deine Mutter noch etwas aufbewahrt?«, fragte er nach einer Weile.

»Vielleicht auf dem Dachboden«, antwortete Sarah mit brüchiger Stimme.

»Kann ich es mir ansehen?«

»Komm einfach her«, stimmte Sarah tonlos zu. »Aber ich werde dir nicht helfen.« Sie legte auf.

Falko blieb noch einen Moment sitzen, nahm dann die Jacke und verließ sein Büro.

»Ich fahre zum Haus der Bischoffs«, sagte er zu Stefan, als er an dessen offener Bürotür kurz stehen blieb.

Stefan sah auf. »Alles klar. Ich bin schon an Hürthel dran.«

»Viel Erfolg. Dann bis später«, verabschiedete Falko sich.

»Ja, bis dann!«

Falko hoffte, dass Sarah das Persönliche zwischen ihnen für den Moment ruhen lassen würde, als er an dem Haus klingelte, in dem er noch vor einigen Tagen die verstorbene Vera Bischoff im Schlafzimmer hatte liegen sehen. Seither war viel geschehen. Vor allem war er in einen Fall geraten, der ihn auch nachts nicht mehr losließ und in dem er dringend vorankommen wollte.

»Hallo«, sagte Sarah kühl und gab den Eingang frei.

»Hallo, Sarah.« Er trat ein. Es war ein eigenartiges Gefühl, dass nach nur wenigen Stunden von der Vertrautheit zwischen ihnen nichts mehr übrig zu sein schien. Noch mehr wunderte ihn jedoch, dass er das Gefühl nicht loswurde, dass es ihm nicht das Geringste ausmachte. Wenn er ehrlich zu sich selbst war, musste er sich eingestehen, dass es wohl keine Zeit gegeben hatte, in der das Verhältnis mit Sarah kein Fehler gewesen war.

»Du kennst dich ja aus«, sagte sie und deutete mit dem Kinn in Richtung Treppe.

»Ja, danke.« Ohne ein weiteres Wort ging er die Stufen hinauf, die nach oben zu Sarahs Wohnung führten. Dort angekommen, wandte er sich nach links, wo die Dachbodentreppe in die Decke eingelassen war. Mithilfe des Stabes, den Sarah in der Ecke neben dem kleinen Schrank aufbewahrte, fasste er die Metallöse, mit der die Luke öffnete und schließlich die Leiter herunterzog. Von oben schlug ihm Kälte entgegen, und er zog den Reißverschluss seiner Jacke hoch, bevor er die Stufen erklomm. Durch das kleine Dachfenster drang kaum Licht. Er tastete nach dem Schalter, der neben der Dachbodenluke angebracht war. Das Licht ging an, und er sah sich um. Falko war noch nie hier oben gewesen, auch nicht, als er das eine oder andere Mal Sarah während des Ausbaus des Obergeschosses geholfen hatte. Überall standen Kisten und Kartons, auf der linken Seite konnte er eine Ecke mit alten Spielsachen erkennen. Einige Teddys und Puppen lagen obenauf. Falko stieg ganz die Stufen hoch. Es war lausig kalt. Isoliert war der Dachboden definitiv nicht. Er versuchte, sich einen ersten Überblick zu verschaffen. Im vorderen Bereich standen diverse Eimer mit Malerutensilien und Reste mit Tapetenrollen. Er erkannte das Muster, das Sarah in ihrem neu eingerichteten Schlafzimmer hatte. Hier waren also die neueren Sachen zu finden. Er wandte sich nach rechts. Auf einem rollbaren Kleiderständer hingen mehrere Bügel mit alter Kleidung. Unter einer durchsichtigen Folie sah er einen Talar hängen. Dieser musste ihrem Großvater, dem Pastor, gehört haben. Falko ging weiter durch in den hinteren Teil des Dachbodens. Nahe dem Schornstein waren Kisten mit Bilderrahmen und vergilbten Fotografien, einige Ordner mit der Aufschrift »Steuer«. Falko griff sich einen heraus und schlug ihn auf. Es handelte sich um Einkommenssteuerbelege für Reinhard und Vera Bischoff, Sarahs Eltern. Die Großeltern mütterlicherseits hatten vermutlich einen anderen Nachnamen gehabt, und Falko fiel zum ersten Mal auf, dass er genau diesen gar nicht wusste. Er wusste nur, dass Reinhard Bischoff damals zusammen mit seiner Frau Vera und ihrer

Tochter hier gelebt hatte. Doch hatten die Großeltern auch schon hier in diesem Hause gelebt? Er überlegte kurz, stieg dann die Leiter wieder herab und ging nach unten zu Sarah, die in der Küche ihrer Mutter saß.

»Sarah, entschuldige bitte, aber wie hießen deine Großeltern eigentlich mit Nachnamen?«

»Böhm. Felicitas und Richard Böhm.«

»Und wo haben sie gewohnt? Hier?«

»Am Ende, ja. Im Obergeschoss, wo ich jetzt meine Wohnung habe. Doch solange mein Großvater noch als Pastor im Dienst war, haben sie im Pfarrhaus gelebt.

»Und ab wann hier?«

»Das muss Mitte der 80er-Jahre gewesen sein.«

»Okay. Danke. Aber die Sachen aus ihrem Nachlass, die hat deine Mutter doch hier aufbewahrt?«, vergewisserte er sich.

Sie sah ihn kurz an und hatte dann offenbar eine Entscheidung getroffen. »Ach, was soll's.« Sie stand auf. »Ich komme mit und helfe dir.«

Falko wollte ihr sagen, dass es nicht notwendig war. Doch wenn er ehrlich war, musste er eingestehen, dass es die Angelegenheit vermutlich sehr beschleunigen würde. »Danke«, antwortete er deshalb nur und ging zusammen mit ihr nach oben. Sie stiegen die Leiter rauf.

»Verdammt, ist das kalt hier.« Sarah rieb sich die Arme. Zielstrebig ging sie bis zum Schornstein, bückte sich und prüfte einige Kisten, die unter der Dachschräge standen. »Ich hab was. Kannst du es holen und nach unten tragen, Falko? Hier oben friert man sich ja was ab.«

Falko nahm den Karton, den sie mit dem Fuß zu ihm herüberschob. »Danke. Das ist wirklich nett von dir.«

»Ich habe hier noch vier weitere Kisten gefunden. Ich zieh sie raus, aber anheben kann ich die nicht.«

»Ich bringe nur eben die hier nach unten. Dann komme ich wieder hoch und hole die restlichen. Geh du doch schon wieder runter.«

»Möchtest du vielleicht einen Kaffee?«, bot sie an.

»Das wäre klasse. Danke.«

Sarah ging an ihm vorbei und damit als Erste die Leiter hinab. Falko trug einen nach dem anderen Karton nach unten, bis er alle fünf nebeneinander aufgereiht hatte. Dann ging er noch mal hoch, schaltete das Licht aus und ließ schließlich die Dachbodenleiter in die Verankerung zurück.

Sarah hatte derweil in der Küche im Obergeschoss und damit in ihrer eigenen Wohnung einen Kaffee aufgesetzt. Falko nahm den ersten Karton und trug ihn in die Küche. Er mochte, wie Sarah den Raum eingerichtet hatte. Der Fußboden war mit hellgrauen Fliesen in Schieferoptik verlegt worden, die Wände in einem blassen Hellgrün tapeziert. Neben der anthrazitfarbenen Küchenzeile gab es noch einen Tisch mit zwei Stühlen daran als Einrichtung. Besonders schön war der kleine Balkon, der sich direkt anschloss und auf dem Falko und Sarah im Sommer einige Male zusammen gefrühstückt hatten. Doch seit er zuletzt hier war, hatte sich die Atmosphäre in dem Raum seinem Gefühl nach verändert. Hatte er sonst nach einer oft wunderschönen Nacht hier sein Frühstück eingenommen, fühlte er sich nun fremd und nicht mehr dazugehörig. Für ihn fühlte es sich dennoch richtig an. Der Kaffee lief mit gluckernden Geräuschen in die Kanne, als Falko den auf dem Fußboden abgestellten Karton öffnete. Obenauf lag ein Porträtfoto von einem Ehepaar mit Kind. Der Vater saß auf einem Stuhl, seine Frau stand neben ihm, das kleine Mädchen saß bei dem Vater auf dem Schoß. »Sind das deine Großeltern?«

»Mit meiner Mutter, ja.«

Falko nahm einen weiteren Stapel mit Fotos heraus. Allesamt waren Aufnahmen der Familie, die von einem Fotografen gemacht worden waren. Dann folgten Fotoalben mit eingeklebten Aufnahmen. Auf manchen trug Richard Böhm seinen Talar, dann wieder gab es andere, die aussahen, als seien sie bei Feiern oder Festlichkeiten entstanden. Auch Bilder, die offenbar an Silvester gemacht worden waren, und solche in besonders festlicher Kleidung vor dem Weihnachtsbaum waren dabei. Falko blätterte das erste Album in aller Ruhe durch. »Kennst du die Leute auf den Fotos?«

Sarah reckte den Hals, besah die Bilder und schüttelte dann den Kopf. »Nur meine Großeltern. Sonst niemanden. Werden irgendwelche Freunde oder Bekannte von ihnen gewesen sein.«

Falko sah sich Seite für Seite an. Was sagten ihm diese Fotos? Vor allem fiel auf, dass Richard Böhm offenbar stets im Mittelpunkt des Geschehens gestanden hatte. Doch das war für die Zeit, als er Pastor gewesen war, durchaus üblich. Einem Mann in einem solchen Amt wurde nun einmal besondere Beachtung geschenkt.

»Was war dein Großvater für ein Mensch?«

Sarah überlegte kurz. »Er wirkte immer besonders würdevoll auf mich.« Sie strich gedankenverloren über die Fotos. »Meine Mutter hat einige Male erwähnt, dass er ein sehr strenger Vater war. Ansehen war ihm überaus wichtig.«

»Er wirkt auch nicht gerade wie der lockere Typ Pastor.«

Sarah rang sich ein Lächeln ab. »Nein, das bestimmt nicht. Werte, Moral, Anstand, Ehe, Erziehung, das waren Dinge, die ihm wichtig waren. Ich glaube, er hat immer das Gute in jedem Menschen gesucht.«

»Wie kommst du darauf?«

»Meine Mutter hat das früher mal so erwähnt. Ihr Vater wollte wohl niemanden aufgeben. Das widersprach seinem Glauben.«

»Ich verstehe.« Falko legte das erste Album beiseite. »Kannst du dich sonst noch an etwas erinnern?«

»Er hatte so ein Hilfsprojekt, na ja, Hilfsprojekt ist vielleicht zu viel gesagt. Eher eine ehrenamtliche Aufgabe. Er hat sich um Männer gekümmert, die im Krieg gewesen waren und Schwierigkeiten hatten, mit dem Erlebten umzugehen.«

Falko wurde nachdenklich. »Traumatisierte Soldaten?«

»Ja.«

»Und deine Großmutter?«

»Eine klassische Hausfrau, würde ich sagen. Sie war immer sehr bescheiden, hat ihr ganzes Leben auf die Unterstützung meines Großvaters und die Erziehung meiner Mutter ausgerichtet.«

Falko legte das Album beiseite, hob die anderen an und prüfte, ob sich im Karton noch etwas anderes befand. Doch es waren ausschließlich Fotos darin. »Sag mal, könnte ich die Bilder Lisa Schönfeld zeigen?«

»Lisa Schönfeld? Weshalb? Natürlich hat sie meinen Großvater gekannt.«

»Um ihn geht es nicht«, erklärte Falko. »Ich hoffe, dass sie noch jemanden auf den Fotos erkennt, der uns so vielleicht gar nicht auffällt.«

»Klar, nimm sie mit. Aber ich möchte sie wiederhaben.«

»Natürlich.«

Falko hob den Karton an und stellte ihn in den Flur. Dann holte er einen weiteren von den anderen in die Küche. Hierin befanden sich fast ausschließlich Bibeltexte, einige waren an manchen Stellen markiert und mit Notizen versehen. Vermutlich für die sonntäglichen Predigten. Falko besah sich

Blatt für Blatt, konnte jedoch nichts entdecken, das ihm in irgendeiner Art weiterhalf.

Sarah stand auf, schenkte zwei Tassen Kaffee ein und stellte sie auf den Tisch. Dann setzte sie sich wieder ihm gegenüber. »Wonach suchst du eigentlich?«

»Wenn ich das wüsste.« Falko ließ etwas mutlos die in seiner Hand befindlichen Blätter in den Karton sinken. Doch irgendwas in seinem Innern arbeitete. Er wollte den Gedanken greifen, doch je mehr er es versuchte, desto weniger schien es ihm zu gelingen.

»Was hast du?«, fragte Sarah.

»Ich weiß nicht.« Er sah zu dem Karton, bückte sich und begutachtete noch einmal die Blätter. »Irgendetwas ging mir eben durch den Kopf. Und dann doch wieder nicht.« Er ließ die Papiere wieder sinken. »Ach, es wird mir schon wieder einfallen. Wäre es in Ordnung für dich, wenn ich alle Kartons mitnehme? Dann kann ich den Inhalt bei mir zu Hause ausbreiten.«

»Um deinen Blickwinkel darauf zu verändern?«

Er nickte. »Du kennst mich ziemlich gut.«

»Nicht gut genug«, sagte sie missmutig.

»Sarah, es tut mir wirklich leid.«

Sie hob die Hand, um ihn so zum Schweigen zu bringen. »Lass nur. Es war mein Fehler. Ich hätte wissen müssen, dass es schiefgeht. Du bist noch nicht über Heike hinweg, wirst es vielleicht nie sein. Ich habe es gewusst und mich trotzdem darauf eingelassen.« Sie zuckte die Schultern. »C'est la vie.«

Falko wusste hierauf nichts zu sagen. Er trank seinen Kaffee aus. »Dann werde ich am besten die Kartons zum Auto tragen und fahren.«

»Mach das.«

Falko stand auf und ging in den Flur. Er trug Kiste für

Kiste zu seinem BMW und verabschiedete sich mit einem Kuss auf die Wange von Sarah. Ihr war anzusehen, dass sie in der Zwischenzeit geweint hatte. »Ich melde mich«, sagte er mehr aus einer Verlegenheit heraus.

Sie nickte nur, bemühte sich um ein kurzes Lächeln und machte die Tür zu. Falko stieg ins Auto, fuhr aber nicht in die Direktion, sondern nach Hause. Von unterwegs aus rief er Stefan an und informierte ihn, die Unterlagen von Richard Böhm bei sich zu haben und diese mit in sein Häuschen zu nehmen, um sich ihnen dort in Ruhe widmen zu können. Sie versicherten sich wechselseitig, den anderen zu informieren, sollten sie auf etwas stoßen. Dann legten sie auf. Falko war froh, sich allein und in der Abgeschiedenheit seines Hauses auf seine Art des Falles annehmen zu können.

10. KAPITEL

Donnerstag, 29. November 1962, 7.55 Uhr

Neun Tage waren seit den Geschehnissen in dem Lagerraum vergangen, und jeden einzelnen Tag davon hatte er damit gerechnet, dass die Polizei kommen und ihn mitnehmen würde. Doch nichts war geschehen. Immer öfter fragte er sich, ob es tatsächlich möglich war, dass sein Verhalten überhaupt keine

Konsequenzen nach sich zog. Im Krieg war es so gewesen, ja. Da hatte er im Auftrag gehandelt, war wie ein Wahnsinniger losgestürmt, hatte mit wilder Entschlossenheit auch die niedergemacht, die ihm an Körpergröße und Kampfgeschick überlegen gewesen waren. Ja, da war es in Ordnung, sogar gewünscht gewesen. Doch hier und jetzt. Er machte sich nichts vor. Wenn jemand von den Taten der maskierten Männer erführe, würden sie alle vom Gesetz zur Rechenschaft gezogen, und wenn ihre Intention noch so richtig war. Aber war sie das überhaupt? Teilte wirklich jeder der Männer, die unter dem Schutz der Maske mit ihm die Taten begangen hatten, seine Auffassung? Oder genossen sie einfach nur die Gewalt, die Macht? Und was war mit ihm? War er seinen Prinzipien noch immer treu? Ging es noch um die Wiederherstellung der gottgewollten Ordnung? War es überhaupt noch möglich, die Gesellschaft zur Umkehr zu bewegen und die Werte wiederherzustellen, die das Volk einst vom wilden Tier zum Menschen erhoben hatte?

»Eberhard?«

Erschrocken fuhr er zusammen. Er hatte gar nicht bemerkt, dass sein Vorgesetzter an ihn herangetreten war.

»Guten Morgen, Herr Radmann«, sagte er folgsam.

»Peter Decker hat mir mitgeteilt, dass Sie dieses Jahr wieder nicht einen einzigen Urlaubstag genommen haben. Wir haben das doch schon mehr als einmal besprochen.«

»Aber ich brauche keinen Urlaub«, versuchte er einen Widerspruch.

»Nein.« Sein Vorgesetzter schüttelte entschieden den Kopf. »Ab der ersten Dezemberwoche mindestens 14 Tage. Sie können auch um eine weitere Woche verlängern. Das ist nicht verhandelbar. Ihretwegen komme ich noch in Teufels Küche, Eberhard.«

»Aber ich weiß gar nicht …«

Der Vorgesetzte wischte den Widerspruch mit einer Handbewegung beiseite. »Wenn ich Sie Anfang Dezember auf Ihrem Platz hier sitzen sehe, setze ich Sie persönlich vor die Tür, Eberhard.«

»Ja, Herr Radmann. Ich werde den Urlaub machen.«

»Na, bitte. Das war doch gar nicht so schwer. Ich wünsche Ihnen erholsame Tage.«

»Danke, Herr Radmann.«

Der Vorgesetzte nickte ihm zu und ging dann. Eberhard bewahrte noch einen Moment die Fassung, dann sprang er auf und ging im Eilschritt zu den Toiletten. Er stieß die Tür auf, betrat die rechte der beiden Kabinen und schloss hinter sich ab. Erschöpft und zittrig ließ er sich auf den Toilettensitz niedersinken. Was sollte er jetzt tun? Die Arbeit war derzeit das Einzige, das ihm Halt gab. Er führte die Hand an den Mund, knabberte alle Fingernägel der rechten Hand so weit herunter, dass es blutete. Was sollte er tun? Er wusste es nicht. Verzweiflung stieg in ihm auf. Diesen Druck würde er nicht aushalten können. Fieberhaft jagten die Gedanken durch seinen Kopf. Er konnte so nicht weitermachen, musste die Sache selbst in die Hand nehmen, durfte es nicht aufschieben. Auf keinen Fall. Also fasste er einen Plan. Menschen würden leiden müssen, doch sie hatten es nicht anders verdient. Der Weg, der vor ihm lag, war steinig. Aber er musste ihn gehen. Er konnte nicht anders.

*

Freitag, 16. Oktober 2015, 10.40 Uhr

Falko hatte Stunden damit verbracht, sämtliche Kartons auszuräumen und die Unterlagen, Fotos und Zeitungsausschnitte zu ordnen. Alles war in seinem Wohnzimmer auf dem Fußboden, dem Tisch und dem Sideboard verteilt. Dann hatte er Lisa Gerlach angerufen und gefragt, ob er ihr einige Fotos mailen dürfte, auf die sie einen Blick werfen sollte. Lisa hatte eingewilligt und ihm ihre E-Mail-Adresse genannt. Unruhig hatte er gewartet, bis sie zurückgerufen hatte, nachdem er die Fotos eingescannt und ihr geschickt hatte. Doch sie musste ihn enttäuschen: Der Eberhard, den sie suchten, war auf keinem der Fotos abgebildet. Falko hatte ihr gedankt und versichert, sich bald wieder zu melden. Dann hatte er aufgelegt und sich wieder und wieder die Unterlagen angesehen, doch er musste sich eingestehen, in einer Sackgasse zu stecken. Die ganze Zeit über hatte er das Gefühl, etwas zu übersehen. Da war dieser Gedanke in seinem Hinterkopf, der an die Oberfläche drängte. Irgendetwas, das er gehört oder gesehen hatte, das etwas in ihm ausgelöst hatte. Doch er wusste beim besten Willen nicht, was. Also brach er ab, ließ die Unterlagen verstreut liegen und fuhr in die Direktion. Dort angekommen, sah er zunächst bei Stefan vorbei, doch dieser war nicht da, genauso wenig wie Tammo oder Michael. Dann ging Falko in sein eigenes Büro und setzte sich an den Computer. Er überprüfte in mehreren unterschiedlichen Suchmasken, ob es weitere Vergewaltigungen gegeben hatte, bei denen mehrere Männer Frauen überfallen hatten, die sich mit Kutten und Masken unkenntlich gemacht hatten. Doch der Computer lieferte keine Ergebnisse. Erst als ihm ein Detail wieder einfiel und er danach suchte, ob nach einer Vergewaltigung Schmuck entwendet und dafür ein Pfennig hinterlassen worden war, wurde er fündig. Sein Pulsschlag beschleunigte sich, als er sich die Fallakte aufrief. Der Überfall war gegen zwei Frauen gerichtet gewesen, Mutter und Tochter. Zwei maskierte Männer waren bei ihnen eingebrochen, hatten die beiden gefesselt, die Mutter vergewaltigt, eine Kette mitgenommen und beiden Frauen Pfennige auf die Stirn gelegt, bevor sie gingen. Der Fall war nie aufgeklärt worden. Was Falko neben der Tatsache, dass es viele Übereinstimmungen zum Verbrechen an den Schönfelds gab, noch in Aufregung versetzte, war das Jahr, in dem der Überfall stattgefunden hatte: 2011. Der Fall lag gerade einmal vier Jahre zurück. Falko hatte wenig Hoffnung, dass die Telefonnummer des Opfers, einer Natalie Peschel und ihrer Tochter Melanie, noch stimmte. Er wählte trotzdem.

»Peschel?«, meldete sich eine weibliche Stimme.

»Frau Peschel. Mein Name ist Falko Cornelsen. Ich bin Kriminalhauptkommissar hier in Flensburg. Ich würde Sie gern kurz aufsuchen, um Ihnen einige Fragen zu stellen.«

»Fragen? Weshalb?«

»Es geht um den Fall von vor vier Jahren.« Falko rechnete damit, dass sie womöglich auflegen würde oder einen Besuch ablehnte.

»Haben Sie einen Verdächtigen?«, fragte die Stimme am Telefon.

»Nein, aber eventuell einen weiteren Fall.«

»Ich muss um 13 Uhr zu meiner Schicht. Sie können gern vorher noch herkommen.«

»Stimmt die Anschrift von damals noch, die hier in der Akte ist?«

»Ja. Ich bin nicht umgezogen.«

»Vielen Dank, Frau Peschel. Ich mache mich sofort auf den Weg.«

»In Ordnung. Ich warte auf Sie.«

Nicht einmal 20 Minuten später stand er vor dem weiß verklinkerten Einfamilienhaus mit dem kleinen, gepflegten Vorgarten. Falko ging darauf zu und klingelte. Auf dem

Türschild stand der Name Peschel. Es dauerte nur einen Moment, bis die Tür von einer Mittvierzigerin geöffnet wurde. Sie trug eine hellblaue Bluse, dunkelblaue Jeans und die braunen Haare zu einem lockeren Knoten zusammengebunden. Falko schätzte sie auf etwa 1,70 Meter, wobei sie sehr schlank war, fast schon dünn. Dem ersten Eindruck nach wirkte sie fit und trainiert. Aufgrund ihrer Haltung und dem Selbstbewusstsein, das sie ausstrahlte, vermutete Falko, dass sie viel Sport, vermutlich sogar Kampfsport trieb.

»Frau Peschel?« Falko zog seinen Ausweis hervor und hielt ihn ihr entgegen, damit sie ihn lesen konnte. »Falko Cornelsen. Wir haben telefoniert.«

»Kommen Sie bitte herein.« Sie gab die Tür frei.

Falko trat in den geräumigen, achteckigen Flur, von dem in Sternform die Türen zu den einzelnen Räumen abgingen. Der Boden war terrakottafarben gefliest, die Tapeten in einem hellen Gelbton gehalten. An den Wänden hingen Schwarz-Weiß-Fotografien verschiedener Städte.

»Bitte, hier entlang«, bat Frau Peschel. »Setzen wir uns am besten in die Küche, ja?«

»Danke schön.« Falko folgte ihr.

Die Küche war hellblau gestrichen, die Schränke weiß, der Fußboden mit den gleichen Terrakottafliesen versehen wie der Flur.

»Bitte, nehmen Sie Platz, Herr Cornelsen.« Sie deutete auf einen der Stühle. »Kaffee?«

»Sehr gern, danke. Sie haben es wirklich sehr schön hier, Frau Peschel.«

»Ja, nicht wahr?« Sie sah sich um. »Ich habe das ganze Haus mit viel Liebe eingerichtet. Vielleicht war es für mich deshalb auch keine Option, hier wegzuziehen.« Sie ließ eine

Kapsel in die Kaffeemaschine gleiten. »Und außerdem wollte ich mich nicht unterkriegen lassen.«

»Genau den Eindruck machen Sie auch auf mich, wenn ich Ihnen das sagen darf.«

Sie lächelte Falko an.

»Sie müssen nicht antworten, wenn die Frage zu persönlich ist. Machen Sie Kampfsport?«

»Aikido«, sagte sie sofort. »Sie sind ein guter Beobachter.«

»Erst seitdem oder schon vorher?«

»Ich wünschte, ich hätte es schon vorher gemacht. Ich glaube, dann wäre es anders ausgegangen.«

Die erste Tasse Kaffee war durchgelaufen. Frau Peschel stellte sie vor Falko ab. »Milch, Zucker?«

»Schwarz. Danke sehr.«

»Ein pflegeleichter Mann. Wie wunderbar«, scherzte sie.

Falko war überrascht, wie gelöst und offen sie auf ihn wirkte. In all den Jahren hatte er mit so vielen Menschen zu tun gehabt, die auf unterschiedlichste Art Opfer von Gewalttaten geworden waren. In den meisten Fällen zogen sich diese Menschen zurück, waren schreckhaft und oft übernervös, wirkten argwöhnisch und abweisend. Frau Peschel hier jedoch machte den Eindruck, als sei ihr nie etwas Schreckliches widerfahren.

Sie nahm sich ihre eigene Tasse Kaffee und setzte sich ihm gegenüber. »Also, Herr Kommissar, was kann ich für Sie tun?«

»Wie ich am Telefon schon sagte, geht es um den damaligen Fall«, begann er.

»Sie meinen die Vergewaltigung.« Es klang belehrend.

»Ganz recht. Die Vergewaltigung. Der Fall ähnelt einem anderen, der lange zurückliegt. Könnten Sie mir noch einmal schildern, was an dem Abend geschehen ist? Ich weiß, dass das viel verlangt ist.«

»Ist es nicht. Nicht, wenn Sie die Täter hierdurch fassen können und anderen Frauen erspart bleibt, was meine Tochter und ich erlebt haben.«

»Darf ich Ihnen sagen, wie bemerkenswert ich Ihre Einstellung finde?«

Sie lächelte. »Das war jahrelange, harte Arbeit«, antwortete sie. »Ich habe es geschafft, das alles zu verarbeiten, habe sogar das Gefühl, stärker zu sein als je zuvor in meinem Leben. Und wenn ich dazu beitragen kann, dass die Kerle das nicht wiedermachen können, habe ich endgültig gewonnen.«

Falko bewunderte diese Frau aufrichtig für das, was sie sagte und ausstrahlte.

»Es war der 11. Juli 2011, so gegen 23 Uhr. Meine Tochter und ich waren bereits ins Bett gegangen. Ich bin durch ein Geräusch aufgeschreckt. Noch bevor ich reagieren konnte, stürmte ein maskierter Mann in mein Zimmer und verpasste mir einen Elektroschock mit so einem Taser. Danach war ich wohl weggetreten. Als ich die Augen wieder aufschlug, lag ich nackt und mit gefesselten Händen und Füßen auf unserem Esszimmertisch und meine Tochter Melanie neben mir. Sie war ebenfalls nackt. Ich hatte Todesangst.« Sie nahm ihre Tasse Kaffee, trank einen Schluck, stellte die Tasse wieder ab und setzte sich gerade hin. »Einen Moment, bitte«, bat sie mit einem Lächeln auf den Lippen. Sie legte die Hände übereinander auf ihren Schoß und lächelte die ganze Zeit weiter, während sie fünfmal tief ein- und wieder ausatmete. »So«, nahm sie den Faden wieder auf. »Ich brauchte einen kleinen Moment.«

»Sie halten sich fantastisch, Frau Peschel.«

»Danke schön.« Noch einmal atmete sie tief ein und wieder aus. »Das Schlimmste war in dem Moment die Angst um meine Tochter«, fuhr sie leise fort.

»Der Akte habe ich entnommen, dass es zwei Männer waren?«

»Ja, das stimmt. Der eine war der Aktive, der andere ausschließlich passiv. Doch der, der sich im Hintergrund hielt, hatte das Sagen.«

»Wie kommen Sie darauf?«

»Es kam mir so vor, als handelte der Größere nur auf Anweisung.«

»Können Sie das erklären?«, fragte Falko.

»Der Größere von den beiden war derjenige, der sowohl meine Tochter als auch mich aus dem Bett gezerrt hat und getasert hat. Wir haben später darüber gesprochen. Der kleinere Mann hat die ganze Zeit nur alles beobachtet, aber nicht selbst Hand angelegt. Der Größere hat ihn immer mal wieder angesehen, ganz so, als wollte er sich vergewissern, auch alles richtig zu machen.«

Falko zog die Stirn in Falten. »Hat einer von ihnen etwas gesagt?«

»Ja. Der Jüngere.«

»Der Jüngere?«

»Ja, der Größere.«

»Wie kommen Sie darauf, dass er jünger war als der andere?«

Sie überlegte. »Ich weiß nicht. Jetzt, wo Sie fragen, fällt es mir selbst erst auf.« Sie überlegte, schien sich erinnern zu wollen. »Die Körperhaltung«, sagte sie dann. »Der Kleinere, der sich ein bisschen hinter dem anderen hielt und die Anweisungen gab, stand ein bisschen gebückt. So, wie ältere Menschen oft stehen.«

»Ich verstehe. Kommen wir noch einmal dahin zurück, wo der Größere von beiden, der Aktive, etwas gesagt hat. Was war das?«

»Das werde ich nie vergessen. Er sagte, du bist selbst schuld. Du kannst sie nicht beschützen. Du wolltest nicht hören.«

»Was denken Sie, könnte er damit gemeint haben?«

»Ich weiß es wirklich nicht. Es klang, als sollte ich mit der Vergewaltigung für irgendetwas bestraft werden. Doch ich weiß beim besten Willen nicht, wofür.«

»Du kannst sie nicht beschützen«, wiederholte Falko. »Was denken Sie, wen er damit gemeint hat?«

»Ich glaube, meine Tochter. Ja, er meinte meine Tochter, denn er drückte meinen Kopf zur Seite, sodass ich sie ansehen musste, als er in mich eindrang.«

»Haben Sie irgendwann vorher einmal Drohungen erhalten?«

»Nein.«

»Was ist mit dem Vater Ihrer Tochter?«

»Er ist vor sieben Jahren bei einem Autounfall gestorben.«

»Das tut mir leid.«

»Muss es nicht. Er war starker Trinker und hatte über drei Promille Alkohol im Blut, als es geschah.«

»Hatten Sie danach wieder einen Freund? Einen Lebensgefährten, von dem Sie sich vielleicht getrennt haben?«

»Nein.« Sie schüttelte den Kopf. »Ich war danach mit niemandem mehr zusammen. Mir ging es besser damit. Ich hatte mich schon vor dem Unfall meines Mannes von ihm getrennt. Wenn er trank, war er gewalttätig. Und ich wollte mein Leben selbst in die Hand nehmen, ohne dass ich mich von einem Mann abhängig machte.«

Falko rief sich in Erinnerung, was Lisa Gerlach während der Vergewaltigung gehört hatte. Auch hier hatten die Angreifer zu ihrer Mutter gesagt, dass diese nicht in der Lage sei, ihre Tochter zu beschützen. Und dass sie wiederkommen würden. »Hat er noch etwas gesagt?«

»Ja. Dass wir nicht die Polizei rufen sollten. Sonst würde er wiederkommen und das Gleiche meiner Tochter antun.«

Falko nickte. Die Parallelen waren signifikant. Die Taten selbst wirkten, als sollten die Frauen für etwas bestraft werden.

»Der Akte habe ich entnommen, dass Ihnen eine Kette gestohlen wurde.«

»Ja, die Kette, die ich um den Hals trug. Eine Goldkette mit einem herzförmigen Anhänger, in dem ein kleiner roter Stein eingesetzt war.«

»War sie wertvoll?«

»Nicht sonderlich. Sie hatte vor allem für mich einen Wert. Ich habe sie vor Jahren von meiner Schwester zum Geburtstag geschenkt bekommen. Die Polizei hat damals meine Schwester nach dem Wert gefragt. Sie hat sie für ungefähr 150 Mark gekauft.«

»Ich verstehe. Und wie ging es dann weiter?«

»Sie haben uns Pfennige auf die Stirn gelegt. Das war das einzige Mal, wo der Kleinere von beiden mit vortrat. Er hat meiner Tochter den Pfennig aufgelegt, der Größere mir.«

»Hat der Kleinere irgendetwas gesagt?«

»Nein«, sie schüttelte den Kopf. »Nichts. Kein Wort.«

»Und es waren Pfennige, ja? Nicht etwa Centstücke?«

»Nein. Pfennige.«

»Ich verstehe. Und noch einmal zu den Masken. Was waren das für welche?«

»Skimasken, bei denen nur die Augen und der Mund frei waren.«

»Also keine spitze Form oder Ähnliches?«

»Nein. Gestrickte Skimasken.«

»Gut. Haben Sie vielen Dank, Frau Peschel.«

»Ist es so wie in dem anderen Fall, den Sie erwähnt haben?«

Er wiegte den Kopf hin und her. »Ja und nein. Es gibt Parallelen, doch die Verkleidung ist anders, und wir haben im anderen Fall eine größere Anzahl Täter.«

»Und Sie glauben trotzdem, dass die Fälle zusammenhängen?«

»Ja. Der gestohlene Schmuck, die zurückgelassenen Pfennige, die Situation, dass die Opfer sich ansehen mussten. Hier stimmt vieles überein.« Falko stand auf und zog seine Visitenkarte hervor. »Wenn Ihnen noch etwas einfallen sollte, ganz gleich was, rufen Sie mich jederzeit an.«

»Danke schön. Das werde ich.«

Sie nahm die Karte, und die beiden gingen zusammen zur Tür. Als er gerade das Haus verlassen wollte, klingelte sein Handy. Er zog es hervor und erkannte die Nummer nicht gleich. Doch dann konnte er sie zuordnen: Lisa Gerlach rief ihn an. Schnell gab er Frau Peschel die Hand und verabschiedete sich, dann ging er hinaus und nahm das Gespräch an.

»Cornelsen?«

»Hier ist Lisa Gerlach, hallo.«

»Hallo, Lisa.«

»Ich habe mir die Fotos noch mal angesehen.«

»Ja? Haben Sie jemanden erkannt?«

»Allerdings. Aber erst beim zweiten Hinsehen.«

»Sehr gut. Können Sie mir das Bild zurückmailen und mir dann den Mann zeigen?«

»Ja, kann ich. Aber ich meine nicht diesen Eberhard, nach dem wir suchen.«

»Nicht? Wen dann?«

»Nun, ich war überrascht, aber wussten Sie, dass der Polizist auf einem der Fotos ist, der damals den Fall aufgenommen hat? Der, der mir sagte, dass eine weitere Aussage von mir nicht nötig sei.«

»Hürthel.«

»Ja, genau. So hieß er. Er ist auf den Fotos etwas schwer zu erkennen. Doch er ist es. Ich dachte, das sollte ich Ihnen sagen.«

»Allerdings, das sollten Sie«, murmelte Falko, für den alles immer weniger Sinn ergab, als dass Ordnung hineinkam.

»Ich maile Ihnen das Foto und kreise das Gesicht ein«, kündigte sie an.

»In Ordnung. Haben Sie vielen Dank, Lisa. Wiederhören.«

Er legte auf. Was hatte der leitende damalige Ermittler Kommissar Hürthel mit Sarahs Großvater zu tun gehabt? Was?

11. KAPITEL

Dienstag, 11. Dezember 1962, 18.20 Uhr

Tag für Tag war er gekommen, um das auszuschließen, was er befürchtet hatte, und sich nun bewahrheitete. Alle sieben waren zusammengerufen worden. Einzig er hatte keine Nachricht erhalten. Er war also tatsächlich ausgeschlossen worden, hinausgeworfen, einfach so. Wegen eines einzigen, dummen Fehlers. Und sie hatten nicht einmal die Courage gehabt, es ihm zu sagen. Wie sollte es für ihn jetzt weitergehen? Was sollte er anfangen? Er ballte die Hand zur Faust. Aus seiner sicheren Position hinter dem Baum heraus hatte er jeden Einzelnen gesehen, jedes Gesicht, er hatte sie erkannt. Alle. Jeden von ihnen. Die Anonymität hatte ein Ende. Einen Moment lang fühlte er sich überlegen, machtvoll. Er hatte sie alle in der Hand. Doch was sollte ihm das bringen? Gab es überhaupt einen Vorteil, den er hieraus ziehen konnte? Er wusste es nicht. Also wandte er sich ab und ging. Ziellos irrte er durch die Straßen. Was sollte er nun mit sich anfangen? Er hatte weder Familie noch Freunde. Und der einzige, feste Bund hatte ihm den Rücken zugekehrt. Er überlegte, ob er Briefe schreiben und die anderen so erpressen könnte. Doch was sollte das bringen? Geld? Das brauchte er nicht. Was er brauchte, war das Gefühl von Zugehörigkeit. Doch das würde er nicht erzwingen können. Sie hatten ihre Entscheidung längst getroffen. Sie waren eine Gemeinschaft und er nicht länger ein Teil hiervon. Er würde sich damit abfinden müssen.

Die Gesichter der Menschen, denen er begegnete, zogen an ihm vorbei. Es war bereits so dunkel, als wäre tiefe Nacht. Im Grunde war es die ganzen letzten Tage nicht richtig hell geworden, vielmehr umgab ihn stets das gleiche Grau. Die Temperaturen ließen die Jahreszeit erahnen, doch Schnee hatte es noch keinen gegeben. Fast sehnte er sich danach, würde doch der Himmel und die Umgebung dann nicht mehr ganz so trist auf ihn wirken. Er ging immer weiter, hinaus aus der Innenstadt, ohne jedes Ziel. Etwas entfernt hörte er eine laute, männliche Stimme. Beim Näherkommen noch eine weitere, helle, vermutlich die eines Jungen. Die beiden stritten miteinander. Der Mann brüllte den Jungen an. Dann das dumpfe Geräusch von Schlägen, die einen Körper trafen. Der Junge schrie auf vor Schmerzen, flehte den anderen an, er möge aufhören. Doch die Schläge hörten nicht auf. Er wusste nicht weshalb, doch er folgte den Stimmen weiter, bis er an eine Sackgasse gelangte und die beiden schließlich sah. Ein bulliger, grobschlächtiger Kerl hatte sich schwankend vor einem Jungen postiert, holte aus und schlug diesem in den Leib. Der Junge schrie erneut auf und krümmte sich vor Schmerz.

»Hör sofort auf!«, hörte er sich selbst rufen, und es schien ihm fremd.

»Wer ist da?« Der Grobschlächtige richtete sich auf. »Verpiss dich, du Hund! Das ist mein Sohn, und ich mach mit ihm, was ich will.«

»Nein.« Seine Stimme klang ganz ruhig, auch wenn alles in ihm bebte. Er ging näher an die beiden heran.

Der andere spuckte aus, packte seinen Sohn im Nacken und schleuderte ihn zu Boden. »Ach nein!«, lallte er. »Und was willst du dagegen machen? Komm doch her, du!« Der Grobschlächtige hob die Hände wie ein Boxer, der zu viel Alkohol getrunken hatte. Offenbar hatte er Mühe, nicht das Gleichgewicht zu verlieren.

»Komm, Junge, steh auf.« Er machte noch einen Schritt weiter vor und wollte dem etwa Zwölfjährigen die Hand reichen, als dessen Vater einen wankenden Schritt vor machte und ihm einen Schlag gegen den Oberkörper versetzte, wodurch auch er zu Boden ging.

Der Kerl mochte betrunken sein, hatte aber offenbar genug Erfahrung in Prügeleien gesammelt, um genau zu wissen, wo er treffen musste.

»Na, du blöder Hund. Nun liegst du auch im Dreck.« Er holte mit dem Fuß aus und trat ihm mit voller Wucht in den Leib.

»Bitte, Vater«, winselte der Junge neben ihm. »Bitte nicht.«

Doch das schien seinen Vater nur noch anzuspornen. Wieder holte der Kerl aus und wollte zutreten, doch dieses Mal war er schneller. Er hatte im Krieg gelernt, sich auch dann nicht geschlagen zu geben, wenn er am Boden lag. Er rollte sich auf die Seite, kam rasch wieder auf die Beine und stieß den Grobschlächtigen nun seinerseits so fest, dass dieser zu Boden knallte, ohne sich noch abfangen zu können. Dem Geräusch nach war er mit dem Gesicht aufgekommen.

»Du dämliches Rotzschwein«, schnauzte der Vater und wischte sich das Blut mit dem Ärmel vom Gesicht und kauerte weiter am Boden, während er und auch der Junge sich hochrappelten.

»Alles in Ordnung mit dir?«

Der Junge nickte. »Danke. Sie sollten jetzt besser gehen.«

Gerade hatte er es ausgesprochen, als der Vater seine Füße packte. »Du gehst nirgendwo hin.« Mit einem Ruck zog er ihm die Beine weg, sodass er hart mit dem Kopf aufschlug. Der Sohn konnte nur fassungslos danebenstehen, als der ihm fremde Mann und sein Vater sich am Boden wälzten und miteinander kämpften. Immer wieder rief er, sie sollten aufhören, doch genauso oft schlugen die beiden einander mit den Fäusten.

Irgendwann gewann der Vater, so betrunken er auch war, die Oberhand. Wie von Sinnen packte er ihn am Hals und drückte zu, immer fester und fester, der Junge schrie und schrie. Er bekam kaum noch Luft, doch plötzlich hörte er einen dumpfen Schlag, und der Grobschlächtige, der über ihm hockte und dessen Hände noch immer um seinen Hals geschlungen waren, machte ein verdutztes Gesicht. Dann noch ein Schlag, wobei sich das abgesplitterte Holz der Latte, die der Junge in den Händen hielt, mit Wucht in die Schläfe des Vaters bohrte. Dieser fiel von ihm herunter auf die Seite und blieb regungslos liegen.

Der Junge half ihm, den halb auf ihm liegenden Vater herunterzuzerren. Der Sohn keuchte. Einen Moment blieben sie so nebeneinander stehen, dann bückte er sich zu dem am Boden Liegenden herunter und fühlte dessen Puls. »Er ist tot.«

Der Junge sah ihn verzweifelt an. »Nein«, war alles, was er herausbekam.

»Wir können nichts mehr für ihn tun, Junge. Und es ist besser, wenn uns niemand hier sieht. Wo ist deine Mutter? Ich werde dich hinbringen.«

»Meine Mutter ist vor langer Zeit gestorben«, brachte er stockend und unter Tränen hervor. »Ich habe nur meinen Vater.«

Er überlegte einen Moment. »Komm«, entschied er dann. »Du kannst mit zu mir kommen. Und hiervon werden wir keinem Menschen etwas erzählen, hörst du? Wenn die Polizei dich fragt, wirst du sagen, dass dein Vater nicht nach Hause kam und du, weil ich ein Freund von euch bin, zu mir gekommen bist. Hast du das verstanden?«

»Ja.«

»Wie heißt du, Junge?«

»Albert.«

»In Ordnung, Albert. Ich heiße Eberhard. Und nun komm.«

Sie ließen den Leichnam so liegen und drehten sich nicht mehr um. In diesem Moment änderte sich alles.

*

Freitag, 16. Oktober 2015, 12.24 Uhr

»Lass alles stehen und liegen. Das glaubst du nicht«, kündigte Falko an, als er Stefans offene Bürotür trat.

»Hast du was gefunden?«, fragte dieser. »Glaub mir, ich hab auch einiges zu berichten.«

»Ich gehe eben rüber zu mir und öffne eine Mail, die ich dir zeigen will.«

»Ich komme mit«, erklärte Stefan und stand sofort auf. Tammo und Michael waren noch immer unterwegs.

Falko zog seine Jacke aus und hängte sie über seinen Schreibtischsessel, während er die Tastensperre des PC deaktivierte. Die von Lisa Gerlach versprochene Mail war bereits eingegangen, und Falko öffnete diese mit einem Doppelklick. Während das Bild lud, drehte er den Bildschirm etwas herum, damit auch Stefan sehen konnte.

»Hier«, sagte Falko.

Stefan warf einen genaueren Blick darauf, deutete dann auf den zweiten von rechts, den Kopf, über den Lisa Gerlach einen Pfeil gemalt hatte. »Das ist Hürthel«, erkannte Stefan. »Ich habe sein Gesicht heute schon mehrfach gesehen.«

»Ganz genau«, gab Falko ihm recht. »Und nun rate mal, woher dieses Foto stammt?«

Stefan zuckte mit den Schultern.

»Aus den höchstpersönlichen Beständen des Richard Böhm, Pastor Richard Böhm, um genau zu sein. Sarahs Großvater und der Mann, der die Kette eines unserer Opfer in seinem Besitz hatte.«

Stefan öffnete den Mund und schloss ihn wieder. Dann fragte er: »Was zur Hölle haben die beiden miteinander zu tun? Und wie hängt das mit unserem Fall zusammen?«

»Wenn ich das wüsste«, antwortete Falko, »wäre ich um einiges schlauer.«

Stefan überlegte einen Moment. »Dieser Hürthel war ein eigenartiger Typ«, berichtete Stefan nun, »so weit bin ich auch gekommen. Ich war vorhin noch mal bei Herrn

Rehmert. Und er hat noch einiges mehr rausgelassen. Kriminalhauptkommissar Volkmar Hürthel gehörte wohl zu der Art Polizist, der das Recht gern mal in seine Richtung gebogen hat.«

»Inwiefern?«

»Er hatte eine gute Verurteilungsquote, doch wie die zustande gekommen ist, mag mal dahingestellt sein. Nett umschrieben würde ich sagen, einen kleinen Schlag an die richtige Stelle, und schon haben so manche Verdächtige gesagt, was er hören wollte.«

»Einer von der Sorte. Na, wunderbar.« Falko hob die Augenbrauen.

»Aber das ist noch nicht alles. Eigenartig ist vor allem die Karriere, die er bei uns gemacht hat. Es scheint, als hätte er alles im Handumdrehen absolviert und fast mühelos eine steile Karriere hingelegt. Doch ich habe so gut wie nichts aus der Zeit gefunden, bevor er hierherkam. Er ist quasi direkt nach dem Krieg zur Polizei gegangen und Jahr für Jahr die Leiter raufgeklettert.«

»Nach dem Krieg«, wiederholte Falko nachdenklich. »Sarah hatte etwas erwähnt, dass ihr Großvater ein ehrenamtliches Projekt am Laufen hatte. Dabei ging es um Soldaten, die mit dem, was sie im Krieg gesehen und erlebt hatten, nicht klargekommen sind.«

»Da hätten wir unsere Verbindung«, sagte Stefan. »Wenn Hürthel einer von denen war, die dieser Gruppe angehörten, ist die Erklärung einfach.«

»Das stimmt«, sagte Falko nachdenklich. »Und doch bleibt da dieses komische Gefühl, dass noch mehr dahinterstecken könnte.« Falko sah auf das Foto auf seinem Bildschirm. »Lisa Gerlach sagte, dass der Vergewaltiger, dieser Eberhard, nicht mit auf den Fotos war.«

»Wenn wir die anderen Männer auf dem Bild identifizieren könnten, wüssten wir, ob es sich vielleicht um diese heimgekehrten Soldaten handelt. Doch so?« Er sah Falko an. »Wir wissen nicht, wer die anderen sind und in welcher Verbindung sie zu Hürthel oder Sarahs Großvater standen. Weiß man, wann genau das Foto entstanden ist?«

Falko schüttelte den Kopf. »Nein. Es war zusammen mit anderen in einem Kasten. Es stand auch nichts auf der Rückseite.«

»Mist«, schimpfte Stefan.

»Und deshalb werden wir damit so auch nicht weiterkommen.« Falko seufzte. »Hast du sonst noch etwas über Hürthel rausbekommen?«

»Nicht viel. Ich will noch eine Sache nachprüfen, über die ich gestolpert bin.«

»Welche?«

»Es gibt da einen Eintrag über einen Offizier namens Hürthel. Ich bin über eine Seite darauf gestoßen, die sich mit Ahnenforschung beschäftigt.«

»Mit Ahnenforschung?«

»Ja, weil ich kaum etwas über ihn rausgefunden hatte. Da gibt es dann solche Einträge, in denen auf alte, erst spät gefundene Urkunden verwiesen wird. Dort bin ich auf den Namen gestoßen. Aber nur auf den Nachnamen, und das kann natürlich auch ein Zufall sein. Ich war gerade dran, das zu überprüfen, als du gekommen bist.«

»Okay. Die Idee ist gut. Aber ich muss dir schnell noch was erzählen, bevor du rübergehst.« Falko berichtete von seinem Besuch bei Frau Peschel, auf deren Fall er gestoßen war.

»Ich weiß, einiges stimmt nicht überein, aber die Wahl der Opfer, also Mutter und Tochter, das Vergewaltigen, bei dem die Opfer gezwungen werden, sich anzusehen, der gestohlene Schmuck und dann die Sache mit dem zurückgelassenen Pfennig finde ich so prägnant, dass ich Zusammenhänge sehe.«

»Sehe ich genauso«, gab Stefan ihm recht. »Das wären zu viele Zufälle.«

»Und auch das, was die Täter den Opfern sagten. In beiden Fällen haben sie zu der Mutter gesagt, dass sie ihre Tochter nicht beschützen könnte. Ganz so, als hätte sie es deshalb verdient, überfallen worden zu sein.«

»Mit was für Typen haben wir es hier zu tun, Falko?«

Der schüttelte den Kopf. »Genau darüber muss ich mir klar werden«, sagte er nachdenklich und sah seinen Kollegen an.

»Denkst du, dass es noch weitere Fälle gibt?«

»Der eine war 1962, der andere, wenn es denn die gleichen Täter waren, 2011. Fast 50 Jahre dazwischen. Wenn es die gleichen Täter gewesen wären, müssten sie beim zweiten Überfall bereits an die 70 Jahre alt gewesen sein. Hältst du das für wahrscheinlich?«

»Sag du's mir. Du bist der Profiler und weißt, wie solche Typen ticken.«

»Wenn es die gleichen waren, kann ich mir nicht vorstellen, dass in den 50 Jahren dazwischen nichts weiter geschehen ist.«

»Was willst du also tun?«

»Lass uns eine bundesweite Rechercheanfrage rausgeben«, entschied Falko. »Dann werden wir sehen, ob es Fälle mit einem ähnlichen Muster gibt.«

»Okay. Ich kümmere mich drum, noch bevor ich mit diesem Volkmar Hürthel weitermache.«

»Danke dir.« Falko überlegte kurz. »Ich glaube, ich fahr nach Hause, esse eine Kleinigkeit und gucke mir die Fotos und Unterlagen von Richard Böhm noch mal an. Wer weiß. Vielleicht finde ich ja doch noch was.«

Stefan, der inzwischen wusste, dass Falko es brauchte, auf seine ganz eigene Art in einen Fall einzutauchen, nickte nur. »Gut. Ich rufe dich an, wenn sich hier noch was tut.«

»Danke.«

Stefan verließ Falkos Büro und ging in sein eigenes zurück.

Vorsichtig schritt er durch sein Wohnzimmer, blickte auf die überall liegenden Papiere und Fotos. Was sah er? Was? Die Fotos, fast alle in Schwarz-Weiß, zeigten das bewegte Leben des Richard Böhm und seiner Bekannten. Richard Böhm war der, der im Mittelpunkt stand. Die Menschen scharten sich um ihn, suchten seine Nähe. Viele Fotos waren gestellt, die Männer standen meist in einer Reihe. Nur wenige waren Momentaufnahmen, bei denen ein Fotograf offenbar durch die Reihen gegangen war. Dann gab es Fotos von Konfirmanden, neben denen Richard Böhm als deren Pastor stand. Andere wieder zeigten ihn als Redner an einem Pult, einige auch, die offenbar nach Gottesdiensten gestellt worden waren. Wer war dieser Mann? Hatte er, was Falko derzeit fürchtete, einen Vergewaltiger womöglich beschützt, indem er eine Kette an sich genommen hatte, die aus dem Verbrechen an Lisa und Marie Schönfeld stammte? Hatte er wider besseren Wissens seine schützende Hand über ihn gehalten und war womöglich sogar so weit gegangen, seinen Bekannten Kriminalhauptkommissar Volkmar Hürthel zu bitten, den Fall nicht mit der gebotenen Sorgfalt zu verfolgen, weil es sich um einen Mann handelte, der im Krieg ein Trauma davongetragen hatte? Falko konnte sich des Gefühls nicht erwehren, dass er mit den Vermutungen gar nicht so falschlag. Wieder und wieder wanderte er zwischen den Unterlagen hindurch, hob etwas hoch, legte es wieder ab. Irgendetwas wollten diese Dokumente ihm sagen. Er atmete tief durch, ging zu dem Ledersessel hinüber und setzte sich hinein. Er ließ seinen Blick über die ausgebreiteten Papiere und Fotografien schweifen, dann lehnte er sich zurück und schloss die Augen.

Er atmete tief ein und wieder aus, tat, was er schon mit Lisa Gerlach gemacht hatte. Langsam zählte er von 200 herunter. Er ließ seine Schultern sinken, suchte die Entspannung, tat alles, um sich voll und ganz der Atmosphäre hinzugeben. Gedanklich ging er zurück ins Jahr 1962, ließ sich fallen, sah vor sich die Männer in den Anzügen der 50er- und 60er-Jahre, Frauen mit Dauerwellen und Schürzen vor ihren Bleistiftröcken und den gestrickten Oberteilen. Fast glaubte er, den muffigen Geruch alter Häuser wahrzunehmen. Kurz öffnete er die Augen, nahm eines der Fotos und hielt es in der Hand. Er schloss die Augen wieder, lehnte sich an, spürte die raue, etwas pappige Oberfläche. Er führte das Foto an seine Nase, roch das muffige Papier. Eine rasche Abfolge der Bilder, die er angesehen hatte, tauchte vor seinen Augen auf. Richard Böhm im Talar, Böhm umringt von einer Gruppe Männer, Porträtfotos seiner Familie, Aufnahmen mit Frau und Tochter. Böhm, Böhm, Böhm. Die Präsenz dieses Mannes war übergroß. Falko erinnerte sich an die Schilderung Lisa Gerlachs, sah vor sich, wie sie und ihre Mutter gequält und missbraucht wurden. Was empfand er bei dieser Szene? Abscheu, Erniedrigung, Pein, Demütigung, Hilflosigkeit, Scham, Widerwillen, Übelkeit. Er wechselte gedanklich die Perspektive. Es fiel ihm schwer, doch er zwang sich, versuchte sich vorzustellen, welche Motivation die Täter gehabt haben könnten. Worum ging es? Er atmete noch einmal tief durch, zählte weiter runter, um seine Konzentration nicht zu verlieren. Nur langsam fand er Zugang. Sie hatten gesummt, hatte Lisa gesagt. Falko begann eine Melodie zu summen, tragend, bedrohlich, sein Herzschlag beschleunigte sich.

»Wir sind acht Männer, die Frauen sind wehrlos«, sagte er leise und mit einem düsteren Unterton. »Sie haben keine Chance. Wir haben sie ausgesucht. Wer von uns? Wer hat sie ausgesucht?« Er stellte sich vor, einer von den acht Männern zu sein. Einer von ihnen, doch er war nur Teil der Gruppe, stand daneben. Ein Mitläufer. Ja, nur ein Mitläufer. »Einer hat das Sagen, ich bin es nicht. Ich mache, was verlangt wird. Warum? Warum will jemand die Frauen leiden sehen? Was haben sie getan? Wofür stehen sie? Der Mann ist nicht mehr da, er war ein Trinker. Seine Frau hatte genug. Sie beißt sich allein durch, sorgt für ihre Tochter und sich selbst.« Falko musste abermals herunterzählen. Er durfte nicht zulassen, dass sein eigenes Denken und Frauenbild ihm die Möglichkeit nahm, sich in die Täter zu versetzen. »Ich hasse Frauen«, sagte er leise. »Ich bin einer von ihnen, ich verachte Frauen, ich verachte sie. Warum? Warum verachte ich Frauen? Was haben sie mir getan?« Die Gedanken rasten durch seinen Kopf. Acht Männer. Es war unwahrscheinlich, dass alle die gleichen schlechten Erfahrungen mit Frauen gemacht hatten. Nein, das konnte es nicht sein. Was also verband die Männer so miteinander, dass sie zu einem solchen Gewaltexzess fähig waren? Er atmete tief durch. Schmerz, Hass, was war der Antrieb? »Gewalterfahrungen«, murmelte Falko vor sich hin. Gewalt und Befehle. Langsam hatte er das Gefühl näherzukommen, es zu verstehen. »Ich bin einer von acht Männern. Ich bin es gewohnt, Befehle entgegenzunehmen und sie auszuführen, ohne Fragen zu stellen. Ein Soldat. Ich bin ein Soldat. Und ich habe eine Mission. Die Frauen müssen bestraft werden. Bestraft für ihr Denken, ihre Unabhängigkeit.« Plötzlich riss er die Augen auf. Da war der Gedanke, der an ihm genagt hatte, seit er die Kartons mit den Papieren das erste Mal gesichtet hatte. Er sprang vom Sessel auf, suchte hektisch in den Unterlagen. Dann griff er ein DIN-A4-Blatt, es war handbeschrieben.

Eph 5: 21. einander unterwürfig in der Furcht Christi. 22. Ihr Weiber, [seid unterwürfig] euren eigenen Männern, als dem Herrn. 23. Denn der Mann ist das Haupt des Weibes, wie auch der Christus das Haupt der Versammlung ist; er ist des Leibes Heiland. 24. … 25. Ihr Männer, liebet eure Weiber, gleichwie auch der Christus die Versammlung geliebt und sich selbst für sie hingegeben hat, 26. … 27. … 28. Also sind auch die Männer schuldig, ihre Weiber zu lieben wie ihre eigenen Leiber. Wer sein Weib liebt, liebt sich selbst. 29. … 30. … 31. … 32. … 33. Doch auch ihr, ein jeder von euch liebe sein Weib also wie sich selbst; das Weib aber, daß sie den Mann fürchte.

1 Mo 3: 14. Und Jahwe Gott sprach zu der Schlange: Weil du dieses getan hast, sollst du verflucht sein vor allem Vieh und vor allem Getier des Feldes! Auf deinem Bauche sollst du kriechen und Staub fressen alle Tage deines Lebens. 15. Und ich werde Feindschaft setzen zwischen dir und dem Weibe und zwischen deinem Samen und ihrem Samen; er wird dir den Kopf zermalmen, und du, du wirst ihm die Ferse zermalmen. 16. Zu dem Weibe sprach er: Ich werde sehr mehren die Mühsal deiner Schwangerschaft, mit Schmerzen sollst du Kinder gebären; und nach deinem Manne wird dein Verlangen sein, er aber wird über dich herrschen. 17. Und zu Adam sprach er: Weil du auf die Stimme deines Weibes gehört und gegessen hast von dem Baume, von dem ich dir geboten und gesprochen habe: Du sollst nicht davon essen, – so sei der Erdboden verflucht um deinetwillen: mit Mühsal sollst du davon essen alle Tage deines Lebens; 18. und Dornen und Disteln wird er dir sprossen lassen, und du wirst das Kraut des Feldes essen. 19. Im Schweiße deines Angesichts wirst du dein Brot essen, bis du zurückkehrst zur Erde, denn von ihr bist du genommen. Denn Staub bist du, und zum Staube wirst du zurückkehren!

Er legte es beiseite, griff das nächste handbeschriebene Blatt und las:

5 Mo 22: 23. Wenn ein Mädchen, eine Jungfrau, einem Manne verlobt ist, und es findet sie ein Mann in der Stadt und liegt bei ihr, 24. so sollt ihr sie beide zum Tore selbiger Stadt hinausführen und sie steinigen, daß sie sterben: Das Mädchen deshalb, weil sie nicht in der Stadt geschrieen hat, und den Mann deshalb, weil er das Weib seines Nächsten geschwächt hat. Und du sollst das Böse aus deiner Mitte hinwegschaffen. 25. Wenn aber der Mann das verlobte Mädchen auf dem Felde findet, und der Mann ergreift sie und liegt bei ihr, so soll der Mann, der bei ihr gelegen hat, allein sterben. 26. Aber dem Mädchen sollst du nichts tun, an dem Mädchen ist keine Sünde zum Tode; denn gleichwie ein Mann sich erhebt wider seinen Nächsten und ihn totschlägt, also ist diese Sache. 27. Denn er hat sie auf dem Felde gefunden; das verlobte Mädchen schrie, aber niemand rettete sie. 28. Wenn ein Mann ein Mädchen findet, eine Jungfrau, die nicht verlobt ist, und ergreift sie und liegt bei ihr, und sie werden gefunden: 29. so soll der Mann, der bei ihr gelegen hat, dem Vater des Mädchens fünf-

zig Sekel Silber geben; und sie soll sein Weib sein, darum daß er sie geschwächt hat, er kann sie nicht entlassen alle seine Tage.

Kol 3: 18. Ihr Weiber, seid euren Männern untertan in dem HERRN, wie sich's gebührt.

Röm 7: 2. Denn das verheiratete Weib ist durchs Gesetz an den Mann gebunden, solange er lebt; wenn aber der Mann gestorben ist, so ist sie losgemacht von dem Gesetz des Mannes.

Er legte es auf das andere und griff das nächste:

Lk 16: 18. Jeder, der sein Weib entläßt und eine andere heiratet, begeht Ehebruch; und jeder, der die von einem Manne Entlassene heiratet, begeht Ehebruch.

Mt 5: 31. Es ist aber gesagt: Wer irgend sein Weib entlassen wird, gebe ihr einen Scheidebrief. 32. Ich aber sage euch: Wer irgend sein Weib entlassen wird, außer auf Grund von Hurerei, macht, daß sie Ehebruch begeht; und wer irgend eine Entlassene heiratet, begeht Ehebruch.

Mt 10: 34. Wähnet nicht, daß ich gekommen sei, Frieden auf die Erde zu bringen; ich bin nicht gekommen, Frieden zu bringen, sondern das Schwert. 35. Denn ich bin gekommen, den Menschen zu entzweien mit seinem Vater, und die Tochter mit ihrer Mutter, und die Schwiegertochter mit ihrer Schwiegermutter; 36. und des Menschen Feinde werden seine eigenen Hausgenossen sein. 37. Wer Vater oder Mutter mehr liebt als mich, ist meiner nicht würdig; und wer Sohn oder

Tochter mehr liebt als mich, ist meiner nicht würdig; 38. und wer nicht sein Kreuz aufnimmt und mir nachfolgt, ist meiner nicht würdig. 39. Wer sein Leben findet, wird es verlieren, und wer sein Leben verliert um meinetwillen, wird es finden.

Lk 14: 26. Wenn jemand zu mir kommt und haßt nicht seinen Vater und seine Mutter und sein Weib und seine Kinder und seine Brüder und Schwestern, dazu aber auch sein eigenes Leben, so kann er nicht mein Jünger sein;

Immer rascher griff er die Blätter, überflog hektisch die nächsten Zeilen:

1 Kor 7: 27. Bist du an ein Weib gebunden, so suche nicht los zu werden; bist du frei von einem Weibe, so suche kein Weib. 28. Wenn du aber auch heiratest, so hast du nicht gesündigt; und wenn die Jungfrau heiratet, so hat sie nicht gesündigt; aber solche werden Trübsal im Fleische haben; ich aber schone euer. 29. Dieses aber sage ich, Brüder: Die Zeit ist gedrängt. Übrigens daß auch die, welche Weiber haben, seien, als hätten sie keine,

Lk 21: 22. Denn dies sind Tage der Rache, daß alles erfüllt werde, was geschrieben steht. 23. Wehe aber den Schwangeren und den Säugenden in jenen Tagen! Denn große Not wird in dem Lande sein, und Zorn über dieses Volk. 24. Und sie werden fallen durch die Schärfe des Schwertes und gefangen weggeführt werden unter alle Nationen; und Jerusalem wird zertreten werden von den Nationen, bis die Zeiten der Nationen erfüllt sein werden.

2 Esr 10: 2. Und Schekanja, der Sohn Jechiels, von den Söhnen Elams, hob an und sprach zu Esra: Wir haben treulos gehandelt gegen unseren Gott und haben fremde Weiber aus den Völkern des Landes heimgeführt; nun aber ist noch Hoffnung für Israel betreffs dieser Sache. 3. So laßt uns jetzt einen Bund machen mit unserem Gott, daß wir alle Weiber und die von ihnen geboren sind hinaustun, nach dem Rate meines Herrn und derer, die da zittern vor dem Gebote unseres Gottes; und es soll nach dem Gesetz gehandelt werden.

1 Kor 7: 1. Was aber das betrifft, wovon ihr mir geschrieben habt, so ist es gut für einen Menschen, kein Weib zu berühren. 2. Aber um der Hurerei willen habe ein jeder sein eigenes Weib, und eine jede habe ihren eigenen Mann. 3. Der Mann leiste dem Weibe die eheliche Pflicht, gleicherweise aber auch das Weib dem Manne. 4. Das Weib hat nicht Macht über ihren eigenen Leib, sondern der Mann; gleicherweise aber hat auch der Mann nicht Macht über seinen eigenen Leib, sondern das Weib. 5. Entziehet euch einander nicht, es sei denn etwa nach Übereinkunft eine Zeitlang, auf daß ihr zum Beten Muße habet; und kommet wieder zusammen, auf daß der Satan euch nicht versuche wegen eurer Unenthaltsamkeit. 6. Dieses aber sage ich aus Nachsicht, nicht befehlsweise. 7. Ich wünsche aber, alle Menschen wären wie auch ich selbst; aber ein jeder hat seine eigene Gnadengabe von Gott, der eine so, der andere so. 8. Ich sage aber den Unverheirateten und den Witwen: Es ist gut für sie, wenn sie bleiben wie auch ich.

Immer rascher griff er zu, immer hektischer las er die Zeilen:

2 Sam 12: 11. So spricht Jahwe: Siehe, ich will aus deinem Hause Unglück über dich erwecken, und ich will deine Weiber vor deinen Augen nehmen und sie deinem Nächsten geben, daß er bei deinen Weibern liege vor den Augen dieser Sonne!

1 Tim 2: 11. Ein Weib lerne in der Stille mit aller Unterordnung. 12. Ich erlaube aber einer Frau nicht zu lehren, auch nicht über den Mann zu herrschen, sondern ich will, dass sie sich in der Stille halte, 13. denn Adam wurde zuerst gebildet, danach Eva; 14. und Adam wurde nicht betrogen, die Frau aber wurde betrogen und fiel in Übertretung.

1 Kor 7: 32. Ich will aber, daß ihr ohne Sorge seid. Der Unverheiratete ist für die Dinge des Herrn besorgt, wie er dem Herrn gefallen möge; 33. der Verheiratete aber ist für die Dinge der Welt besorgt, wie er dem Weibe gefallen möge. 34. Es ist ein Unterschied zwischen dem Weibe und der Jungfrau. Die Unverheiratete ist für die Dinge des Herrn besorgt, auf daß sie heilig sei, sowohl an Leib als Geist; die Verheiratete aber ist für die Dinge der Welt besorgt, wie sie dem Manne gefallen möge. 35. Dies aber sage ich zu eurem eigenen Nutzen, nicht auf daß ich euch eine Schlinge überwerfe, sondern zur Wohlanständigkeit und zu ungeteiltem Anhangen an dem Herrn. 36. Wenn aber jemand denkt, er handle ungeziemend mit seiner Jungfrauschaft, wenn er über die Jahre der Blüte hinausgeht, und es muß also geschehen, so tue er, was er will; er sündigt nicht: sie mögen heiraten. 37. Wer aber im Herzen feststeht und keine Not, sondern Gewalt hat über seinen eigenen Willen und dies in seinem Herzen beschlossen hat, seine Jungfrauschaft zu bewahren, der tut wohl. 38. Also, wer heiratet, tut wohl, und wer nicht heiratet, tut besser. 39. Ein Weib ist gebunden, so lange Zeit ihr Mann lebt; wenn aber der Mann entschlafen ist, so ist sie frei, sich zu verheiraten, an wen sie will, nur im Herrn. 40. Glückseli-

ger ist sie aber, wenn sie also bleibt, nach meiner Meinung; ich denke aber, daß auch ich Gottes Geist habe.

Bei dem nächsten Blatt hatte sich die Schrift verändert. Auf Falko wirkte es, als wäre es schneller, nicht so ordentlich geschrieben:

1 Mo 19: 2. und er sprach: Ach siehe, meine Herren! Kehret doch ein in das Haus eures Knechtes und übernachtet und waschet eure Füße; und ihr machet euch früh auf und gehet eures Weges. Aber sie sprachen: Nein, sondern wir wollen auf dem Platze übernachten. 3. Und er drang sehr in sie; und sie kehrten bei ihm ein und kamen in sein Haus. Und er machte ihnen ein Mahl, und er backte ungesäuerte Kuchen, und sie aßen. 4. Noch hatten sie sich nicht niedergelegt, da umringten die Männer der Stadt, die Männer von Sodom, das Haus, vom Jüngling bis zum Greise, das ganze Volk insgesamt. 5. Und sie riefen Lot und sprachen zu ihm: Wo sind die Männer, die diese Nacht zu dir gekommen sind? Führe sie zu uns heraus, daß wir sie erkennen! 6. Und Lot trat zu ihnen hinaus an den Eingang und schloß die Tür hinter sich zu; 7. und er sprach: Tut doch nicht übel, meine Brüder! 8. Siehe doch, ich habe zwei Töchter, die keinen Mann erkannt haben; laßt mich sie doch zu euch herausbringen, und tut ihnen, wie es gut ist in euren Augen; allein diesen Männern tut nichts, da sie nun einmal unter den Schatten meines Daches gekommen sind.

5 Mo 22: 5. Es soll nicht Mannszeug auf einem Weibe sein, und ein Mann soll nicht das Gewand eines Weibes anziehen; denn wer irgend solches tut, ist ein Greuel für Jahwe, deinen Gott.

5 Mo 21: 10. Wenn du wider deine Feinde zum Kriege ausziehst, und Jahwe, dein Gott, sie in deine Hand gibt, und du ihre Gefangenen wegführst, 11. und du siehst unter den Gefangenen ein Weib, schön von Gestalt, und hast Lust zu ihr und nimmst sie dir zum Weibe, 12. so sollst du sie in das Innere deines Hauses führen; und sie soll ihr Haupt scheren und ihre Nägel beschneiden 13. und die Kleider ihrer Gefangenschaft von sich ablegen; und sie soll in deinem Hause bleiben und ihren Vater und ihre Mutter einen Monat lang beweinen; und danach magst du zu ihr eingehen und sie ehelichen, daß sie dein Weib sei. 14. Und es soll geschehen, wenn du kein Gefallen mehr an ihr hast, so sollst du sie nach ihrem Wunsche entlassen; aber du darfst sie keineswegs um Geld verkaufen; du sollst sie nicht als Sklavin behandeln, darum daß du sie geschwächt hast.

Das letzte Blatt dieser Art war enger beschrieben als die anderen, die Schrift wirkte nicht mehr schwungvoll, sondern krakelig. Der Schreiber hatte fester aufgedrückt:

1 Kor 11: 3. Ich will aber, daß ihr wisset, daß der Christus das Haupt eines jeden Mannes ist, des Weibes Haupt aber der Mann, des Christus Haupt aber Gott. 4. Jeder Mann, der betet oder weissagt, indem er etwas auf dem Haupte hat, entehrt sein Haupt. 5. Jedes Weib aber, das betet oder weissagt mit unbedecktem Haupte, entehrt ihr Haupt; denn es ist ein und dasselbe, wie wenn sie geschoren wäre. 6. Denn wenn ein Weib nicht bedeckt ist, so werde ihr auch das Haar abgeschnitten; wenn es aber für ein Weib schändlich ist, daß ihr das Haar abgeschnitten oder sie geschoren werde, so laß sie sich bedecken. 7. Denn der Mann freilich soll nicht das Haupt bedecken, da er Gottes Bild und Herrlichkeit ist; das

Weib aber ist des Mannes Herrlichkeit. 8. Denn der Mann ist nicht vom Weibe, sondern das Weib vom Manne; 9. denn der Mann wurde auch nicht um des Weibes willen geschaffen, sondern das Weib um des Mannes willen.

1 Kor 14: 34. [Eure] Weiber sollen schweigen in den Versammlungen, denn es ist ihnen nicht erlaubt zu reden, sondern unterwürfig zu sein, wie auch das Gesetz sagt. 35. Wenn sie aber etwas lernen wollen, so sollen sie daheim ihre eigenen Männer fragen; denn es ist schändlich für ein Weib, in der Versammlung zu reden.

Tit 2: 3. die alten Frauen desgleichen in ihrem Betragen, wie es dem heiligen Stande geziemt, nicht verleumderisch, nicht Sklavinnen von vielem Wein, Lehrerinnen des Guten; 4. auf daß sie die jungen Frauen unterweisen, ihre Männer zu lieben, ihre Kinder zu lieben, 5. besonnen, keusch, mit häuslichen Arbeiten beschäftigt, gütig, den eigenen Männern unterwürfig zu sein, auf daß das Wort Gottes nicht verlästert werde.

1 Mo 2: 22. und Jahwe Gott baute aus der Rippe, die er von dem Menschen genommen hatte, ein Weib, und er brachte sie zu dem Menschen. 23. Und der Mensch sprach: Diese ist einmal Gebein von meinen Gebeinen und Fleisch von meinem Fleische; diese soll Männin heißen, denn vom Manne ist diese genommen.

Mt 19: 29. Und ein jeder, der irgend verlassen hat Häuser, oder Brüder, oder Schwestern, oder Vater, oder Mutter, oder Weib, oder Kinder, oder Äcker um meines Namens willen, wird hundertfältig empfangen und ewiges Leben erben.

Jer 8: 10. Darum werde ich ihre Weiber anderen geben, ihre Felder anderen Besitzern. Denn vom Kleinsten bis zum Größten sind sie insgesamt der Gewinnsucht ergeben; vom Propheten bis zum Priester üben sie allesamt Falschheit …

Falkos Herz raste, als er zum Telefon griff und Stefan anrief.

»Ja, Falko? Hast du was?«

»Allerdings, ich glaube, ich habe das Motiv.«

»Wirklich? Welches?«

»Erinnerst du dich, was Lisa erzählt hat? Dass der Vergewaltiger zu ihrer Mutter sagte, sie wäre selbst schuld und könnte ihre Tochter nicht beschützen?«

»Ja.«

»Hör dir das an: *Darum werde ich ihre Weiber anderen geben, ihre Felder anderen Besitzern. Denn vom Kleinsten bis zum Größten sind sie insgesamt der Gewinnsucht ergeben; vom Propheten bis zum Priester üben sie allesamt Falschheit.*

Und noch dies hier:

Ihr Weiber, seid unterwürfig euren eigenen Männern, als dem Herrn. 23. Denn der Mann ist das Haupt des Weibes, wie auch der Christus das Haupt der Versammlung ist; er ist des Leibes Heiland.

So geht das seitenweise, handgeschrieben.«

»Du meinst, es ging darum, sie zu betrafen, weil sie sich nicht unterordnen wollten?«

»Etwas in der Art, ganz genau. Die Mutter sollte bestraft werden. Sie hat vermeintlich dem Willen Gottes zuwidergehandelt und wurde hierfür gerichtet.«

Stefan schwieg einen Moment. »Und wie kriegt man sieben weitere Männer dazu, bei so was mitzumachen?«

»Man schart solche um sich, die es gewohnt sind, Befehle zu befolgen, weil sie es als ihre Aufgabe ansehen.«

»Soldaten«, folgerte Stefan.

»Ganz genau«, bestätigte Falko.

Stefan schwieg kurz. »Womit alles auf einen bestimmten Mann hindeutet«, sagte Stefan, als wollte er den Namen nicht aussprechen.

»Richard Böhm, Sarahs Großvater.« Falko pustete Luft durch die Lippen.

»Verdammte Scheiße. Alles passt«, konstatierte Stefan. »Wird nicht leicht für dich, ihr deine Erkenntnisse mitzuteilen.«

»Nein, das wird es nicht.«

»Ich beneide dich nicht darum. Übrigens hätte ich dich auch gleich noch angerufen.«

»Ja? Weshalb?«

»Du glaubst nicht, was ich über unseren Freund Volkmar Hürthel herausgefunden habe.«

»Was?«

»Er war bei der SS. Und zwar ganz vorne weg. Erst SS-Offizier und dann direkt zur Polizei ins lauschige Flensburg. Ich glaube kaum, dass es gut angekommen wäre, wenn die Direktion dahintergekommen wäre.«

»In was für einen Sumpf sind wir da nur geraten.« Falko seufzte. »Also wurde Hürthel entweder unter Druck gesetzt, damit er die Beweise verschwinden ließ und keiner von seinem netten Vorleben erfährt.«

»Oder er ist seiner Richtung treu geblieben und war sogar mit von der Partie«, vervollständigte Stefan. »So oder so. Es kotzt mich richtig an.«

»Rate mal, wen noch«, sagte Falko, bevor er sich verabschiedete und das Gespräch beendete.

12. KAPITEL

Freitag, 29. März 1963, 18.01 Uhr

Er hatte dem Feierabend entgegengefiebert. Seit Albert in sein Leben getreten war, hatte sich alles verändert. Es war, als hätte Gott selbst ihn geschickt, um sein Leben zu bereichern. Es war einfach wunderbar, berauschend, er war noch nie so glücklich gewesen. Am 13. Dezember, also zwei Tage nach dem Geschehen in der Gasse, war Eberhard mit Albert an der Hand zur Polizei gegangen, hatte sich als Freund der Familie zu erkennen gegeben und eine Vermisstenanzeige für den Vater aufgegeben. Es hatte nicht lange gedauert, bis man ihnen mitgeteilt hatte, dass die Leiche des Vaters schon am gestrigen Tage in einer Sackgasse gefunden worden war. Auf Eberhard oder gar Albert war keinen Moment lang ein Verdacht gefallen. Man ging von einer Prügelei unter Saufkumpanen aus, die aus dem Ruder gelaufen war. Eberhard hatte nicht den Eindruck gehabt, dass die Polizei besonders an der Aufklärung des Tötungsdelikts an einem stadtbekannten Säufer interessiert war. Weitere Verwandte gab es nicht, sodass die Behörden froh gewesen waren, dass Albert bei dem Freund der Familie untergekommen war und dort bleiben konnte und vor allem auch wollte, bis eine endgültige Lösung gefunden war.

So verbrachten sie nun jeden Tag und auch die Nächte zusammen, und es schien, als wären beide mehr als glücklich mit diesem Zustand.

Eberhard hatte seit Wochen nicht mehr an die Gemeinschaft gedacht, aus der er ausgeschlossen worden war. Sollten sie doch weiter so tun, als täten sie nur, was von ihnen verlangt wurde. Er wusste es besser. Überhaupt hatte er das Gefühl, dass er einer der wenigen, womöglich sogar der Einzige war, der aus wahrem Glauben heraus gehandelt hatte. Mit einem Gefühl tiefer Zufriedenheit betrachtete er Albert, der in der Badewanne saß und sich mit einem Schwamm den Rücken von ihm waschen ließ. Diese junge, reine Haut, der Duft, den sie verströmte. Wunderbar. Tief atmete er ein, lächelte, als der Junge sich zu ihm umdrehte. Die Wunden, die sein Vater ihm beigebracht hatte, waren längst verheilt, und nicht ein blauer Fleck war noch auf diesem Kunstwerk der Reinheit zu erkennen. Er tauchte den Schwamm in das kühler gewordene Wasser, drehte den Hahn auf, um etwas Wärme nachzufüllen. Albert dankte es ihm mit einem Lächeln. Für den Abend hatte er geplant, dass sie Geschichten lesen würden. Besser gesagt, er würde sie vorlesen und es genießen, wenn Albert sich dabei an ihn schmiegte.

Er half dem Jungen aus der Wanne, hielt ein Handtuch bereit, mit dem er sich trocknen konnte. Der Anblick des Knaben erregte ihn über die Maßen. Doch er widerstand. Vor einigen Nächten, es mochte vor gut zwei Monaten gewesen sein, hatte er dagelegen und ihn im Schein des Mondlichts betrachtet, als die Decke von seinem bis auf die Unterhose nackten Körper gerutscht war. Er war vollkommen. Die Schönheit, die sich ihm darbot, war überwältigend. Es hatte ihn alle Disziplin gekostet, seine Hand nicht nach dem Jungen auszustrecken und zärtlich mit seinem Finger dessen Körper zu erkunden. Nein. Er widerstand. Langsam war deshalb seine Hand an sich selbst herabgeglitten, ganz leise, ganz sanft, auf dass Albert nicht geweckt würde. Es war der berauschendste Moment gewesen, den er bis dato erfahren hatte. Seither war es jede Nacht so gewesen. Es war vollkommen.

*

Freitag, 16. Oktober 2015, 15.56 Uhr

»Kann ich mit dir sprechen?« Falko hatte Sarah nicht angerufen, bevor er zu ihr gefahren war.

»Sicher. Komm doch rein.« Sie ließ ihn eintreten. »Gibt es was Neues?«

»Ja«, antwortete er knapp.

»Lass uns nach oben gehen«, bat Sarah und ging vor. »Hast du in den Unterlagen etwas gefunden?«, fragte sie auf der Treppe.

»Ja, das habe ich. Genau deshalb bin ich hier.«

»Du machst mich neugierig.« Sie gingen in die Küche, und Sarah deutete auf den Stuhl, auf dem Falko immer saß. »Möchtest du etwas trinken?«

»Nein, danke. Lass nur.«

Sarah setzte sich ihm gegenüber. »Und? Verrätst du's mir?«

»Ich weiß nicht, wie ich es formulieren soll«, begann Falko. »Deshalb sage ich es einfach geradeheraus. Ich fürchte, dein Großvater war womöglich in die Tat verwickelt. Genau genommen denke ich, er hatte das Sagen.«

Sarah sah ihn nur an, öffnete den Mund und schloss ihn wieder, ohne ein Wort hervorzubringen. »Was sagst du da?«, fragte sie fassungslos.

»Es tut mir sehr leid, Sarah.«

»Ich …«, sie schüttelte den Kopf. »Wie kommst du auf so was?«

Falko erklärte ihr, wie er darauf gekommen war, und erzählte auch davon, was Stefan über Volkmar Hürthel herausgefunden hatte. Sie hörte sich alles an.

»Mein Großvater soll ein Vergewaltiger sein?«

»Es deutet einiges darauf hin. Aber es sind natürlich im Moment nur Indizien, und wir haben nicht die Möglichkeit, irgendjemanden von damals zu befragen. Dein Großvater ist tot, Hürthel ebenfalls, dieser Eberhard womöglich auch. Von den anderen Männern haben wir bisher nicht die geringste Ahnung, um wen es sich handeln könnte. Doch es ist noch etwas geschehen. Es gibt da einen weiteren Fall aus dem Jahr 2011 mit vielen Parallelen. Wir wissen noch nicht, was wir davon halten sollen.«

»Erwartest du jetzt, dass das ein Trost für mich ist? Weil mein Großvater da längst tot war und zumindest hierfür nicht verantwortlich sein kann?«

»Sarah, bitte. Ich erzähle dir nur, welche Indizien da sind.«

»Entschuldige, du hast recht. Ich bin dir dankbar, dass du mit offenen Karten spielst.«

»Gibt es vielleicht noch irgendetwas, das dir zu deinem Großvater einfällt? Namen, die er mal erwähnt hat, Freunde, Bekannte. Womöglich Auseinandersetzungen, die er hatte, oder etwas, das ihn aufgeregt hat?«

»Nein.« Sie schüttelte den Kopf. »Wirklich nicht. Nur das mit der Kette damals. Meine Mutter erzählte, dass er da unheimlich schroff zu ihr war.«

»Und was weißt du über diese ehrenamtliche Sache? Die mit den Soldaten, meine ich?«

Sarah überlegte. »Ich kann mich nicht erinnern, ihn jemals mit diesen Leuten gesehen zu haben. Vielleicht hat er mal davon gesprochen, kann sein. Aber ich weiß es wirklich nicht mehr.«

»Hast du noch irgendetwas hier im Haus, was uns weiterhelfen könnte? Noch Unterlagen, Notizen, irgendwas?«

»Nein, ich denke wirklich nicht.«

Falko überlegte laut. »Wahrscheinlich hätte er solche Papiere auch nicht einfach herumliegen lassen.«

»Er lebte zu der Zeit ja noch im Pfarramt.«

Falko hatte Zweifel. »Ich glaube kaum, dass er es einfach zurückgelassen hätte, wenn da was wäre.«

Sarah sah ihn an. »Du glaubst also, wenn es etwas gibt, hat er es mitgenommen, als Oma und er damals hierhergezogen sind?«

»Ich könnte es mir vorstellen. Wenn es überhaupt so etwas gibt.«

»Was sagt dir dein Gefühl?«, fragte Sarah. »Du hast ein ziemlich gutes Gespür für so was.«

»Wenn dein Großvater der war, für den ich ihn halte, und bitte entschuldige meine Offenzeit, dann war er ein narzisstischer Psychopath, höchst manipulativ anderen gegenüber und extrem selbstgerecht. Er brauchte es, andere zu kontrollieren, und fand in der Gruppe Soldaten mit posttraumatischen Belastungsstörungen genau die Menschen, die es ihm möglich machten, seinen Sadismus zu leben.« Er presste die Lippen aufeinander. »Entschuldige, du hast mich gefragt. Ein solcher Mensch würde sich viel zu clever, viel zu überlegen fühlen und sich auch viel zu gerne an den Erinnerungen ergötzen wollen, um etwas zu vernichten, was damit zu tun hat.«

»Also glaubst du, dass es hier im Haus sein muss, wenn er eine solche Namensliste oder Fotos oder so was hat?«

»Ich denke schon, ja.«

Sie sah sich um. »Oh bitte, sag mir jetzt bloß nicht, dass wir die neu verlegten Teppiche hochreißen wollen, um nach losen Dielen zu suchen?«

Genau dieser Gedanke war Falko gekommen. »Gibt es denn Dielen unter dem Teppich?«

Sarah verzog das Gesicht. »Außer in der Küche, wo unter den Fliesen der blanke Estrich ist, gibt es Dielen in jedem Raum.«

»Na, wunderbar.« Falko stand auf. »Wollen wir uns einfach mal umsehen?«

»Wenn du dir etwas davon versprichst?«

Er zuckte mit den Schultern. »Einen Versuch ist es wert.«

»Ich hab alles renoviert. Glaubst du nicht, dass es mir aufgefallen wäre?«

»Wahrscheinlich schon. Darf ich mich trotzdem umsehen?«

Sarah machte eine einladende Handbewegung. »Tu dir keinen Zwang an. Ich werde dir auch helfen, so gut ich kann. Mir fällt nur überhaupt nichts ein, wo wir suchen könnten.«

»Es ist großartig, wie du damit umgehst«, sagte Falko. »Ich kann mir vorstellen, dass es nicht ganz leicht für dich ist, das alles zu verdauen.«

»Wahrscheinlich hoffe ich immer noch, dass du dich täuschst.«

Sie verließen die Küche, gingen zunächst ins Bad, was sie jedoch schnell ausschließen konnten, da hier tatsächlich alles komplett erneuert worden und nicht eine Fliese auf der anderen geblieben war. Also sahen sie im Schlafzimmer nach, ob sich hier etwas fand. Falko ließ alles auf sich wirken. Er sah zu den Dachschrägen hinauf, klopfte in unregelmäßigen Abständen die Wände ab, um zu prüfen, ob es hohl klang. Doch das war nicht der Fall. Er ging in die Hocke, tat das Gleiche am Fußboden. Für ihn gab es keine Stelle, die beim Klopfen anders klang oder sich anders anfühlte. Allerdings wusste er auch nicht, inwieweit er dies durch die Teppichauslegeware überhaupt fühlen konnte. Er erhob sich wieder, und sie begutachteten das Wohnzimmer. Falkos Blick fiel auf den Schornstein. Er sah daran hinauf. »Vielleicht sollten wir doch auf dem Dachboden nachsehen. Aber nicht in den Kisten, sondern im Boden, im Innern des Schornsteins oder ähnlichen Orten.«

»Wenn du meinst?« Sarah zuckte mit den Schultern. »Klar. Gehen wir hoch.«

Sie stiegen die schmale Leiter hinauf, und Sarah schaltete das Licht an. »Hier können wir ewig suchen«, sagte sie mit einem Blick auf das Chaos, das wohl jedem Dachboden eigen ist.

»Lass uns all die Kisten und Kartons ignorieren«, sagte Falko. »Wenn etwas hier oben ist, dann vermutlich entweder im Fußboden oder in den Dachbalken. Vielleicht ist einer ein Stück weit hohl oder auf der Rückseite ist etwas versteckt, das man nicht auf den ersten Blick erkennen kann.«

»Okay. Ich fange in dieser Ecke an, du in der.« Sarah deutete auf die gegenüberliegende Seite der Schräge. »Dann arbeiten wir uns langsam zur Mitte hin vor. In Ordnung?«

»Guter Plan.« Falko sah auf die Uhr. Es war bereits Viertel vor fünf. Das hier könnte den ganzen Abend dauern.

Mehr als vier Stunden später warf Sarah einen Ball, den sie gefunden hatte, frustriert gegen die Dachschräge. »Falko, hier ist nichts, und mir hängt mein Magen auf halb acht. Lass uns Schluss machen, okay?«

»Du hast recht«, gestand er ein. »Alles, was als Versteck logisch gewesen wäre, haben wir gecheckt.« Er seufzte. »Was hältst du davon, wenn ich als Entschädigung eine Pizza ausgebe?«

»Kommt drauf an. Per Bringservice? Dann ja. Denn ich

gehe so, wie ich aussehe, bestimmt heute nur noch unter die Dusche – und das war's.«

»Klar. Gehen wir runter. Ich rufe an.«

»Das ist das Beste, das ich seit Stunden gehört habe.« Sarah ging erschöpft in Richtung Dachluke. Als sie sich umdrehte, trat sie versehentlich gegen ihr altes Skateboard, das neben einer Kiste gestanden hatte und nun gegen den Eimer mit den getrockneten Pinseln krachte, sodass dieser umfiel und die Pinsel in den Zwischenraum der Dachschräge fielen.«

»Scheiße«, sagte Sarah.

»Soll ich versuchen, sie rauszuholen?«, bot Falko an.

Sarah winkte ab. »Quatsch. Von mir aus können sie dahinter verrotten. Ich kaufe einfach neue. Oder du hilfst mir, unten mein Bett zur Seite zu schieben. Da ist dieser kleine Kriechboden. Da müssten sie eigentlich gelandet sein. Aber das können wir auch ein andermal …« Weiter kam Sarah nicht, weil Falkos Gesichtsausdruck sich plötzlich verändert hatte.

»Der Kriechboden?«, fragte er.

»Ja, hinter meinem Bett in der Schräge.« Erst jetzt schien Sarah zu begreifen. »Der Kriechboden«, wiederholte sie und kletterte im Eiltempo die Leiter herab.

Falko folgte ihr. Zwar war es nur eine winzige Chance, aber immerhin eben eine letzte Möglichkeit.

Sarah wartete, bis Falko sie erreicht hatte. Dann schoben sie mit vereinten Kräften das Boxspringbett beiseite. Die Rückwand des Bettes hatte den geraden Teil der Wand komplett abgedeckt, sodass die kleine Tür, die sich dahinter befand, vorher nicht zu erkennen gewesen war. Sarah hatte sie mit der neuen Tapete komplett überklebt, wodurch nur noch die Umrisse zu erkennen waren.

»Ich hole ein Messer«, sagte Sarah und kletterte etwas umständlich über das Bett, da dies nun den Durchgang versperrte. Kurz danach kehrte sie mit einem kleinen Kartoffelschälmesser zurück. »Geht das oder brauchen wir einen Cutter?«

»Das wird schon gehen. Ich werde vorsichtig sein.« Falko nahm das Messer und ritzte entlang der Tür, wo er meinte, dass die Öffnung sein müsste. Als er fertig war, versuchte er die Tür aufzuziehen, doch es ging nicht. »Hast du irgendwas, um zwischen Innenrahmen und Tür zu kommen?«

»Eine Gabel?«, fragte Sarah.

»Versuchen wir's.«

Sarah holte die Gabel, während Falko noch mehrmals mit dem Messer in der Spalte auf und ab scharrte. Sarah gab ihm die Gabel, die dieser sogleich in die Spalte schob und zu hebeln begann. Das Holz gab ein wenig nach, doch öffnen ließ die Tür sich nicht. »Verdammt noch mal.« Falko fuhr mit dem Zeigefinger über die Kante und glaubte, Nägel ertasten zu können. »Die Tür ist zugenagelt worden.«

»Zugenagelt? Ist mir beim Tapezieren überhaupt nicht aufgefallen.«

»Wärst du sehr sauer, wenn die Tapete Schaden nimmt?«

»Ach, Quatsch, mach nur.«

»Okay. Hast du vielleicht irgendwelches Werkzeug?«

»Schraubendreher, eine Zange, einen Hammer. Das war's so ziemlich.«

»Nehme ich alles. Irgendwie muss das Ding ja aufgehen.«

»Okay. Hole ich. Aber kannst du vorher die Pizza bestellen? Wer weiß, wie lange es dauert, bis die liefern.«

Falko zog schwungvoll sein Handy hervor. »Werkzeugkasten gegen Pizza. Der Deal steht.«

Sarah lachte auf und holte das Werkzeug, während Falko die Pizza bestellte. Erst jetzt sah er, dass Stefan ihm einige WhatsApp-Nachrichten geschickt hatte. Er beschloss, sie später zu lesen. Dann steckte er das Handy in die Hosentasche, während Sarah mit dem Kasten kam.

Mithilfe zweier Schlitzschraubendreher, die er als Hebel benutzte, bekam Falko die Tür rasch vom Rahmen gelöst. Als sie knarrend nachgab und schließlich aufsprang, stellte Falko fest, dass sie mit insgesamt sechs schräg eingeschlagenen Nägeln verschlossen worden war. Falkos Aufregung stieg. Entweder sie war zugenagelt worden, damit der Abschluss mit der Wand fester war. Oder aber jemand wollte unbedingt verhindern, dass ein anderer leichtfertig Einblick in den Kriechboden nahm. Falko konnte kaum abwarten zu erfahren, welcher Grund der richtige war.

»Da wollte wohl jemand, dass die Tür zubleibt, oder?« Unsicherheit lag in Sarahs Stimme.

»Hast du eine Taschenlampe?«, fragte Falko. »Ach, lass«, fiel ihm dann aber ein. »Ich nehme mein Handy.« Er schaltete die entsprechende Funktion ein und leuchtete in den Kriechboden. Anfangs sah er nichts, also schob er sich noch ein Stück vor, kam aber nicht besonders weit.

»Soll ich?«, bot Sarah an. »Ich bin kleiner.«

»Es ist ziemlich dreckig.«

»Das ist jetzt auch egal. Lass mich mal hin.«

Falko kroch wieder zurück, und Sarah schob sich an ihm vorbei. Sie nahm sein Handy, leuchtete nach links, dann nach rechts.

»Siehst du irgendwas?«

»Zwei meiner Pinsel«, rief Sarah zurück. »Aber hier liegt außerdem ein Holzbrett. Warte mal, ich zieh es näher her. Nimm mir mal eben das Handy ab.«

Falko griff zu und nahm sein Handy wieder an sich. Sarah schob sich rückwärts heraus, fasste mehrfach nach. »Da steht etwas auf dem Holzbrett«, kündigte sie an.

»Was ist es?«

»Kann ich nicht genau sehen. Warte, gleich hab ich's.« Sie war nun wieder komplett aus dem Kriechboden heraus und zog das Brett weiter nach links durch, sodass der Gegenstand nun unmittelbar vor der kleinen Tür stand. Sie drehte sich zu Falko um, und er sah an ihr vorbei auf die etwa 40 mal 50 Zentimeter große Kiste, die sie ans Tageslicht befördert hatte und die von außen wie eine Art kleine Schatztruhe wirkte, an der ein Vorhängeschloss angebracht war. Sarah versuchte sie zu heben, scheiterte aber. »Sie ist verdammt schwer.«

»Lass mich das machen«, bot Falko an und wartete, bis Sarah so weit zur Seite gerutscht war, dass er genug Platz hatte. Er trug die Kiste ein Stück von der Luke weg, durch die die kalte Luft ins Schlafzimmer zog. Sarah schloss die kleine Tür, so gut es ging, während Falko die Truhe weiter vorn abstellte, wo sie genug Platz hatten, sie zu öffnen.

»Kriegst du das Schloss so auf?«

»Mit Gewalt schon. Aber dann sind die Fingerabdrücke darauf definitiv hin.«

Sarah zuckte mit den Achseln. »Wenn ich das Ding beim Renovieren gefunden hätte, hätte ich's auch geknackt. Jetzt mach schon.«

»Okay.« Falko nahm einen der beiden großen Schraubendreher, steckte ihn in das Schloss und schlug hinten mit dem Hammer mehrfach dagegen. Er bewegte mehrfach den Schraubendreher und benutzte noch ein paarmal den Hammer, dann klickte das Schloss auf. Falko löste es aus der Halterung und legte es beiseite. Dann öffnete er die

Truhe. Sarah bekam große Augen. »Wow. Das ist ja eine richtige Schatzkiste«, sagte sie beeindruckt, während Falko ein flaues Gefühl im Magen bekam. Die Kiste war mit Ketten, Ohrringen und Armbändern gefüllt. Erst als sie seine zurückhaltende Reaktion bemerkte, wurde ihr klar, weshalb er sich so verhielt. »Du denkst doch nicht wirklich, was ich gerade glaube, oder? Das sind mindestens 40 Ketten«, schätzte Sarah, »und dann auch noch die Ohrringe und der ganze andere Kram.«

»Fällt dir nichts auf?«, fragte Falko mit rauer Stimme.

Sarah sah ihn fragend an. »Die Ohrringe. Es gibt, soweit ich es sehe, nicht ein Paar. Es sind alles Einzelstücke.«

Sarah starrte in den Kasten. »Was ist das?«, fragte sie dann und hob einen der Ohrringe an. Als sie es erkannte, ließ sie das Schmuckstück fallen und rannte ins Bad. In diesem Moment klingelte es, und die Pizza wurde geliefert. Falko bezahlte und legte sie einfach in der Küche auf den Tisch. Dann ging er ins Bad und versuchte Sarah zu beruhigen, die sich wieder und wieder übergab. Das Bild von dem Ohrring, an dem noch immer ein Stück Ohr hing, ging ihr nicht mehr aus dem Kopf.

13. KAPITEL

Samstag, 17. Oktober 2015, 8.42 Uhr

Falko hatte die Kiste samt Inhalt noch am Freitagabend der Spurensicherung übergeben. Sarah hatte er zuvor zu sich nach Hause gebracht. Sie war vollkommen aufgelöst, und er konnte sie in diesem Zustand nicht ruhigen Gewissens in ihrem eigenen Haus lassen. Sie hatten sich zusammen in Falkos Bett gelegt, und er hatte Sarah im Arm gehalten. Das war alles. Er war froh, dass es nicht lange gedauert hatte, bis sie vollkommen erschöpft in einen tiefen, unruhigen Schlaf gefallen war. Am nächsten Morgen hatte er auf seinen üblichen Lauf verzichtet und war stattdessen nur bis zum Bäcker gegangen, um Brötchen für die beiden zu besorgen. Auch wenn die Umstände katastrophal waren, gab es ihm doch ein gutes Gefühl, jetzt für Sarah da sein zu können. Als er in sein Haus zurückkehrte, hörte er, dass die Dusche lief. Er ging in die Küche, schaltete die Kaffeemaschine an und deckte den Tisch. Dann rührte er einige Eier in die Schale, würzte mit Salz, Pfeffer, Paprikapulver und frischer Muskatnuss und schlug alles mit etwas Milch auf. Er deckte den Tisch und wartete, bis er hörte, dass Sarah die Dusche abgedreht hatte. Dann ließ er das flüssige Ei in die Pfanne fließen.

Er goss den Kaffee ein, als sie die Badezimmertür öffnete, und füllte genau in dem Moment das Ei auf die Teller, als sie die Küche betrat. »Guten Morgen. Perfektes Timing.«

Sie lächelte etwas gequält. Ihre Augen waren vom vielen Weinen am gestrigen Abend geschwollen und ihr Gesicht so blass, dass sie geradezu gespenstisch wirkte in Falkos weißem Bademantel. »Guten Morgen.« Sarah setzte sich an den Frühstückstisch. »Das sieht köstlich aus.«

»Der Küchenchef dankt«, erklärte er scherzhaft. Dann wurde er ernst. »Wie geht's dir heute Morgen?«

»Wahrscheinlich sollte das nicht so sein, aber ich habe einen Wahnsinnshunger«, antwortete sie.

»Das ist nur zu verständlich. Greif zu und lass es dir schmecken.«

Sie aßen einige Minuten still. Dann sagte Sarah: »Ich werde das Haus verkaufen und versuchen, dass ich in Lüneburg meine alte Stelle wiederbekomme.«

Falko war überrascht. »Einfach so?«

Sie bemühte sich um ein Lächeln. »Was hält mich hier? Ich finde es gut, wie es jetzt zwischen uns ist. Lass uns versuchen, Freunde zu bleiben. Doch alles andere ist, so wie wir's hatten, nicht das, was du willst, und auch nicht das, was ich will. Und in mein Elternhaus ziehe ich bestimmt nicht wieder ein.« Sie schüttelte sich, als liefe ein kalter Schauer über ihren Körper. »Ich sehe immer noch dieses verweste Ohr vor mir.« Sie sah ihn an. »Entschuldige. Nicht das beste Thema beim Essen.«

Falko ging nicht auf die letzte Bemerkung ein. »Ich kann dich gut verstehen«, sagte er. Er dachte an seinen Kollegen Timo Breitenbach, der nach seinem Weggang die Leitung der Kriminalpolizei in Lüneburg übernommen hatte. »Soll ich Timo anrufen und sehen, was ich für dich tun kann?«

»Nein, das mache ich selbst. Wird wohl Zeit, dass ich erwachsen werde mit knapp 30.«

»Es tut mir leid, dass du gehst. Du wirst mir fehlen.«

»Ja. Aber nicht genug.«

»Wie kommst du mit all dem klar? Ich meine, die Sache mit deinem Großvater?«

»Wie schon? Gar nicht! Wie würdest du es denn finden, wenn du mit einem psychopathischen Vergewaltiger verwandt wärst?«

Hierauf wusste Falko nichts zu sagen.

»Für mich war mein Opa zwar immer sehr streng, aber durchaus liebevoll. Wenn ich daran denke, dass ich auf seinem Schoss gesessen habe, während er vielleicht am Abend vorher losgegangen ist, fröhlich vergewaltigt hat und eben auch mal ein Ohr hat mitgehen lassen, könnte ich das Rührei auch gleich wieder zum Klo tragen.« Sie schüttelte sich. »Ist doch wahr. Wie abartig ist das denn?«

»Ist schon komisch, wie sehr uns ein Verbrechen erschreckt, wenn es von Menschen begangen wird, die wir lieben.«

»Komisch ist nicht das richtige Wort«, korrigierte Sarah. »Schockierend. Ehrlich, ich bin fassungslos. Und vor allem geht mir eine Frage nicht mehr aus dem Kopf.«

»Welche?«

»Ob meine Oma davon gewusst hat. Ich meine, die Kette mit dem Bernsteinanhänger. Sie hat sie getragen. Hat sie sich mal gefragt, woher der Schmuck stammt? Hat er ihr nur die eine Kette geschenkt oder alles andere auch? Und hat sie ihn womöglich gedeckt?«

»Stell dir diese Fragen nicht«, riet Falko. »Du wirst darauf niemals eine Antwort erhalten können und wirst wahnsinnig, wenn du das immer weiter mit dir rumträgst.«

»Ganz ehrlich: Wie soll ich das denn jemals vergessen?«

»Das kannst du nicht. Doch du kannst erkennen und akzeptieren, dass dein Großvater einfach nicht der Mann war, den du zu kennen glaubtest. Und ganz ehrlich: Das ist nun wirklich kein Einzelfall.«

»Ne, aber die anderen gehen ihrer Frau vielleicht mal fremd oder haben trotz aller Zuverlässigkeit einen Monatslohn im Casino verspielt oder so. Aber reihenweise zu vergewaltigen und zu morden?« Sie legte die Gabel hin. »Hast du gesehen, welche Menge Schmuck in diesem Kasten war?«

Falko nickte stumm.

»Es ist doch kaum zu glauben, dass all die Verbrechen nie angezeigt wurden.«

»Vielleicht wurden sie das, und wir wissen es nur nicht. Stefan hat gestern Nachmittag eine bundesweite Rechercheanfrage gestellt. Ich bin mir ziemlich sicher, dass das Landeskriminalamt da auf etwas stoßen wird. Und spätestens, wenn wir Fotos vom Schmuck veröffentlichen, wird vielleicht die eine oder andere Frau ihr Schweigen brechen.«

Sarah kaute nachdenklich. »Aber wie soll das alles sein? Meine Großeltern sind seit über 20 Jahren tot. Und du hast von einem Fall gesprochen, der erst vier Jahre zurückliegt.«

»Dass er Komplizen hatte, wissen wir.«

»Mag sein. Aber überleg doch mal. Wie soll man sich das denn vorstellen? Dass da eine Truppe noch übrig gebliebener Greise am Abend aus dem Altersheim heraus einen netten Abstecher macht, in Häuser einbricht und Frauen vergewaltigt? Ich will dieses ernste Thema echt nicht ins Lächerliche ziehen, aber du musst doch selbst zugeben, dass das mehr als unglaubwürdig klingt.«

»Bei dem Fall von 2011 hatte das eine Opfer den Eindruck, dass der Passive, wie sie ihn nannte, der beiden Täter, schon etwas älter war. Vielleicht sind nur noch zwei übrig, und der eine gibt nur noch Anweisungen, weil er selbst nicht mehr kann.« Er sah Sarah fragend an. »Na, wunderbar, jetzt ziehe ich die Sache ins Lächerliche.«

Sarah nahm sich ein Brötchen und schnitt es gedankenverloren auf, als Falkos Handy klingelte.

Falko sah auf das Display und nahm das Gespräch entgegen. »Moin, Stefan! Entschuldige, dass ich mich gestern nicht mehr zurückgemeldet habe. Ich hab deine Nachrichten, dass ich dich anrufen sollte, erst spät gelesen. Es ist einiges passiert.« Er erzählte dem Kollegen von dem grausigen Fund, den Sarah und er gemacht hatten, und auch, dass er die Truhe noch am gestrigen Abend zur Spurensicherung gebracht hatte.

Stefan zeigte sich entsetzt. »Das ist ja widerlich. Kann ich irgendwas für Sarah tun?«

»Nein, lass nur. Wir frühstücken gerade. Sarah war heute Nacht bei mir.«

»Verstehe.«

Falko lag eine Erklärung auf der Zunge, dass es gerade anders klang, als es war, doch er beließ es dabei. »Und was war bei dir, weshalb ich mich melden sollte?«

»Folgendes«, begann Stefan. »Ich habe mir gestern mal die Mühe gemacht und eine Liste angefangen, wie viele Eberhards es in Flensburg um 1962 gab. Wie du dir vorstellen kannst, kam ich da nicht wirklich weiter. Dann habe ich nachgeprüft, ob im Umfeld von Volkmar Hürthel zu irgendeinem Zeitpunkt ein Eberhard zu finden war. Hürthel war Mitglied im Schützenverein und im Männergesangsverein. Ja, das Ding hieß wirklich so. Und da gab es auch einige mit Namen Eberhard. Drei von ihnen waren in beiden Vereinen. Da war es also sehr wahrscheinlich, dass Hürthel sie kannte.«

»Hm«, machte Falko. »Irgendeine Verbindung dieser Männer zu unserem Pastor Böhm?«

»Auf den ersten Blick nicht«, antwortete Stefan. »Doch das will nichts heißen. Wie das früher eben so war. Fand irgendwo etwas statt, wurde meistens auch der Pastor eingeladen. Ich meine, bei Jubiläen oder Geburtstagen oder so. Dieser Eberhard könnte ja auch ein einfaches Gemeindemitglied gewesen sein oder eben auch nur einer von den traumatisierten Soldaten, die Böhm unter seine Fittiche genommen hat. Was ich dir aber eigentlich erzählen wollte«, kündigte Stefan an. »Als ich im Umfeld von Hürthel gestochert habe, bin ich auf etwas gestoßen.«

»Nämlich?«

»Todesfälle. Und zwar drei kurz hintereinander. Alles Freunde oder zumindest Bekannte von Hürthel, alle Mitglieder im Schützenverein, alle ein ähnliches Alter. Schon komisch, findest du nicht?«

»Unfälle?«

»Ja, offiziell schon. Zumindest kamen die Kollegen damals zu diesem Ergebnis. Beim Ersten war es ein klassischer Haushaltsunfall. Er stand auf einer Leiter und hat wohl einen Stromschlag bekommen, als er etwas reparieren wollte. Offenbar war eine Leitung freigelegt worden. Mehr war dem Vorgang nicht zu entnehmen. Der Nächste hatte einen Autounfall. Die Bremsen haben versagt. Im Bericht stand, dass vermutlich ein Marder die Leitung angenagt hatte und es so dazu kam. Und der Dritte ist bei einem Spaziergang gestürzt und so unglücklich mit dem Kopf auf einen Stein geschlagen, dass er noch vor Ort verstorben ist.«

»Ein bisschen viele Zufälle für meinen Geschmack. Oder was meinst du?«

»Ganz genau. Und rate mal, wer in jedem der Fälle mit der Aufklärung betraut war?«

»Lass mich raten: Hürthel?«

»Exakt.«

»Das stinkt doch zum Himmel. Und keinem ist irgendwas aufgefallen?«

»Wie es aussieht, nicht.«

Falko hörte, dass Stefan etwas umblätterte. »Die Todesfälle haben sich im Abstand von jeweils etwa zwei Monaten ereignet. Der erste im April 1963, dann der nächste Ende Mai und der letzte im Juli des gleichen Jahres.«

»Hm«, machte Falko. »Was vermutest du?«

»Ich weiß nicht, kann mir noch keinen Reim darauf machen. Ich bin nur darauf gestoßen und wollte es dir erzählen, damit du was zu grübeln hast, Herr Profiler.«

Falko lachte auf. »Ich denk drüber nach. Und jetzt mach mal Wochenende. Die Fälle haben so lange gelegen, da kommt es auf zwei Tage auch nicht mehr an.«

»Okay. Du auch. Mach's gut!«

Falko legte das Handy beiseite und berichtete Sarah, was Stefan ihm soeben gesagt hatte.

Sie machte eine wegwerfende Handbewegung. »Ich steig durch das alles nicht mehr durch.«

»Willst du erst mal hierbleiben?«, bot Falko an.

Sie schien zu überlegen. »Ich weiß nicht recht. Schließlich kann ich mich nicht ewig hier verkriechen.«

»Von ewig ist ja auch keine Rede. Aber du musst erst einmal zur Ruhe kommen. Und wie du vorhin sagtest: Du wünschst dir, dass wir Freunde sein können. Also lass mich auch ein Freund für dich sein.«

Sarah lächelte ihn an. »Okay, das nehme ich an. Freund!«

*

Montag, 22. Juli 1963, 7.54 Uhr

Er war aufgestanden wie immer, hatte mit Albert gefrühstückt, wie immer. Alles hatte seine Richtigkeit. Dann war er pünktlich zur Arbeit gegangen und hatte vorher dafür Sorge getragen, dass Albert ebenso pünktlich bei der Schule eingetroffen war. Welch eine Freude, endlich wieder Ordnung zu spüren. Doch nicht nur das. Es war das erste Mal in seinem Leben, dass er sich aufrichtig verstanden und geliebt fühlte. Ja, Albert sah zu ihm auf und liebte ihn von Herzen. Er wusste, dass der Junge ihm dankbar war für das Leben, das er seit dem Tod seines Vaters führen durfte. Kein Druck, keine Gewalt, nichts, das diesen unschuldigen, feinen Geist seiner freien Entfaltung beraubte. Ja, ein feiner Geist, das war er. Vor Kurzem hatte Albert das erste Mal Interesse an der Malerei gezeigt. Also war Eberhard mit ihm in eine Kunstausstellung gegangen und hatte mit solcher Freude die Begeisterung des Jungen für die Gemälde gesehen, dass er ihm wenige Tage danach eine eigene Leinwand und Farben geschenkt hatte. Die Dankbarkeit des Zwölfjährigen hatte ihm den Atem verschlagen. Überglücklich hatte Albert ihn umarmt und gedrückt, sich an ihn geschmiegt. Nur sanft hatte er die Berührung erwidert aus Furcht, den zarten Körper zerbrechen zu können.

Seither verbrachte Albert viel Zeit mit den Farben, und es war eine Freude zu sehen, wie viel geschickter er mit jedem einzelnen gezeichneten Strich wurde.

Eberhard selbst fühlte sich leicht und beschwingt. Er hatte drei aus ihrer Runde dafür büßen lassen, dass sie ihn aus ihrer Gemeinschaft ausgeschlossen hatten. Die Auswahl war willkürlich gewesen, es hätte ebenso gut jeden anderen von ihnen treffen können. Jeden außer Böhm. Nein, nicht ihn. Eberhard hatte nicht geahnt, dass er selbst ein Teil der Gruppe war. Damals, als der Pastor ihm geraten hatte, wegen der Erlebnisse im Krieg ihrer Selbsthilfegruppe beizutreten. Während der vielen Gespräche mit den etwa 20 Männern hatte er nicht geahnt, dass es hier zu der Auswahl gekommen war. Zur Auswahl, wer künftig Teil der Achterrunde werden sollte. Als er das erste Mal einen Zettel gefunden hatte, der ihn zu einem der geheimen Treffen einlud, bei dem jeder von ihnen maskiert war, hätte er nie vermutet, dass Pastor Böhm und kein anderer der Initiator war. Niemals. Bei den Maskierten ging es darum, die Ordnung in der Gesellschaft wiederherzustellen und dafür Sorge zu tragen, dass ihr Einsatz, den sie im Krieg geleistet hatten, nicht umsonst gewesen war. Alles schien damals so klar und einleuchtend. Was war aus den Frauen seit jenen Tagen nach 1945 geworden, dass sie plötzlich die Werte der Ehe, der Familie, des Mutterseins nicht mehr kannten und schätzten? Was war geschehen, dass sie sich erhoben über die Männer und so die gottgewollte Ordnung infrage stellten? Das ganze Gerede von wachsender Unabhängigkeit und freiem Willen. Was sollte das? Wohin würde die Gesellschaft dieses Denken führen? Ins Verderben, das war so vielen klar. Doch nur sie, die sie allesamt im Krieg gekämpft und getötet hatten, waren bereit, die Sache in die Hand zu nehmen.

Doch hatten wirklich alle dort das gleiche Ziel? Oder ging es manchem wirklich nur um die Lust an der Qual oder auch darum, endlich wieder Befehle auszuführen, ganz gleich, welcher Art sie waren? Er wusste es nicht mehr. Doch er wusste, dass er keinesfalls hinnehmen wollte, einfach so aus einer Gemeinschaft ausgeschlossen worden zu sein, deren Anführer er eines Tages werden wollte.

Zu gern wäre er bei einem der künftigen Treffen anwesend, wenn sie sich darüber besprechen würden, ob die Todesfälle der letzten Zeit wirklich nur unglückliche Unfälle gewesen waren. Ein Lächeln huschte über seine Lippen, bei dem Gedanken, dass sie ahnen mochten, dass es alles andere als Unfälle gewesen waren. Sollten sie sich nur fragen, ob sie die Nächsten sein würden. Ja, sollten sie nur. Doch sein Plan war ein ganz anderer.

*

Montag, 19. Oktober 2015, 8.12 Uhr

Sarah und Falko hatten ein ruhiges Wochenende miteinander verbracht, in dem sie zwar noch oft über die Fälle gesprochen hatten, Sarah jedoch ein wenig der Ruhe bekommen hatte, die sie so dringend brauchte. Gemeinsam hatten sie das Wohnzimmer aufgeräumt und die Fotos, Unterlagen und Zeitungsausschnitte wieder in die Kartons sortiert und schon einmal ins Auto geladen, damit Falko diese mit ins Büro nehmen konnte.

Am Montagmorgen nun war Falko wie gewohnt erst gejoggt, hatte dann mit Sarah gefrühstückt und weitere belegte Brötchen für seine Kollegen mitgenommen. Er wollte mit neuem Elan in die Woche starten und auch für gute Stimmung im Team sorgen.

»Guten Morgen, zusammen«, sagte Falko und steckte den Kopf in die Tür zu Michaels Büro, in dem sich neben diesem auch Tammo und Stefan aufhielten. Er machte eine Kopfbewegung. »Treffen wir uns gleich für ein kurzes Brainstorming im Konferenzraum? Ich hab Brötchen mitgebracht.«

Die anderen stimmten zu, und Falko selbst kümmerte sich darum, noch für Kaffee zu sorgen, bevor die anderen so weit waren.

Im Konferenzraum war es lausig kalt. »Ist hier die Heizung ausgefallen?«, fragte Michael und ging zum Thermostat. »Oh Mann. Irgend so ein ganz Cleverer hat sie komplett runtergedreht, statt sie wenigstens auf zwei zu lassen«, murmelte er und öffnete das Ventil.

Die vier setzten sich an die Tische, schenkten sich Kaffee ein und nahmen sich jeder ein Brötchen.

»Ihr zuerst«, bat Falko und deutete mit dem Kinn zu Michael und Tammo hinüber, die ihm und Stefan gegenübersaßen.

Tammo hatte den Mund noch voll und gab Michael einen Wink, dass er beginnen sollte.

»Wir haben diesen Simon Heinze ausfindig gemacht. Besser gesagt, die Kollegen in Halle haben das. Er ist einfach so wieder in die Tischlerei gekommen, in der er arbeitet. Ganz so, als wäre nichts geschehen.« Michael biss von seinem Brötchen ab.

»Die Kollegen haben ihn erst einmal zur Befragung abgeholt. Mal sehen, was dabei rauskommt«, führte Tammo weiter aus.

»Habt ihr noch eine weitere Spur?«, fragte Falko.

»Wir haben die Überwachungsvideos verschiedener Standorte gecheckt«, übernahm nun wieder Michael das Wort, »auf denen das Opfer zusammen mit Simon Heinze zu sehen ist. Nichts deutete auf einen Streit hin, soweit das anhand der Aufnahmen zu erkennen war. Sie sind zusammen zu der Kundgebung gegangen. Dort stehen sie noch nebeneinander. Irgendwann verschwinden sie aus dem Bild, werden von keiner Kamera mehr erfasst. Erst sechs Stunden später gibt es eine weitere Aufnahme von Simon Heinze, da ist er aber allein. Vom Opfer keine Spur mehr.«

»Wir haben einige Zeugen befragt, zwei Aussagen scheinen uns besonders relevant«, sagte nun Michael. »Sie wollen einen Streit zwischen den Männern mitbekommen haben. Allerdings konnten sie nicht sagen, worum es ging.«

»Wie wollt ihr weiter vorgehen?«

»Erst einmal die Vernehmung von Simon Heinze abwarten. Mal sehen, was dabei rauskommt. Wir haben mit den Kollegen aus Halle vereinbart, dass wir uns wechselseitig auf dem Laufenden halten. Bei dem Angriff auf Fabian Heemsoth war eine Menge Wut im Spiel, so wie der zugerichtet worden ist. Das könnte auf etwas Persönliches hindeuten«, antwortete Michael. »Wir sind auf jeden Fall dran. Und euer Fall?«

»Da kommen immer mehr Fakten ans Tageslicht, die an Widerlichkeit kaum zu überbieten sind«, antwortete Stefan. »So, wie es aussieht, haben wir eine Gruppe abartiger Kerle, die vergewaltigten und manchmal auch töteten, und eine ganze Kiste mit Schmuck, der aus diversen Verbrechen stammt«, sagte Falko.

»Und mindestens einen korrupten Kriminalkommissar, der einen oder mehrere Fälle gedeckt hat.«

»Was?« Michael sah von einem zum anderen, während er einen Schluck Kaffee trank. »Ich hoffe einfach mal, dass ihr übertreibt.«

»Schön wär's«, gab Falko missmutig von sich und begann sowohl von Lisa Schönfeld als auch Natalie Peschel zu erzählen, dem Fund der Kiste in Sarahs Haus und dem Karton mit den Bibelzitaten mit dem Hintergrund, den Stefan und er vermuteten.

Stefan stieg mit seinen eigenen Erkenntnissen über Volkmar Hürthel ein, berichtete von seinem weiteren Besuch bei Rehmert, seinen Nachforschungen über die SS-Mitgliedschaft Hürthels und die Todesfälle im Jahre 1963.

»Das wirkt, als hätten die einfach gemacht, was sie wollen, oder?«, sagte Michael. »Ich meine, ein Pastor, der eine Gruppe ehemaliger Soldaten zu Vergewaltigungen überredet, dann dieser Hürthel, der das Gesetz beugt.« Er schüttelte mit dem Kopf. »Ich muss schon sagen, das klingt alles ziemlich abgedreht.«

Falko sah jeden von ihnen einen Moment lang an. »Und ich fürchte, das ist noch nicht alles. Die Frage wird nur sein, was wir davon wirklich beweisen können.«

»Und wen wir überführen können«, ergänzte Stefan. »Die meisten der Kerle werden längst tot sein.«

»Die Opfer haben Antworten verdient«, sagte Falko entschlossen. »Und wir müssen alles dafür tun, sie ihnen zu geben.«

14. KAPITEL

Sonntag, 1. September 1963, 10.29 Uhr

Was hätte er dafür gegeben, das Gesicht des Pastors sehen zu können, als er heute Morgen die Kette erhalten hatte? Sicher, es war vor zwei Tagen nicht so gelaufen, wie er es sich vorgestellt hatte. Doch das konnte ja niemand wissen. Und in diesem Moment zählte nur, dass er Böhm das Schmuckstück geschickt hatte und dieser sich seinen Teil hierzu denken konnte. Ja, er brauchte sie nicht, keinen einzigen von ihnen. Er würde das, was zu tun war, auch ohne sie schaffen. Allerdings würde er sich künftig etwas überlegen müssen, um die Frauen in Schach zu halten, wenn er allein blieb. Doch da würde ihm schon etwas einfallen. Eberhard lächelte in sich hinein, während er der Predigt lauschte, die Worte aber nicht in sein Bewusstsein dringen konnten. Er hatte seinen Blick starr auf Böhm gerichtet. Ob der Pastor wohl wusste, von wem das kleine Geschenk stammte? Konnte er es sich denken? Ihre Blicke trafen sich, und Eberhard konnte den Spott, ja, die Verachtung, die er für den Kirchenmann empfand, nicht verbergen. Was für ein Hampelmann er doch war, wie er dort vorn auf der Kanzel stand und seine Reden schwang. Ein jämmerlicher Kerl, dessen große Gestalt nicht von seinem kleinen, geradezu mickrigen Geist abzulenken vermochte. Er selbst wäre der richtige Anführer gewesen, er hätte es geschafft, die Ordnung wiederherzustellen und die liederlichen Weiber in ihre Schranken zu verweisen. Es bedurfte eines Mannes mit Kampferfahrung, nicht eines Pfaffen, der seinen Schwanz nicht im Zaum halten konnte. Voller Verachtung sah er auf Böhm. Täuschte er sich, oder machte er den Pastor durch seine Anwesenheit nervös? Es amüsierte ihn zu beobachten, dass Böhm offenbar den Faden verloren hatte, stockte und auf das Blatt Papier vor sich starrte, auf dem er seine Predigt aufgeschrieben hatte. Er brauchte scheinbar einen Moment, sich zu fangen, bevor er seine Rede an die Gemeinde fortsetzen konnte.

Eberhard war zufrieden. Er legte seine Hand auf die von Albert, der neben ihm saß und den Worten Böhms lauschte. Einen Moment war ihm danach, Albert zu sagen, dass er nicht ernst nehmen sollte, was der Pastor predigte. Doch das wäre falsch. Nein, er sagte nichts, ließ Böhm reden und Albert seinen Worten Glauben schenken. Der Tag würde kommen, an dem er dem Jungen den richtigen Weg weisen würde. Bis dahin würde er das tun, wozu der Herr ihn bestimmt hatte. Und er würde Böhm leiden lassen für seinen Verrat, ihn quälen, die Wellen des Zorns über ihn hereinbrechen lassen. Ja, all das würde er tun. Seine Zeit war gekommen, er war am Zug. Ab jetzt gab es keine Grenzen mehr. Er hatte sich endlich aus den Ketten befreit.

*

Montag, 19. Oktober 2015, 11.25 Uhr

Falko rieb sich die müden Augen. Wieder und wieder waren Stefan und er die Unterlagen Richard Böhms durchgegangen, doch sie kamen einfach nicht weiter. Es gab keine Parallelen zu den Erkenntnissen, die Stefan über Volkmar Hürthel zusammengetragen hatte, bis auf die Fotos, auf denen Hürthel und Böhm zusammen abgebildet waren. Eine weitere Person konnten sie zuordnen. Es handelte sich um Martin Johannes Reebers, den Mann, der bei dem Autounfall mit den kaputten Bremsen, die angeblich durch einen Marder beschädigt worden waren, ums Leben gekommen war. Von den anderen beiden Männern, die im Jahre 1963 starben, lag ihnen kein Foto vor, sodass ihnen kein Abgleich möglich war.

»Wir kommen einfach nicht weiter. Irgendwas übersehen wir.« Falko rieb sich die schmerzenden Augen. »Aber was?«

Stefan blinzelte, nahm noch einmal die Fotos hoch, legte sie aber gleich wieder zurück. »Vielleicht ist da auch nichts, was wir übersehen. Die Fälle liegen einfach zu lange zurück.«

»Noch mal«, bat Falko. »Finden wir einen anderen Ansatz. Marie und Lisa Schönfeld, alleinerziehende Mutter mit Tochter. Wieso wurden die beiden ausgewählt?«

»Weil sie unabhängig von einem Mann gelebt haben?«, schlug Stefan vor.

»Genau. Wer wusste um ihre Lebensumstände?«

»Nachbarn, Freunde, Arbeitskollegen, Schulfreunde«, antwortete Stefan. »Und Böhm wusste auf jeden Fall Bescheid, da seine eigene Tochter zusammen mit Lisa zur Schule gegangen ist.«

»Ja. Bei ihnen ist die Sache eindeutig. Aber wenn ich die Schmuckmenge bedenke, ist es ausgeschlossen, dass all diese Verbrechen in Flensburg und Umgebung stattgefunden haben sollen und es sonst offenbar keinen Fall gab, der angezeigt wurde, oder?« Falko sah Stefan an.

»Wenn wir wüssten, wie die Opfer ausgewählt wurden, wären wir einen Schritt weiter«, ging Stefan auf den Gedanken seines Vorgesetzten ein.

Falko griff zum Hörer und rief Lisa an.

»Ja, bitte?«

»Falko Cornelsen hier. Und mein Kollege Stefan Krieger ist auch hier bei mir. Sie sind auf Laut gestellt. Wie geht es Ihnen?«

»Danke, gut. Hallo, Stefan!«

»Hallo, Lisa!«

»Und? Sind Sie beide weitergekommen?«

»Ja, aber der entscheidende Hinweis fehlt uns noch.« Falko wollte ihr auf keinen Fall sagen, von welcher Vielzahl an Opfern sie derzeit ausgehen mussten. »Sagen Sie bitte, Lisa, waren Sie oft bei den Böhms zu Besuch?«

»Nein, Vera kam eigentlich immer zu mir. Ich hatte so das Gefühl, dass ihre Eltern nicht wollten, dass sie Besuch im Pfarrhaus bekommt. Wieso?«

»Aber bestimmt wussten die Eltern, dass Sie und Ihre Mutter allein lebten, nicht wahr?«

»Ja, natürlich wussten sie das. Jeder wusste es. Vera und ich waren ja damals auch zusammen in der Jugendgruppe. Dort wussten ebenfalls alle Bescheid.«

»In der Jugendgruppe?«, echote Falko.

»Ja. Wir haben bei der Arbeit mit den Konfirmanden geholfen.«

Falko versuchte einen Zusammenhang herzustellen, konnte jedoch keinen erkennen. Wenn sie nur die Namen der anderen Opfer hätten. Dann könnten sie ein Muster ausmachen. Doch so?

»Hilft Ihnen das irgendwie weiter, Falko?«, fragte Lisa.

»Was sagen Sie? Ach, Entschuldigung, ich war in Gedanken.«

»Kann ich Ihnen sonst noch irgendwie weiterhelfen?«

»Nein, danke. Ich denke nicht. Ich … Moment. Sagen Sie bitte, diese Jugendgruppe, von der Sie eben sprachen, Lisa.«

»Ja?«

»Mit denen haben Sie doch bestimmt auch Ausflüge gemacht. Ich meine, solche Konfirmandenfreizeiten. Die gab es doch damals auch schon, oder?«

»Aber ja. Vera und ich haben dabei geholfen.«

»Mussten Sie sich hierfür anmelden? Dann haben Sie sich doch bestimmt in irgendeine Liste eintragen müssen?«

»Ja. Wir mussten auch immer erst mal das Geld verauslagen. Für meine Mutter war das nicht immer leicht zu bezahlen. Aber wir bekamen das meiste zurück, weil die ehrenamtliche Tätigkeit durch die Kirchengemeinde unterstützt wurde.«

Falkos Nacken kribbelte. Er wurde unruhig. »Sie waren ja damals minderjährig, Lisa. Die Erstattung bekam dann doch vermutlich Ihre Mutter, nicht wahr?«

»Ja, natürlich. Weshalb?«

»Nur, um es richtig zu verstehen, die Verwaltung dieser Listen, also der mit den Namen der Eltern darauf, an die zu erstatten war, an wen ging die?«

»Äh, ich verstehe nicht, was Sie meinen, Falko.«

»Lisa, das ist jetzt sehr wichtig. Gab es die Erstattung direkt hier aus der Kirchengemeinde in Flensburg? Also nur hier lokal vor Ort?«

Lisa brauchte einen Moment, bevor sie antwortete. »Lassen Sie mich kurz nachdenken. Nein, ich denke nicht. Meine Mutter musste das Formular immer an die Landeskirche schicken.«

»Nach Flensburg?«

»Sie können vielleicht Fragen stellen. Nein, jetzt, wo Sie's sagen. Da gab es eine zentrale Stelle, die das Ganze aus einem großen Topf deutschlandweit verteilt hat. Ich glaube, das war damals in Hannover.«

»In Hannover«, wiederholte Falko nachdenklich. »Lisa, haben Sie vielen Dank. Sie haben uns sehr geholfen. Wir melden uns wieder.«

Ohne ihre Antwort abzuwarten, legte er auf.

Stefan tippte mit dem Finger auf die Tischplatte.

»Landeskirche«, wiederholte er. »Da habe ich was gesehen.«

Er wühlte einige Unterlagen durch. »Hier. Der Zeitungsausschnitt. Ein Besuch der Kirchenvertreter, Treffen in München aus dem Jahr 1961. Und unser Freund Richard Böhm direkt in der Mitte.«

»Wir brauchen die Namen der anderen. Jeder, der dabei war.« Falko tippte aufgeregt auf das Bild.

In diesem Moment klingelte sein Telefon. Eine junge Kollegin aus der Zentrale war am Apparat und meldete, dass ein Kriminaloberkommissar Holger Schierloh ihn gern sprechen würde. »Ja, stellen Sie durch.« Es klickte. »Cornelsen.«

»Holger Schierloh, hallo, Herr Cornelsen.«

»Ah, Kollege Schierloh. Sie kommen mir zuvor. Ich wollte Sie auch noch anrufen, stecke aber im Moment gerade bis zu den Ohren in einem neuen Fall.«

»Genau deshalb rufe ich an.«

Falko war überrascht. »Wegen meines Falles?«

»Ganz recht. Ich habe Ihre bundesweite Anfrage auf den Tisch bekommen. Wir haben hier gleich zwei Treffer.«

»Was?« Falko hob die Augenbrauen. »Einen Moment, ich stelle Sie auf Laut. Ich sitze hier mit meinem Kollegen Stefan Krieger. Sie haben ja schon mal telefoniert.«

»Okay. Hallo, Herr Krieger.«

»Hallo!«

»Also, was haben Sie?«, fragte Falko ungeduldig.

»Zwei Fälle von Vergewaltigungen, eine aus dem Jahr 1978, die andere 1989. Die Opfer waren jeweils Mutter und Tochter. In beiden Fällen wurden Schmuckstücke gestohlen. Bei dem Fall von 1978 ein Ohrring, 1989 eine Kette. In beiden Fällen wurden den Opfern danach Pfennige auf die Stirn gelegt.«

Falko atmete geräuschvoll aus. »Es stimmt genau überein.«

»Haben Sie bereits einen Verdächtigen?«, fragte Schierloh.

»Es gibt da jemanden, doch der ist bereits verstorben. Aber er hatte Komplizen. Wie viele Angreifer waren es in Ihren Fällen?«

»Zwei«, kam die sofortige Antwort.

»Wurden jeweils beide Frauen vergewaltigt?«

»Ja. Bei Ihnen nicht?«

»Ich habe hier zwei Fälle, die ins Profil passen und dennoch unterschiedliche Vorgehensweisen aufweisen«, erklärte Falko knapp. »Können Sie mir Ihre Fallakten mailen?«

»Ja. Kein Problem. Ich schick's gleich rüber.«

»Danke. Auch dafür, dass Sie sich so schnell gemeldet haben.«

»Gern«, entgegnete Schierloh.

»Und noch was. Wie ich vorhin schon sagte, hatte ich ohnehin noch vor, Sie anzurufen.«

»Ja?«

»Ich wollte Ihnen mitteilen, dass wir uns freuen würden, wenn Sie unser Team ab dem nächsten Jahr verstärken würden.«

»Wirklich?« Die Erleichterung war ihm deutlich anzuhören. »Klasse. Ich freue mich sehr.«

»Glückwunsch auch von meiner Seite«, sagte Stefan.

»Danke!«

»Wir freuen uns auch! Melden Sie sich noch mal, damit wir die Details besprechen können.«

»Werde ich tun. Danke, Herr Cornelsen.«

»Das Herr Cornelsen ändern wir am besten sofort. Falko. Wir arbeiten schließlich ab jetzt zusammen.«

»Holger. Auch wenn ich mich wiederhole. Ich freue mich wirklich sehr auf die Zusammenarbeit.«

»Willkommen im Team, Holger. Bis bald.«

»Ja, bis bald.«

Sie legten auf.

»Der war ganz schön geplättet, oder?« Stefan grinste.

»Verständlich. Ich glaube, er ist ein echter Gewinn für uns.«

»Sehe ich genauso.«

Der Computer plinkte, und Falko sah, dass eine Mail eingegangen war. »Schnell ist er auf jeden Fall«, sagte Falko, als er den Absender Holger Schierloh von der Kriminalpolizei in Verden sah. Er öffnete die Mail und lud die Dateien runter. Dann druckte er zwei Exemplare davon aus, wovon er je eines an Stefan gab. Sie lasen konzentriert die Sachverhalte der beiden Fälle.

»Das sind die gleichen Typen. Davon bin ich fest überzeugt«, urteilte Falko.

»Und die Opfer sind alle noch am Leben. Wir können sie also befragen.«

»Hast du heute schon was vor?«, fragte Falko.

»Nicht, was mich so sehr interessiert, wie nach Verden zu fahren und mit den Frauen zu sprechen.«

Falko klopfte auf die Akte. »Du rufst die 1978-Opfer an, ich die 1989 und wir versuchen, sie noch heute zu treffen.«

»Wer auch immer diese reizende Tradition von 1962 fortgesetzt hat«, sagte Stefan, »wir kriegen die Schweine, Falko. Wir kriegen sie.«

15. KAPITEL

Montag, 23. August 1965, 13.00 Uhr

Nicht mehr lange, dann würde er aus der Schule nach Hause kommen. Heute war Alberts 15. Geburtstag, und er hatte eine Überraschung für ihn vorbereitet. Doch das größte Geschenk war ihm bereits letzte Woche gemacht worden.

Das Adoptionsverfahren war endgültig zum Abschluss gekommen. Albert war nun offiziell sein Sohn.

Die Überraschung, die er vorbereitet hatte, würde Albert sprachlos machen. Alles hatte er investiert, wusste nun, weshalb er in all den Jahren und Jahrzehnten so sparsam gelebt und nichts angeschafft hatte, nur um jetzt alles geben zu können. Sicher, er hatte nicht ganz die Wahrheit über das Alter des Künstlers gesagt. Doch das war im Grunde auch nicht mehr nötig gewesen, nachdem er dem Kurator die Gemälde gezeigt hatte. Jonathan Grewe, so der Name des Kurators, war vollkommen begeistert von dem, was Eberhard ihm gebracht hatte. Sicher dürfte auch ein Teil der Begeisterung daher gerührt haben, dass Eberhard gut dafür bezahlt hatte, die Gemälde seines Sohnes für drei Monate in der Galerie ausstellen zu dürfen. Doch die Erwartungen, die er damit verknüpfte, waren groß. Wer wusste schon, was daraus werden konnte. Womöglich würde Albert eines Tages ein großer Künstler, ein Meister seines Fachs. Er war sicher, dass es so sein würde. Es konnte gar nicht anders sein.

*

Montag, 19. Oktober 2015, 14.30 Uhr

Die Fahrt nach Verden hatte knappe zweieinhalb Stunden gedauert. Falko und Stefan fuhren zunächst zu einem kurzen Treffen zur Polizeiinspektion, um dort mit Holger Schierloh und dessen Kollegen über die Fälle in Verden zu sprechen. Schierloh bot an, bei der Befragung der Opfer dabei sein zu können. Falko und Stefan hatten nichts dagegen. Der erste Termin mit einem der Opfer von 1978, einer Birgit Holtke, war um 15 Uhr. Sie war die Tochter und zum Zeitpunkt des Überfalls 15 Jahre alt gewesen. Ihre Mutter, das hatte sie am Telefon berichtet, war vor zwei Jahren an Krebs gestorben. Der weitere Termin wegen des Falls aus dem Jahre 1989 war für 17 Uhr vereinbart worden. Hier war es die Mutter, die seinerzeit vergewaltigt worden war und sich nun bereit erklärt hatte, mit ihnen zu sprechen. Allerdings nur unter der Prämisse, dass sie auf eine weitere Befragung ihrer Tochter verzichteten, was Stefan ihr zugesagt hatte.

Zu dritt holten sie sich noch Brötchen, um ein paar Bissen zu essen zu bekommen, bevor sie das erste Gespräch führten. Falko wusste nicht mehr, wie lange es her war, dass er ein ganz normales Mittagessen eingenommen hatte. Holger fuhr, sodass Falko und Stefan auf dem Weg zu Birgit Holtke essen konnten. Ihre Wohnung lag etwas außerhalb von Verden, in einer kleinen Ortschaft bei Thedinghausen. Alles wirkte sehr ländlich auf Falko. Das Rotsteingebäude war von einem weitläufigen Grundstück umgeben, was jedoch nicht übermäßig gepflegt wirkte. Das bereits heruntergefallene Laub war nicht weggeräumt worden und bildete sowohl auf dem Gras als auch auf dem kleinen gepflasterten Weg zur Eingangstür eine braune, matschige Schicht. Frau Holtke hatte den Besuch offenbar bereits kommen sehen, denn noch bevor sie klingelten, wurde die Tür geöffnet. Sofort zogen alle drei ihre Ausweise hervor.

»Falko Cornelsen und mein Kollege Stefan Krieger von der Kriminalpolizei in Flensburg. Und Kriminaloberkommissar Holger Schierloh von der Polizei in Verden. Danke, dass wir herkommen durften, Frau Holtke.«

»Bitte, kommen Sie herein.« Sie gab die Tür frei und ließ die drei in den Flur treten. »Wir müssen die Treppe hoch. Meine Wohnung ist oben.«

Sie ließ die Beamten vorgehen und ging dann selbst die Stufen hinauf. »Geradeaus durch ist das Wohnzimmer«, sagte Frau Holtke und gab so die Richtung vor.

Sowohl die Stufen als auch der Flur waren mit einem dunkelbraunen, einfachen Teppich ausgelegt, der auch schon bessere Zeiten gesehen hatte. Die Wände waren mit hellbraunen Textiltapeten beklebt, die, wie Falko meinte, bereits in den 80er-Jahren nicht mehr unbedingt der letzte Schrei waren. Das Wohnzimmer war in einem hellen Orangeton gestrichen, die Polstergarnitur blau. An den Wänden hingen außerdem blaue Porzellanvasen, von denen Blumen herunterrankelten. Alles wirkte auf Falko wie eine Anleitung in einer Wohnzeitschrift, wie man es besser nicht machen sollte.

»Ich würde das gern möglichst schnell hinter mich bringen«, sagte Frau Holtke und deutete auf die Couch, woraufhin die Polizisten sogleich Platz nahmen.

»Wir werden es so kurz wie möglich halten«, versicherte Falko und musterte sie kurz. Wie er aus der Akte wusste, war sie 53 Jahre alt, wirkte auf ihn aber älter. Dick war sie nicht, vielleicht etwas zu beleibt um die Taille herum beziehungsweise um den sich unter dem Pullover abzeichnenden Bauch. Ihre Haare waren im unteren Bereich dunkelblond, aam Ansatz hingegen ließ sich ein deutlicher, etwa zwei Zentimeter breiter grauer Streifen erkennen. Auf ihn wirkte sie vor allem wie eine praktische Frau, die nicht unbedingt erpicht auf Besuch war.

»Frau Holtke«, begann Falko. »Wir möchten Sie nicht unnötig mit den Erinnerungen quälen. Deshalb werde ich Sie nicht bitten, alles ausführlich noch einmal zu erzählen, sondern nur einige Fragen stellen, die uns bei den Ermittlungen weiterhelfen können.«

»In Ordnung.« Sie setzte sich gerade hin, fast wie eine Schülerin in Erwartung einer Prüfungsfrage.

»Das hier ist nicht das Haus, in dem der Überfall stattgefunden hat, richtig?«

»Nein, ist es nicht«, gab sie knapp zur Antwort und setzte wieder das erwartungsvolle Gesicht auf.

»Wie viele Männer waren es?«

»Zwei.«

»Wie sind sie ins Haus gekommen?«

»Durch die Terrassentür. Sie haben sie aufgehebelt, ohne dass meine Mutter oder ich etwas bemerkt hätten.«

»Wo waren Sie zum Zeitpunkt des Überfalls?«

»Ich lag in meinem Bett und habe geschlafen.«

»Und Ihre Mutter?«

»Die auch.«

»Kam einer oder beide Täter in Ihr Zimmer?«

»Einer.«

»Konnten Sie sein Gesicht erkennen?«

»Nein. Er trug eine Skimaske.«

»Hat er etwas gesagt, als Sie wach wurden?«

»Nein. Er hat mir eins mit so einem Elektroschocker verpasst und mich nach unten geschleppt.«

»Und Ihre Mutter?«

»Die auch.«

»War Ihre Mutter vor Ihnen unten oder Sie?«

»Meine Mutter.«

»War es der gleiche Mann, der Sie beide aus Ihren Schlafzimmern geholt hat?«

»Nein. Einer ist zu meiner Mutter gegangen und hat sie runtergebracht, der andere mich.«

Falko warf Stefan einen vielsagenden Blick zu. Er spürte, dass er auf der richtigen Spur war. Es musste etwas mit dem Alter zu tun haben. Denn bei diesem Überfall im Jahre 1978 waren noch beide Täter aktiv. Zumindest, wenn er davon ausging, dass es die gleichen wie bei Natalie Peschel waren.

»Was geschah dann?«

»Sie haben uns auf die Tische geworfen und uns die Kleider runtergerissen.«

»Standen die Tische schon vorher so?«

»Nein. Die haben die beiden so hingestellt.«

»Und dann?«

»Dann haben sie uns vergewaltigt.«

»Hat einer von den beiden etwas gesagt?«

»Ja. Der, der meine Mutter vergewaltigt hat.«

»Was hat er gesagt, wissen Sie das noch?«

»Als ob ich das je vergessen würde. Er hat gesagt, sie könnte mich nicht beschützen und dass es ihre eigene Schuld sei.«

Falko und Stefan tauschten einen Blick. Es waren die Gleichen.

»Wohin haben Sie gesehen, als es geschah?«

»Was meinen Sie damit?«

»Ich meine, haben Sie sich im Raum umgesehen, an die Decke?«

»Ach so, das meinen Sie. Die Kerle haben uns die Köpfe so runtergedrückt, dass wir uns dabei ansehen mussten. Doch das hab ich nicht gemacht. Ich hab meine Augen zugemacht, dafür hat er mir einige Male ins Gesicht geschlagen. Aber das hat nichts geändert. Ich hab die Augen trotzdem nicht aufgemacht.«

»Sie halten sich wirklich sehr gut, Frau Holtke. Wir sind auch gleich fertig.«

»Die haben das nicht zum ersten Mal gemacht, oder?«

Sie sah Falko an. »So, wie Sie fragen. Sie wissen genau, was die mit uns gemacht haben, stimmt's?«

»Es gibt vergleichbare Fälle, das ist richtig.«

Frau Holtke nickte und presste die Lippen aufeinander. Falko sah, dass es ihr immer schwerer fiel.

»Nur noch eine Kleinigkeit, dann sind wir schon wieder weg. Was wurde Ihnen gestohlen?«

»Sie haben meiner Mutter einen Ohrring herausgerissen«, antwortete sie.

Falko musste an das restliche Ohr denken, das mit in dem Schmuckkästchen lag. »Rausgerissen, sagen Sie? Wurde Ihre Mutter dabei verletzt?«

»Kann sein, dass es ein bisschen geblutet hat. Das weiß ich ehrlich nicht. Die anderen Verletzungen waren auf jeden Fall schlimmer.«

»Und dann?«

»Dann haben sie uns jeder einen Pfennig auf die Stirn gelegt«, spie sie bitter aus. »Für was? Als Bezahlung? Diese verdammten Schweine.«

Es war das erste Mal, dass es aus ihr herausbrach. Die Ermittler konnten nur ahnen, wie sehr sie sich bisher zurückgehalten hatte.

»Sagen Sie, Frau Holtke, waren Sie je Mitglied in einer kirchlichen Jugendgruppe?«, fragte Falko nun.

»Ich bei einer Jugendgruppe? Ne, ganz sicher nicht. Das war so überhaupt nicht mein Ding.«

»Irgendetwas anderes in der Art? Haben Sie vielleicht mit Ihrer Kirchengemeinde Ausflüge unternommen oder waren bei Projekten dabei?«

»Nein.« Sie schüttelte entschieden den Kopf. »Ganz sicher nicht. Nichts dergleichen. Ich bin konfirmiert, ja. Aber nur, weil das alle gemacht haben und es sich ordentlich gelohnt hat. Ich hab mir damals von dem Geld mein erstes Mofa gekauft.«

»Ich verstehe. Hm. Dann haben Sie vielen Dank.« Er stand auf, und auch Stefan und Holger, die während des Besuchs nur zugehört hatten, erhoben sich.

»Wir sind im Zuge der Ermittlungen auf einige Schmuckstücke gestoßen, die aus den Überfällen stammen könnten. Sobald sie fotografiert sind, werde ich die Datei meinem Kollegen Herrn Schierloh mailen. Könnten Sie sich die Sachen dann mal ansehen, ob der Ohrring Ihrer Mutter dabei ist? Wenn ich mich recht erinnere, war auch eine Beschreibung in der Akte. Wir werden prüfen, ob er auf einen der gefundenen Ohrringe passt.«

»Das können wir so machen.« Sie nickte.

»Danke, dass Sie sich die Zeit genommen haben«, sagte nun auch Holger. »Ich werde mich melden, sobald ich die Aufnahmen habe.«

»Ich gebe Ihnen meine Visitenkarte«, kündigte Falko an und deutete dann auf Holger. »Gibst du ihr auch deine? Du bist näher dran, wenn was sein sollte.« Er wandte sich wieder an Frau Holtke. »Wenn Ihnen doch noch etwas einfallen sollte, rufen Sie uns gern an.«

»Kann ich machen. Aber ich glaube wirklich nicht, dass da noch was ist.«

Die drei gingen vor, gaben ihr unten im Flur noch einmal die Hand und verließen das Haus.

»Das ging schneller als gedacht«, sagte Holger, als sie wieder im Auto saßen. »Wollen wir noch einen Kaffee trinken gehen?«

»Der dürfte uns guttun«, sagte Falko, und Stefan nickte bekräftigend. Sie fuhren über die Landstraße zurück nach Verden in den Innenstadtbereich, wo auch der nächste Termin stattfinden würde. Holger zeigte ihnen ein kleines Eckcafé.

Nachdem sie bestellt hatten und die Bedienung wieder vom Tisch weg war, begann Holger das Gespräch. »Wieso die Frage nach der Jugendgruppe?«

»Es ist so«, erklärte Stefan, »dass wir natürlich vor allem versucht haben herauszufinden, woher die Täter wussten, dass stets Mutter und Tochter allein in dem Haus lebten. Wir sind dabei bei unserem Fall von 1962 darauf gestoßen, dass die Tochter Mitglied der Jugendgruppe der Kirche war und an Ausflügen und Konfirmandenfreizeiten teilgenommen hat. Hierfür musste ihre Mutter die Erstattung der Gebühren bei der Landeskirche beantragen.«

»Du musst in diesem Zusammenhang wissen, dass unser Hauptverdächtiger in Flensburg, der bereits tot ist, Pastor von Beruf war.«

»Na, wunderbar«, sagte Holger nur.

»Wir hatten darauf gehofft, dass das die Verbindung sein könnte. Listen, in denen für die Rückerstattung solcher Beträge ein Frauenname stand«, fuhr Stefan erklärend fort. »Hier hätten der oder die Täter einen Ansatz gehabt. Immerhin war es zu der Zeit ja noch nicht üblich, dass verheiratete Frauen ihre eigenen Konten hatten. Dann brauchten sie nur die Adresse zu nehmen, auszuspionieren, ob wirklich kein Mann vorhanden ist – und schon hatten sie ihre Opfer.«

»Was wir aber jetzt wieder neu überlegen müssen, weil es bei Frau Holtke nicht passt«, stellte Falko nachdenklich fest.

Die Bedienung kam mit den Getränken, und die drei dankten und setzten ihr Gespräch erst wieder fort, als sie außer Hörweite war.

»Welche Möglichkeiten gibt es noch?«, fragte Holger nachdenklich.

»Ich habe zuerst an das Naheliegendste gedacht, an einen Mitarbeiter des Einwohnermeldeamts. Aber da haben die einzelnen Städte und Gemeinden ihre geschlossenen Systeme. Und 1962 war eine deutschlandweite Vernetzung ohnehin noch ein Buch mit sieben Siegeln«, meinte Falko.

»Wie dann?« Stefan trank einen Schluck von seiner Cola.

»Wie wäre es mit einem Vertreter? Die kommen viel rum und haben oft die immer gleichen Routen, sodass sie mehrmals auf ihrer Strecke die gleichen Orte besuchen und so nach und nach mehr über die Menschen dort erfahren«, schlug Holger vor.

»Wäre eine Möglichkeit, die wir checken sollten. Das Problem ist, dass wir nur mit diesen zwei Orten Flensburg und Verden unmöglich ein Bewegungsprofil erstellen können.« Falko wirkte frustriert. »Ich bin mir absolut sicher, dass diese Kerle noch viel mehr auf dem Kerbholz haben.«

»Das mit der Kiste weißt du noch nicht, oder Holger?«, fragte Stefan.

Der Angesprochene schüttelte den Kopf. »Welche Kiste?«

Falko erzählte, welch grausigen Fund sie in dem Kriechboden gemacht hatten, und zeigte auch in aller Kürze die Zusammenhänge, die sie bisher zwischen Richard Böhm, Volkmar Hürthel und der Gruppe ehemaliger Soldaten ermittelt hatten.

»Harter Tobak«, konstatierte Holger.

Falkos Handy klingelte. Im Display sah er, dass Michael ihn anrief. »Hallo, Michi, was gibt's?«

»Hier ist der Teufel los«, sagte der Kriminaloberkommissar. »Hallo, Wespennest, kann ich da nur sagen.«

»Wieso? Was ist passiert?«

»Eure bundesweite Rechercheanfrage hat bisher insgesamt 14 Treffer gebracht. Und das war nur heute Nachmittag.«

»Was?«

»Es stimmt. Ich hoffe, ihr habt Klamotten zum Wechseln mit. Allein auf der Strecke von Verden nach Flensburg sind es acht Fälle, die genau ins Muster passen.«

»Aus welchen Jahren?«

»Warte.«

Falko hörte, dass Michael jemand anderen fragte, ob er die Jahrgänge wüsste. Dann kam er wieder ans Telefon. »Falko? Das muss ich dir raussuchen. Wie lange seid ihr noch da?«

»Wir haben um fünf einen Termin mit einem weiteren Opfer.«

»Jetzt ist es gleich halb. Tammo und ich setzen uns ran und stellen euch die Daten zusammen. Dann schicke ich dir die Dateien. Der nächste Punkt direkt bei dir um die Ecke wäre Bremen. Soll ich versuchen, da für heute Abend noch einen Termin zu machen und anzukündigen, dass ihr vorbeikommt?«

»Ja, aber nicht vor 19 Uhr. Und wenn du schon dabei bist, frag die Bremer Kollegen am besten, wo man in der Nähe ein Zimmer kriegen kann. Dann holen Stefan und ich uns noch das Nötigste zusammen und fahren morgen die Strecke der Täter ab. Wir müssen das eng koordinieren.«

»Kriegen wir hin. Mann, da ist endlich die heiße Spur, auf die ihr die ganze Zeit gewartet habt.«

»Du sagst es. Danke, Michi, wirklich gute Arbeit.«

»Bis später. Du hörst von mir.«

Falko drückte das Telefonat weg. »Habt ihr's gehört? Mindestens 14 weitere Fälle. 14. Und das, nachdem wir die bundesweite Rechercheanfrage am Freitag erst rausgegeben haben.«

»Da habt ihr einen ganz schönen Sumpf vor euch«, sagte Holger.

»Das stimmt. Aber wir haben bald noch was anderes«, stellte Falko mit Genugtuung fest. »Wir haben ein Bewegungsprofil.«

Der Termin mit Erika Hesse verlief ähnlich dem mit Birgit Holtke. Es war das gleiche Muster, nach dem die Täter vorgegangen waren. Auch hier waren beide Täter in die Schlafzimmer der Frauen eingedrungen, und beide waren vergewaltigt worden. Die Halskette, die die Täter gestohlen hatten, war aus Gold und in Form einer Sonne. Sie würde leicht wiederzuerkennen sein, sollte sie sich bei dem Schmuck befinden, der gerade von der Spurensicherung untersucht wurde. Erika Hesse hatte noch heute schwer mit den Folgen des Überfalls zu kämpfen. Sie war danach zu keinem Zeitpunkt mehr in der Lage gewesen, ein normales Leben zu führen. Die Narben an ihren Unterarmen zeigten Falko, dass sie sich regelmäßig ritzte. Die längs verlaufenden, wesentlich größeren und tieferen, dass sie darüber hinaus mindestens einen Selbstmordversuch hinter sich hatte. Es machte ihm zu schaffen, dass sie die Frau mit den Fragen noch einmal in das schrecklichste Geschehen in ihrem Leben zurückbringen mussten. Doch sie hatten keine Wahl. Als sie sich verabschiedeten, ging Falko mit dem Gefühl, mehr geschadet als geschafft zu haben.

Als sie zum Auto zurückgingen und Falko auf sein Handy sah, stellte er fest, dass Michael ihm bereits die Fälle nach Tatjahr und Ort aufgelistet und die Adressen geschickt hatte. Außerdem den Terminhinweis, dass er um 19 Uhr mit einer Frieda Lammert geborene Moje, Jahrgang 1942, verabredet war. Sie war 1958 zusammen mit ihrer Mutter in deren Haus überfallen und vergewaltigt worden.

Holger hatte sich entschlossen, Falko und Stefan auch zu dem Termin in Bremen zu begleiten, und deshalb kurz zu Hause bei seiner Frau angerufen, um zu sagen, dass er später käme. Allerdings waren sie mit zwei Autos gefahren, damit Holger vom Termin aus direkt nach Hause durchfahren konnte.

»1958!« Falko schlug auf das Lenkrad seines BMW. »Wir haben also einen noch älteren Fall als den der Schönfelds. Sie waren nicht die Ersten.«

»Und leider alles andere als die Letzten.« Stefan klickte auf seinem Handy die einzelnen Dateien an, die Michael ihm und Falko geschickt hatte. »Verdammte Scheiße. Da ist so ziemlich alles dabei. 1958 in Bremen, 1959 einmal in Hamburg, dann in Twistringen. Den Ort kenne ich nicht mal. Dann 1960 drei Fälle insgesamt in Schleswig, Rendsburg und Itzehoe. Warum zur Hölle ist das vorher keinem aufgefallen?«

»Dreimal darfst du raten. Aus der Zeit? Da haben wir schon Glück, dass die Fälle überhaupt noch eingegeben wurden und die Suchmasken passten. Ich sag dir, so gehäuft uns das jetzt auch vorkommen mag, das ist nur die Spitze des Eisbergs.«

Stefan blätterte weiter durch. »Die ich eben vorgelesen habe, waren die ältesten Fälle. Die anderen waren später. 1968 in Münster, 1969 in Dortmund. 1972 in Soest, 1974 in Garbsen. Und dann geht's weiter in den Jahren 1995 in Magdeburg, 1997 in Bad Harzburg, 1999 in Wittenberg und 2000 in Cottbus.«

»Wunderbar«, sagte Falko spöttisch. »Nach Grenzöffnung hat man sich in den Osten verlagert. Oh Mann, ich fasse es nicht.«

»Das einzig Gute ist, dass wir damit genug Daten bekommen, um endlich den entscheidenden Hinweis zu erhalten, wie sie an die Opfer kommen.«

»Das können wir nur hoffen.«

Es war acht Minuten vor sieben, als das Navi sagte, dass sie nunmehr die Zielstraße erreicht hätten. »Hier ist es«, stellte Falko fest und schaltete den Motor ab. Holger parkte direkt hinter ihm ein. »Wie heißt die Dame?«

»Lammert. Frieda Lammert. Geboren 1942.«

»Okay.«

Sie stiegen aus und warteten auf Holger, der gerade die Tür zuschlug und nun zu ihnen herüberkam.

»Also, dann wollen wir mal«, sagte Falko und ging voraus.

Sie klingelten, und ein Mann, den Falko knapp über die 70 schätzte, öffnete ihnen die Tür. Er war für einen Mann seines Alters auffallend groß. Falko ging von etwa 1,85 Meter aus. Sein graues Haar war zurückgekämmt, er trug ein Hemd mit Pullunder darüber und dazu eine dunkle Hose. Falko fragte sich, ob er sich ihretwegen noch umgezogen hatte.

»Guten Tag.« Falko zog seinen Dienstausweis hervor, genau wie Stefan und Holger. »Mein Name ist Falko Cornelsen, meine Kollegen Stefan Krieger und Holger Schierloh. Unsere Dienststelle hat angerufen. Wir würden gern mit Frieda Lammert sprechen.«

»Guten Abend, die Herren. Meine Frau erwartet Sie. Kommen Sie bitte herein.«

Falko hatte nicht viel vom Vorgarten und der äußeren Fassade erkennen können. Es hatte den ganzen Tag geregnet und war nicht richtig hell geworden, dafür aber ab etwa halb sechs schon wieder dunkel. Doch auch so meinte er erkannt zu haben, dass die Lammerts in einem überaus gepflegten Haus lebten, das verriet, dass sie im Leben gut bezahlte Arbeit gehabt haben mussten. Der geräumige Flur bestätigte diesen Eindruck. Er war komplett in Weiß gehalten. Lediglich ein teuer wirkender Teppich in orientalischer Webung brachte etwas Farbe herein, was aber genau so beabsichtigt wirkte.

»Ich darf kurz vorgehen? Meine Frau wartet im Esszimmer auf Sie.«

»Danke sehr.«

Frieda Lammert erhob sich, als ihr Mann zusammen mit den Ermittlern eintrat. Die schmale, mittelblonde Frau war mit einer roséfarbenen Bluse und einer marineblauen Hose bekleidet und setzte ein Lächeln auf, das jedoch nicht ganz darüber hinwegtäuschen konnte, wie unwohl sie sich gerade in ihrer Haut fühlte. Zwar wusste Falko, dass sie 73 Jahre alt war, hätte sie aber nie darauf geschätzt. Selbst bei 60 Jahren hätte er gezögert. Ihre Ausstrahlung war die einer Frau, die wusste, was sie wollte. Und sowohl ihre Garderobe als auch der Schmuck, den sie am Handgelenk trug und der aus einer mit Brillanten besetzten Uhr und einem auffälligen Armband bestand, verriet einen gewissen Wohlstand. Die Lammerts waren ein gut situiertes Ehepaar, das es im Leben zu etwas gebracht hatte.

»Meine Herren.« Sie reichte jedem von ihnen die Hand und nickte ihnen gefällig zu.

»Falko Cornelsen, Stefan Krieger und Holger Schierloh. Vielen Dank, dass Sie uns so spontan empfangen, Frau Lammert.«

»Keine Ursache. Bitte, nehmen Sie Platz.«

Sie deutete auf die Stühle rechts und links von sich und setzte sich selbst an die Stirnseite des Tisches.

»Was dürfen wir Ihnen zu trinken anbieten?«, fragte nun Herr Lammert. »Es ist gleich 19 Uhr. Sie müssten also eigentlich im Feierabend befindlich sein. Vielleicht einen Wein oder ein Bier?«

»Wenn Sie vielleicht Wasser hätten?«, fragte Falko.

»Selbstverständlich gern.« Er sah zu seiner Frau. »Liebling? Kann ich dir einen Wein anbieten?«

Sie lächelte. »Warum nicht. Schließlich haben wir einen Grund zum Feiern.«

Ihr Mann erwiderte das Lächeln und ging, während Falko sie etwas unverständlich ansah.

»Sie fragen sich, weshalb ich Ihren Besuch als Grund zum Feiern ansehe?«

»Nun, offen gesagt, schon.«

»Weil ich seit nunmehr 57 Jahren darauf warte, dass ein oder auch mehrere«, sie machte eine ausholende Handbewegung, »Polizisten zu mir kommen und mir weitere Fragen stellen, damit doch noch jemand dafür bestraft wird.«

Falko versuchte herauszuhören, ob Wut oder ein Vorwurf in ihrer Stimme lag. Sie schien es bemerkt zu haben. »Ich meine das durchaus nicht als Angriff«, stellte sie klar. »Zu der Zeit, als es geschah, war keiner von ihnen dreien auch nur geboren. Umso schöner, dass es jemanden da draußen gibt, dem nicht egal ist, was damals geschah.«

»Wir können Ihnen versichern, dass es das wirklich nicht ist«, sagte Stefan.

»Das glaube ich Ihnen, junger Mann. Und es tut mir gut, dieses Wissen.«

Falko fand die Persönlichkeit Frieda Lammerts absolut beeindruckend.

Ihr Mann kam mit einem Tablett mit einer Wasserkaraffe, drei Wassergläsern, einer Glaskaraffe mit dunklem Rotwein darin und zwei dickbauchigen Weingläsern darauf wieder herein. Als Falko es sah, bereute er fast, den Wein abgelehnt zu haben. Die Lammerts wirkten auf ihn, als wüssten sie einen guten Wein durchaus zu schätzen.

»Ich danke dir.« Frieda Lammert stand auf und half ihrem

Mann, die Gläser und Karaffen auf dem Tisch zu verteilen. Sie schenkte das Wasser ein, ihr Mann den Wein. Dann nahm er einen der Stühle, die noch frei waren, hob ihn an und setzte sich neben seine Frau ans Kopfende des Tisches.

Falko sah die beiden an. Zu gern hätte er es hinbekommen, eine solche Ehe gehabt zu haben.

»Danke.« Falko deutete auf das Wasserglas und trank einen Schluck. »Wir werden Sie bestimmt nicht lange aufhalten.«

»Wirken wir auf Sie, als wären wir in Eile, Herr Cornelsen?« Sie schmunzelte.

»Nein, bestimmt nicht.«

»Dann gibt es keinen Grund zu einem hastigen Vorgehen.« Sie ergriff das Weinglas und nahm sich die Zeit, kurz mit ihrem Mann anzustoßen, bevor sie trank. Falko wäre jede Wette eingegangen, dass die beiden das immer taten, auch wenn sie allein waren.

Sie stellte ihr Glas wieder auf den Tisch. »Ich verstehe, dass Sie darauf bedacht sind, mir mit Ihren Fragen nicht zu viel zuzumuten. Zumindest meine ich, das Ihren Worten zu entnehmen?«

»Ja, so war es gemeint.«

»Und dafür danke ich Ihnen. Doch es ist nicht notwendig, da ich einen guten Weg gefunden habe, mit dem Erlebten umzugehen.«

»Das ist bemerkenswert«, sagte Falko. »Wäre es zu persönlich, Sie zu fragen, wie Ihnen das gelungen ist?«

Frieda Lammert nahm die Hand ihres Mannes, führte sie an ihren Mund und küsste sie kurz. »Mit aufrichtiger, ehrlicher Liebe, um es einfach auszudrücken. Natürlich war darüber hinaus viel Arbeit an und mit mir selbst notwendig, und es war auch nicht immer alles leicht. Doch ich habe, als ich meinen Mann vor inzwischen 51 Jahren kennenlernte, eine bewusste Entscheidung getroffen. Ich wollte nicht zulassen, dass die Männer, die meiner Mutter und mir das angetan haben, für den Rest meines Lebens dadurch Macht über mich haben.« Wieder lächelte sie. »Das soll jetzt nicht falsch herüberkommen. Glauben Sie mir, ich bin durchaus keine von denen, die sagen, dass sie alles vergeben und vergessen und verzeihen und dass diese Widerlinge wahrscheinlich eine ganz schrecklich schwere Kindheit hatten und darum so gehandelt haben.« Sie schüttelte den Kopf. »Nein, das bei Weitem nicht. Stellen Sie mir einen der Kerle mit der gesicherten Kenntnis hier hin, dass er dabei war, und ich würde ihn ohne zu zögern mit brennbarer Flüssigkeit übergießen, anzünden und liebend gern dabei zusehen, wie er Höllenqualen durchlebt.«

Holger und Stefan tauschten einen Blick und machten große Augen.

»Aber mein Leben durch sie bestimmen und keine Liebe zuzulassen, die so wunderbar ist, weil sie es so wollten. Nein. Nicht mit mir.« Sie hob den Kopf und blickte in die Runde.

»Ja, meine Frau ist ein Feuerwerk, nicht wahr?« Herr Lammert zeigte die Begeisterung für seine Frau offen, und die verdutzten Gesichter der Ermittler schienen ihm hierbei eine zusätzliche Belustigung zu sein.

»Bewundernswert«, urteilte Falko. »Absolut bewundernswert.«

»Danke sehr.« Sie nahm das Glas und prostete ihm zu.

»Darf ich fragen, was Sie beruflich gemacht haben?«

»Oh, ich arbeite noch immer«, korrigierte sie. »Ursprünglich wollte ich Lehrerin werden, doch die Enge und das nahe Beisammensein im Hörsaal waren für mich nach dem Überfall nicht mehr zu ertragen. Ich habe als Floristin gearbeitet, als Sekretärin, sogar mit vollkommen öder Buchhaltung habe ich mich beschäftigt. Doch ich war schrecklich unstet, habe es nirgendwo ausgehalten. Dann traf ich meinen Mann, damals ein junger Mediziner. Er war sehr beharrlich und ließ nicht locker, müssen Sie wissen.«

»Weil ich immer wusste, dass du die Liebe meines Lebens bist«, stellte Herr Lammert fest und trank einen Schluck Wein.

»Er war es, der mir sagte, ich müsse nicht arbeiten, weil er für mich sorgen würde. Ich sollte mir Zeit nehmen, um mir klar zu werden, was ich wirklich tun wollte, nicht tun musste. Und so kam ich zum Möbeldesign.«

»Lammert-Design? Das sind Sie?«, fragte Holger beeindruckt.

»Ganz recht. Sie kennen meine Möbel?«

»Allerdings. Und ich finde sie fantastisch. Doch ich kann sie mir mit meinem Polizistengehalt nicht leisten«, gab Holger ohne Bitternis zu.

»Kommen Sie einfach mal mit Ihrer Frau in einer meiner Filialen vorbei und rufen Sie mich vorher an. Dann kriegen wir da bestimmt etwas geregelt.« Es klang herzlich.

»Um Himmels willen, bloß nicht. Wenn meine Frau erst drin ist, gibt es kein Halten mehr.«

Frieda Lammert lachte herzlich auf. »Tun Sie's lieber. Sonst bekomme ich die Nummer Ihrer Frau raus, und wir machen es hinter Ihrem Rücken. Dann wird's teuer, glauben Sie mir.« Sie nahm noch einen Schluck. »Nun, Herr Cornelsen. Ihrem Auftreten nach würde ich sagen, dass Sie der Vorgesetzte sind, nicht wahr?«

»Das ist richtig.«

»Gut. Dann lassen Sie uns in medias res gehen. Stellen Sie mir Ihre Fragen.«

Falko räusperte sich. »Nun gut. Der Tag, an dem Sie überfallen wurden – war da bei Ihnen zu Hause irgendetwas ungewöhnlich oder hatten Sie die Tage zuvor das Gefühl, womöglich beobachtet zu werden?«

»Der Tag, an dem es geschah, war der 2. Juli 1958. Ein Samstag. Ich glaube nicht, dass bis zu dem Abend irgendetwas ungewöhnlich war. Ich war damals 16 Jahre alt, unbeschwert, glaubte vor allem an das Gute in jedem.«

»Können Sie schildern, wie sich die Tat zugetragen hat?«

»Sicher. Meine Mutter ist an dem Tag noch einmal in die Firma gegangen. Sie war Buchhalterin in einem großen Spiegel- und Glashandel. Sie hatten dort zum 30.06. hin Inventur gemacht und waren beim Ergebnis darauf gestoßen, dass etwas nicht stimmen kann. Ich weiß leider nicht, was genau das war.«

»Das ist nicht von Bedeutung«, versicherte Falko.

»Na, jedenfalls hat sie sonst samstags nicht gearbeitet, an dem Tag aber schon. Ich bin noch mit Freunden an den See gefahren. Meine Mutter und ich hatten vereinbart, dass ich den Einkauf erledige und wir gemeinsam am Abend kochen wollten. Ich bin etwas früher von meinen Leuten weg, weil ich meine Mutter überraschen wollte. Als sie kam, hatte ich bereits alles vorbereitet, und sie musste sich nur noch an den Tisch setzen. Sie hat sich damals sehr gefreut.«

Die Schilderung erinnerte Falko an die Lisa Schönfelds. Wie dort herrschte auch hier scheinbar eine große Harmonie zwischen Mutter und Tochter.

»Wir haben dann zusammen gegessen und später irgend so eine Spielesendung mit Peter Frankenfeld geguckt. Ich hab das vor allem für meine Mutter gemacht. Offen gesagt, fand ich den nicht so toll.«

Die Ermittler schmunzelten über Frieda Lammerts herrlich offene Art. Sie schien es bemerkt zu haben, denn sie winkte ab und fuhr fort. »Aber wahrscheinlich wurde ich nicht für mein geringes Wohlwollen gegenüber Herrn Frankenfeld bestraft, sodass wir hierauf nicht weiter eingehen müssen.« Sie zwinkerte ihrem Mann zu. »Nun denn. Ich war schon im Bett und auch eingeschlafen, als ich wach wurde, weil ich angestoßen worden war. Ich habe mich wirklich fast zu Tode erschrocken, als die Männer mich im nächsten Moment packten und nach unten zerrten. Ich habe geschrien und mich gewehrt, doch das hat nichts genützt.«

»Zwei Männer haben sie also geholt?«

»Ja, zwei. Die anderen waren unten.«

»Moment.« Falko legte den Kopf schief. »Von wie vielen Angreifern reden wir?«

»Sagen Sie, haben Sie denn die Akte nicht gelesen?«

»Um ehrlich zu sein, nein. Wir waren gerade wegen eines anderen Falles in Verden, als die Meldung kam, dass Ihr Fall von damals ins Profil passt. Deshalb sind wir gleich hergekommen.«

»In Ordnung, dann erzähle ich es Ihnen«, stimmte sie zu. »Also, es waren insgesamt acht Männer, die meine Mutter und mich überfallen haben. Sie trugen alle Kutten und Masken wie die vom Ku-Klux-Klan. Schauerlich.«

»Acht«, wiederholte Stefan und sah Falko an. Dieser wusste sofort, was sein Kollege dachte: Genau wie bei Marie und Lisa Schönfeld.

»Ja, acht. Zwei hatten mich geholt und nach unten geschafft. Als sie mich ins Wohnzimmer stießen, hockte meine Mutter bereits auf dem Fußboden. Es war ein schrecklicher Anblick.« Sie atmete laut aus, presste die Lippen aufeinander. »Sie hatten alles, was auf unserem Esszimmertisch an Dekoration gestanden hatte, auf den Fußboden geworfen. Dann packten sie meine Mutter und mich, rissen uns die Kleider vom Leib und warfen uns auf den Tisch.«

»Auf nur einen Tisch?«

»Ja.«

»Wissen Sie noch, wie groß der Tisch war?«, fragte Falko.

»Das müssten 1,60 Meter mal ein Meter gewesen sein. Er stand bei uns im Wohnzimmer. Bis zu dem Zeitpunkt hatten wir immer viele Gäste, wissen Sie?«

Die Größe des Tisches erklärte für Falko die Abweichung, warum in diesem Fall kein weiteres Mobiliar aus der Küche geholt worden war.

»Bitte. Sprechen Sie weiter, Frau Lammert.«

»Na ja, und dann haben sie es getan. Vier vergewaltigten meine Mutter, vier mich.«

»Haben die Männer etwas gesagt?«

»Ja, allerdings. Das war eigenartig. Das war so, wie soll ich sagen, so dumm und im Nachhinein und mit Abstand betrachtet einfach nur, um die Qual zu erhöhen. Die Kerle haben meine Mutter quasi beschuldigt, dass sie mich nicht würde beschützen können und es nicht anders verdient hatte. Absolut abartig, wenn Sie mich fragen. Und sie haben unsere Köpfe zur Seite gedrückt, damit wir uns ansehen mussten. Wir haben uns beide so sehr geschämt.«

Herr Lammert griff die Hand seiner Frau, die dies mit einem dankbaren Lächeln quittierte.

»Was ist dann geschehen?«

»Ja, irgendwann, ich weiß nicht, wie lange es gedauert hat, waren sie dann fertig mit uns. Der Letzte nahm meiner Mutter die Halskette ab, und dann legten sie uns jedem einen Pfennig auf die Stirn. Dann gingen sie. Was heißt gingen? Sie schritten quasi feierlich hinaus und summten auch noch weiter.«

»Sie summten, sagen Sie?«

»Ja. Ach, das hatte ich nicht gesagt. Verzeihen Sie bitte.

Die anderen Männer, die, die sich gerade nicht über uns hergemacht haben, haben die ganze Zeit gesummt. Wissen Sie, so auf eine chorale Art und Weise. Ich weiß nicht, wie ich es sonst ausdrücken soll.«

»Ich glaube, ich habe ein Bild«, sagte Falko. »Die Kette Ihrer Mutter«, kam er nun auf den Schmuck zu sprechen, »ist eine Beschreibung des Schmuckstücks in der Akte?«

»Davon gehe ich aus. Aber ich kann es Ihnen auch sagen. Es war ein nachgemachter, geschliffener Smaragd, kein großer Stein, vielleicht einen Zentimeter an einer Goldkette. Meine Mutter hat ihn immer getragen. Sie hat ihn von ihren Eltern zur Konfirmation bekommen.«

Damit hatte sie Falko ein Stichwort geliefert. »Wo Sie gerade die Konfirmation erwähnen. Waren Sie damals Mitglied einer Jugendgruppe oder Ähnlichem?«

Sie sah ihn erstaunt an. »Herr Kommissar! Sie sind gut! Woher wissen Sie das?«

Falko ging nicht auf die Frage ein. »Haben Sie auch Fahrten mitgemacht, Ausflüge oder so?«

»Ja, allerdings. Wir waren die Begleitung auf den Konfirmandenfahrten und haben dafür gesorgt, dass alles hübsch schiedlich friedlich verläuft.«

»Nur noch eine letzte Frage«, kündigte Falko an. »Wissen Sie noch, ob Sie oder Ihre Mutter die Erstattung dieser Fahrtkosten irgendwo beantragt hatten?«

»Ja. Aber was hat das mit der Vergewaltigung zu tun?«

»Bitte, Liebling, lass den Mann seine Arbeit machen«, wandte sich nun Herr Lammert an seine Frau.

»Entschuldigung. Die Erstattung der Fahrtenkosten«, wiederholte Frieda Lammert. »Ja, die haben wir bei der Landeskirche eingereicht, und dann haben wir das Geld überwiesen bekommen.«

Falko nickte Stefan und Holger zu, sah dann wieder Frieda Lammert an. »Sie haben uns mehr geholfen, als Sie sich vorstellen können«, sagte Falko und sah dann zu ihrem Mann. »Wenn es nicht zu unverschämt wirkt, würde ich jetzt doch gern einen Wein trinken.«

»Aber gern.« Herr Lammert stand sofort auf. »Und die anderen Herren?«

Holger und Stefan tauschten einen Blick. »Ach, was soll's«, sagte dann Letzterer. »Das eine Glas wird uns schon nicht umhauen.«

16. KAPITEL

Montag, 23. August 1965, 19.38 Uhr

Er hatte in die Hände geklatscht, als wäre er nicht 15, sondern fünf Jahre alt geworden. Eberhard hatte es genossen, jeder Augenblick war gelebte Wonne für ihn. Wie groß die Freude war, die er Albert mit dieser Ausstellung schenkte, hatte seine kühnsten und wunderbarsten Erwartungen weit übertroffen. Welch ein Vergnügen zu sehen, wie ehrlich und rein die Seele dieses wunderbaren Jungen war.

Mit stolz geschwellter Brust hatte er dem Kurator erklärt, das er keinen Geringeren als den Künstler selbst vor sich stehen habe, den sein Vater zum Geburtstag mit der Ausstellung der eigenen Werke hatte überraschen wollen. Es war zu schön zu sehen, wie vortrefflich ihm dies gelungen war.

Albert war durch die Gänge der Galerie gelaufen, ach was, geschwebt und hatte jedes einzelne seiner eigenen Gemälde bewundert. Und auch Eberhard musste zugeben, dass sie dort und auf diese wunderbare Art präsentiert an Qualität und Wert gewonnen hatten. Einzig der Moment, als der Kurator Albert etwas hatte zeigen wollen und hierfür seine Hand auf dessen Rücken gelegt hatte, hatte Eberhard Verdruss beschert. Deutlich hatte er dem Mann gesagt, dass sein Sohn Berührungen von Fremden nicht schätze und er es zu unterlassen habe, sich ihm zu nähern. Die Beteuerungen des Mannes, dass es so ganz und gar nicht gemeint gewesen sei, waren an ihm abgeprallt. Doch schnell hatte er sich wieder im Griff, wollte er doch nicht riskieren, Albert dessen großen Tag zu verderben.

Wie beschwingt waren sie irgendwann nach Hause gegangen, nachdem sie sich wieder und wieder die Gemälde angesehen hatten. Albert benahm sich, als sei er trunken vor Glück. Er tanzte über den Gehweg, umarmte Eberhard immer wieder überschwänglich. Zur Feier des Tages hatte Eberhard sogar eine Flasche Sekt gekauft, und er freute sich darauf, gleich das erste Mal in Alberts kurzem Leben mit einem alkoholischen Getränk auf ihn anzustoßen. Am Ende war er überrascht gewesen, wie schnell sie die gesamte Flasche geleert hatten. Fast bedauerte er, keine weitere auf Vorrat gekauft zu haben. Wieder und wieder rief Albert, er sei fortan ein Künstler, ein richtiger Künstler. Und hierzu tanzte er und drehte sich im Kreis, hob die Hände in die Luft und streckte sie gen Himmel.

War es die Wirkung des Sekts, weshalb Eberhard sich hatte mitreißen lassen? Alle Unsicherheit war verschwunden, der Selbsthass hatte sich in Luft aufgelöst und war mit dem immer schwächer gewordenen Licht des Tages am Himmel versunken. Sie hatten getanzt, sie hatten gelacht. Und irgendwann hatten sie auf dem Bett gelegen und sich geliebt, als gäbe es kein Morgen. Keine Sekunde des Zweifels hatte es gegeben, alles war richtig und hatte im wilden Rauschen des Tanzes doch seine Ordnung. Eberhard fühlte sich, als hätte er während der Stunden seinen eigenen Körper verlassen und auf die sich räkelnden Leiber heruntergesehen, die sich in wilder Gier aneinander rieben. Erst später, als Albert in seinem Arm eingeschlafen war, hatte er das Gefühl, in seinen Körper zurückgekehrt zu sein, wenngleich dieser sich nie mehr anfühlen würde wie noch zuvor. Alles, was vorher durch Druck und Scham getrübt war, gab nun den Blick auf einen strahlend klaren Himmel frei. Er fühlte sich wie ein anderer Mensch.

*

Freitag, 23. Oktober 2015, 21.10 Uhr

Falko war vollkommen erschöpft. Er hatte, seit sie am Montag nach Verden gefahren waren, die gesamte Woche damit verbracht, sämtliche Opfer aus den bisher bekannten Fällen aufzusuchen und sich ihre Geschichten über das anzuhören, was ihnen Schreckliches widerfahren war. Die Schilderungen glichen einander in frappierender Weise. Dabei hatten Stefan und er Folgendes festgestellt: Bei den bisher bekannten Fällen gab es drei unterschiedliche Vorgehensweisen. Zum einen die mit den acht Männern in Kutten, die dem Ku-Klux-Klan ähnelten. Hier wurden die Opfer von allen Männern vergewaltigt, und die Angreifer summten durchgehend. Dann gab es die Fälle, in denen lediglich zwei Männer die Überfälle begangen hatten. Hierbei trugen sie Skimasken und ansonsten schwarze Kleidung. Beide Männer holten die Frauen aus den Zimmern und vergingen sich an ihnen. Bis auf den gesummten Gesang stimmte der Rest ansonsten überein. Und dann noch die dritte Variante, die bisher nur im Fall Peschel aufgetreten war. Hier war nur ein Mann in die Schlafzimmer der Frauen eingedrungen, hatte diese mit Tasern wehrlos gemacht, nacheinander nach unten gebracht und sich nur an der Mutter vergangen. Doch auch hier war der Abschluss, nämlich der Schmuckraub und das Hinterlassen der Pfennige, gleich. Und noch etwas hatten Falko und Stefan resümiert: Die acht Männer in den Kutten hatten letztmalig bei Marie und Lisa Schönfeld zugeschlagen. Danach waren, zumindest nach bisherigem Ermittlungsstand und falls niemand danach von einem solchen Fall berichtete, die Männer mit den Skimasken aufgetreten und hatten ihr ekelhaftes Treiben begonnen. Es musste einen Grund dafür geben, doch Falko konnte sich noch keinen Reim darauf machen, was dieser sein könnte. Aber für ihn und auch Stefan stand fest, dass die sich so stark ähnelnden Vorgehensweisen kein Zufall sein konnten. In allen Fällen bis mindestens 1978 musste Richard Böhm, Sarahs Großvater, seine Finger im Spiel gehabt haben. Denn nach der Beschreibung der Opfer in den Akten und auch gegenüber Falko, Stefan und Holger hatte die Spurensicherung die passenden Schmuckstücke ohne Mühe herausfiltern können. Die an die Opfer gemailten Fotos hatten dann endgültige Sicherheit gebracht: Richard Böhm hatte die Souvenirs aus den Vergewaltigungen bis mindestens zum Jahr 1978 in seiner Truhe der Abartigkeiten aufbewahrt.

Sarah war es allein ohne Falko und mit dem Gefühl der Untätigkeit zu viel geworden. Also war sie am gestrigen Donnerstag nach Lüneburg gefahren, um dort alles mit Timo Breitenbach, Falkos früherer rechter Hand und jetzigem Leiter des dortigen Teams, zu besprechen. Sie hatte es vorgezogen, ihn ohne Vorwarnung zu besuchen und direkt auf den möglichen Wiedereinstieg anzusprechen. Sie hatten lange miteinander geredet, Sarah hatte ihm alles anvertraut über die Hoffnungen und Träume, die sie gehabt und die sich nicht bewahrheitet hatten, bis hin zu den Geschehnissen auf dem Friedhof und dem Fund der Horror-Schmuckkiste, verbunden mit der Erkenntnis über das Wesen ihres Großvaters. Timo hatte in mancher Situation nicht mehr gewusst, wie er auf das, was Sarah ihm sagte, hatte reagieren sollen. Hätte er sie nicht so gut gekannt und ihr vertraut, er hätte sie für eine durchgedrehte Wichtigtuerin gehalten. So jedoch waren sie zu dem Schluss gekommen, dass Sarah zurückkehren sollte, sofern keine dienstrechtlichen Vorschriften dagegensprachen. Letzteres Problem war bereits am nächsten Vormittag aus der Welt, sodass Sarah vonseiten Timos und auch des Teams gleich am Montag ihren Dienst beginnen konnte.

Falko hatte das Gefühl, überhaupt keine Kraft mehr in seinem Körper zu haben, als er sich unter die Dusche schleppte und das heiße Wasser auf sich herunterprasseln ließ. Wie er es schaffen sollte, sich selbstständig noch in sein Schlafzimmer und auf das Bett rüberzuquälen, war ihm ein Rätsel. Irgendwann, das musste er einsehen, würde er es jedoch ohnehin machen müssen. Also drehte er das Wasser aus, trocknete sich grob ab, verzichtete auf die Feuchtigkeitscreme und spülte nur noch seinen Mund mit Mundwasser aus, statt die Zähne richtig zu putzen. Das musste bis morgen warten, wollte er nicht riskieren, vor lauter Müdigkeit einfach einzunicken und mit dem Kopf auf den Waschbeckenrand zu knallen.

Er hörte, dass sein Handy piepte, doch er wollte es einfach nur ignorieren. Schließlich siegte aber die Neugierde, und er warf einen Blick auf die Nachricht, die er erhalten hatte.

Es war eine Nachricht von Michael: *Die Fälle bis 1962: Richard Böhm war zur gleichen Zeit an jedem einzelnen Ort, an dem die Vergewaltigungen stattgefunden haben. Dies ist durch Zeitungsauschnitte und Reiseabrechnungen gegenüber dem Kirchenkreisamt belegt. Der Scheißkerl hat sich die Fahrten zu den Vergewaltigungen auch noch bezahlen lassen. Sehen uns spätestens Montag. Erhol dich gut. Michi*

Falko fühlte sich nicht in der Lage, etwas, dass über ein kurzes *Danke* hinausging, als Nachricht zurückzusenden. Dann ging er ins Schlafzimmer, hob seine Decke an, legte das Handy auf den Nachttisch und sich schließlich nackt, wie er war, ins Bett. Es dauerte nicht einmal zwei Minuten, bis er in einen komaähnlichen Schlaf fiel.

Am nächsten Morgen schlief er erst einmal aus, was bedeutete, dass er bis kurz vor zehn kein Auge öffnete. Und auch dann blieb er noch liegen. Ihm tat jeder einzelne Knochen und jeder Muskel seines Körpers weh. Falko griff nach seinem Handy, drückte eine Taste und sah auf das Display. Der kleine Bildschirm blieb schwarz. Der Akku war leer. Er legte das Gerät schlaftrunken zurück, rollte sich auf die Seite und schlief sofort wieder ein. Als er das nächste Mal wach wurde, war es bereits 12 Uhr durch.

Er war aufgestanden, hatte geduscht und etwas gegessen. Erst dann fiel ihm das Handy wieder ein. Also ging er ins Schlafzimmer, holte es, schloss es an das Ladekabel, steckte es in die Steckdose in der Küche und legte das Handy auf die Fläche. Anschließend bereitete er sich einen Kaffee zu. Er hatte die ganze Nacht von den ihm beschriebenen Gewaltszenen geträumt und hatte Schwierigkeiten, sich von diesen Gedanken zu lösen. Was den Frauen widerfahren war, hatte ihr ganzes Leben geprägt. Falko wusste, dass sie es niemals ganz würden vergessen können, höchstens verarbeiten.

Er trank den letzten Schluck und ging zum Wohnzimmer hinüber, wo er die Fenster sperrangelweit öffnete, um erst einmal frische Luft in den Raum zu lassen. So machte er es in jedem Zimmer des Hauses und kam schließlich zurück in die Küche. Dort warf er einen kurzen Blick auf sein Handy. Es war so weit aufgeladen, dass er die SIM-Karte entsperren und seine PIN eingeben konnte. Als er es gemacht hatte, erschienen sofort einige Meldungen im Anzeigenfeld. Ein paar davon waren Werbemails, jedoch war auch eine von der Direktion dabei. Es hatte einen weiteren Treffer gegeben, in Niebüll ganz in der Nähe von Flensburg aus dem Jahr 1963. Allerdings passte er nicht genau ins Profil. Doch nach der Welle an Übereinstimmungen war die Suche ausgeweitet worden, sodass auch hier ein Treffer erzielt wurde. Der Überfall hatte wieder auf zwei Frauen stattgefunden, Mutter und Tochter. Doch in diesem Fall war ein Einzeltäter dafür verantwortlich. Und er hatte die Tat nicht zu Ende bringen können. Es war beim Versuch geblieben, weil eine Nachbarin auf die Schreie der Frauen aufmerksam geworden war. So hatte das Schlimmste verhindert werden können. Der Täter war nie gefasst worden. Falko las die Information ein zweites Mal durch. Er hatte dieses Wochenende nicht arbeiten wollen, doch hier gab es eine weitere Besonderheit, der er unbedingt auf den Grund gehen wollte. Er nahm das Handy und gab in der Direktion Bescheid, dass man versuchen sollte, noch heute einen Termin für ihn zu vereinbaren, und bat, ihn dann entsprechend zu informieren. Dann rief er Stefan an.

»Moin, Falko. Na, einigermaßen erholt?«

»Kein bisschen. Und du?«

»Auch nicht.«

»Hast du's auch bekommen?«, fragte Falko.

»Was bekommen?«

»Den weiteren Treffer.«

»Ich hab mein Handy gerade eben erst angemacht. Ich liege noch im Bett. Was ist los?«

»Ein weiterer Treffer aus dem Jahr 1963, in diesem Fall nur versuchte Vergewaltigung, weil eine Nachbarin die Schreie hörte und den Täter gestört hat. Der Überfall richtete sich aber wieder gegen Mutter und Tochter. Aber dieses Mal war es ein Einzeltäter.«

Stefan schwieg einen Moment. »Was hältst du davon?«

»Ich habe die Direktion gebeten, mit den damaligen Opfern einen Termin auszumachen. Wenn es geht, fahr ich da heute noch hin.«

»Soll ich mitkommen?«

»Lass nur. Ich kümmere mich allein darum und melde mich danach bei dir.«

»Okay. Danke. Bin froh, dass du das sagst. Ich bin echt platt.«

»Kein Wunder, nach dieser Woche.« Falkos Handy machte ein Geräusch, das den Eingang einer Nachricht verriet. »Ich melde mich, wenn ich was erfahren hab. Zieh dir die Decke über den Kopf und bleib liegen.«

»Klingt perfekt. Bis später.«

Sie legten auf.

Die Nachricht war eine Rückrufbitte der Direktion gewesen. Als Falko sich dort meldete, sagte ihm eine Polizeiobermeisterin Schulze, dass sie sich um den möglichen Befragungstermin gekümmert hätte. Leider, so teilte sie mit, wären bereits alle damals beteiligten Personen verstorben. Sowohl Mutter und Tochter als auch die Nachbarin. Dann fragte sie, ob sie noch etwas tun könnte.

»Schicken Sie mir alles, was Sie über den Fall haben als Mail«, bat Falko. »Vielleicht kann ich mir auch so ein Bild machen.«

Sie sagte es zu, und es dauerte nicht lange, bis sein Handy ihm den Eingang einer entsprechenden E-Mail anzeigte. Falko ging ins Wohnzimmer und schaltete sein Laptop ein. Die frische, klare Seeluft erfüllte den ganzen Raum. Wenn es nach ihm ginge, würde er nirgendwo anders mehr leben wollen. Er schloss Raum für Raum wieder alle Fenster, bereitete sich noch einen Kaffee und ging dann ins Wohnzimmer. Sein Laptop war derweil hochgefahren. Falko nahm den Computer und setzte sich damit in den alten dunkelbraunen Ledersessel mit dem passenden Fußhocker. Eines der wenigen Teile, die er aus dem gemeinsamen Haus mit Heike hierher mitgenommen hatte. Seine Kaffeetasse stellte er so auf der Tischkante ab, dass er sie gerade noch erreichen konnte. Dann öffnete er die Datei und las. Es war der 30. August 1963, als ein unbekannter Mann mit Skimaske und schwarzer Kleidung in das Haus von Helga und Dörte Rudnik eingedrungen war. Er hatte sie aus ihren Betten gezerrt, ihre Hände auf dem Rücken gefesselt und dann eine nach der anderen ins Esszimmer gebracht. Dann hatte er einen Tisch aus der Küche geholt und diesen neben dem

Esszimmertisch aufgestellt. Er hatte die Tochter gezwungen, sich auf den einen Tisch zu legen, die Mutter auf den anderen. Dann hatte er ihnen die Nachthemden mit einem Messer zerschnitten und runtergerissen. Die Frauen hatten geschrien und sich nach Kräften gewehrt. Die Nachbarin, eine Frau Breuer, hatte es gehört und war mit einem Besen bewaffnet zu Hilfe geeilt. Der Mann hatte hierauf der Mutter die Halskette heruntergerissen und war geflohen. Nur kurze Zeit später traf die von Frau Breuer herbeigerufene Polizei ein und hat eine sofortige Durchsuchung der Umgebung durchgeführt. Doch der Mann blieb verschwunden.

Falko lehnte sich in seinem Sessel zurück und schloss die Augen. Hier war der Umbruch. An diesem 30. August war es das erste und, soweit Falko wusste, einzige Mal ein Einzeltäter gewesen. Die Herangehensweise mit den Tischen, die Opferwahl und auch der gestohlene Schmuck wiesen für ihn jedoch eindeutig darauf hin, dass es einer der Männer gewesen war, die vormals stets zu acht ihre Verbrechen verübt hatten. Er klappte sein Laptop zu und stellte es auf den Boden. Dann nahm er einen Schluck Kaffee und lehnte sich wieder an, schloss seine Augen. Was könnte damals geschehen sein? Was hatte den Mann dazu bewogen, allein zu handeln? Hatte ihm das, was sie den Frauen angetan hatten, nicht mehr gereicht? Wollte er etwas Eigenes, Neues ausprobieren? Was steckte dahinter? Er ging alle Informationen aus dieser Zeit gedanklich durch, die Stefan und er zusammengetragen hatten und rekonstruieren konnten. Der Überfall auf die Schönfelds war am 25. September 1962 gewesen. Davor hatte es bereits Übergriffe gegeben. An diesen waren stets acht mit Kutten und Masken verkleidete Männer beteiligt gewesen. Der nächste zeitlich bekannte Überfall war aus Falkos Sicht der am 30.

August 1963, bei dem nur noch ein Einzeltäter gehandelt hatte und es bei dem Versuch der Vergewaltigung geblieben war. Dennoch hatte er die Kette mitgenommen. September 1962 bis August 1963. Alle ihnen danach bekannten Überfälle auf die Frauen waren von nur noch zwei Männern durchgeführt worden. Der chronologisch nächste ihnen bekannte Fall hatte 1968 in Münster stattgefunden. Entweder hatte es in der Zeit zwischen 1963 und 1968 keine weiteren Verbrechen dieser Art gegeben oder der beziehungsweise die Täter hatten pausiert. Weshalb? Und was war mit den anderen Männern, den anderen sechs beziehungsweise sieben, die zuvor über eine Zeit von vielen Jahren vergewaltigt hatten und mit einem Mal damit aufhörten? Wie war es dazu gekommen? War Böhm derjenige gewesen, der danach allein weitergemacht hatte? Falko nahm erneut sein Laptop zur Hand, sah in der Datei die Täterbeschreibung an, die Helga und Dörte Rudnik gegeben hatten. Laut ihren Angaben war der Mann nicht besonders groß gewesen, vielleicht 1,70 Meter und eher schmal gebaut. Falko überlegte. Richard Böhm hatte auf den Fotos wie ein wahrer Koloss gewirkt, ungefähr 1,85 Meter groß und gute 90 Kilo schwer, würde Falko schätzen. Die Beschreibung passte insoweit nicht. Aus einem Impuls heraus griff er zum Telefon und rief Lisa Gerlach an.

»Ja, bitte?«

»Lisa, Falko Cornelsen hier. Ich hoffe, ich störe Sie gerade nicht.«

»Nein, kein Problem. Wie kann ich Ihnen helfen?«

»Ich wüsste gern, wie groß Sie den Mann einschätzen würden, der Ihrer Mutter die tödliche Verletzung zugefügt hat. Der, den Ihre Mutter mit Eberhard angesprochen hat.«

»Lassen Sie mich überlegen. Sie wirkten alle irgendwie

ziemlich groß wegen dieser hohen Dreiecksdinger auf dem Kopf.«

»Ja, ich verstehe. Doch wenn Sie einschätzen müssten, ob der Mann eher einer von den Größeren oder Kleineren in der Gruppe war, was würden Sie spontan sagen?«

»Einer der Kleineren, würde ich sagen. Und auch eher schmächtig.«

Falko fühlte sich bestätigt. »Waren denn auch breitere dabei? Oder würden Sie sagen, dass alle eher gleich gebaut waren?«

»Der, der mich als Erster vergewaltigt hat«, erinnerte sie sich. »Der war sehr groß und breit. Das weiß ich noch. Bei den anderen kann ich es wirklich nicht sagen.«

»Das reicht mir auch so. Danke, Lisa. Darf ich Sie fragen, wie es Ihnen sonst geht?«

»Gut«, kam die sofortige Antwort. »Tatsächlich sogar überraschend gut. Ich fühle mich irgendwie – wie soll ich sagen – fast trotzig selbstbewusst in letzter Zeit.«

»Trotzig selbstbewusst«, wiederholte Falko. »Das klingt fantastisch für mich.«

»Ja, für mich auch. Ich habe irgendwie Lust, noch mal etwas Neues zu machen. Lachen Sie nur, doch ich habe mich bei der Volkshochschule für einen Italienischkurs angemeldet. Nächste Woche geht's los.«

»Das ist einfach klasse, Lisa. Ich gratuliere Ihnen zu diesem Schritt.«

»Und für das nächste Jahr habe ich mir vorgenommen, nach Italien zu reisen. Ich wollte dorthin, seit ich ein junges Mädchen war, habe mich aber nach damals nur noch verkrochen. Doch damit ist jetzt Schluss.«

»Ich kann Ihnen gar nicht sagen, wie sehr mich das freut.« Falko spürte ein warmes Gefühl in seiner Brust. Einzig bedauerte er, dass Lisa so viele Jahre damit verbracht hatte, sich selbst einzusperren, und was sie hierdurch verpasst hatte.

»Ich schreibe Ihnen dann eine Postkarte, Falko. Versprochen!« Sie lachte herzlich auf.

»Ich bestehe darauf«, gab er scherzend zurück. »Haben Sie ein schönes Wochenende, Lisa.«

»Danke schön, Sie auch, Falko.« Sie legte auf.

Falco scrollte am Laptop in den Unterlagen bis zu der Stelle, wo der Schmuck beschrieben wurde, der beim Überfall auf die Rudniks gestohlen worden war. Es war ein weißgoldenes Medaillon mit zwei Fotos darin, die die Eltern Helga Rudniks zeigten. Auf der Rückseite des Medaillons waren die Worte »In Liebe« eingraviert. Falko nahm sein Telefon und rief Konrad Dierks von der Spurensicherung an.

»Dierks?«

»Falko Cornelsen hier, hallo, Konrad.«

»Hallo, Falko. Na, rufst du wegen eurer Schatztruhe an?«

»Wenn du es so nennen willst.«

»Wir haben jede Menge Anhaftungen, manchmal auch Teilabdrücke und Restsekrete gefunden. Nur haben wir leider nichts, womit wir es abgleichen können.«

»Du bekommst in Kürze mehrere Beschreibungen von Schmuckstücken rein, bei denen wir vermuten, dass sie dabei sein könnten.«

»Hab ich teilweise schon. Und wir sind auch schon fündig geworden.«

»Ja?«

»Der geschliffene Smaragd an der Goldkette. Er war bei dem Diebesgut dabei. Ich habe ihn fotografiert und zusammen mit drei anderen vergleichbaren Bildern ähnlicher

Steine an euch geschickt. Michael hat mir gestern Bescheid gesagt. Die Besitzerin in Bremen hat ihn sofort als denjenigen identifiziert, der damals ihrer Mutter gestohlen worden war.«

»Frau Lammert?«

»Ja, so hieß sie glaube ich.«

»Das hat Michi mir noch gar nicht gesagt«, wunderte Falko sich. »Na ja, er wird es vergessen haben oder mir Montag sagen. Weshalb ich aber anrufe: Kannst du mal gucken, ob ihr ein Medaillon dabeihabt, in dem zwei Fotos sind?«

»Warte. Ich gehe mal eben mit dir rüber.«

Falko hörte, wie eine Tür geöffnet wurde und danach das Klicken, als sie wieder ins Schloss fiel. »So, ich bin da und mache jetzt das Fach auf, in dem wir die Stücke aufbewahren«, kündigte Konrad an. »Ein Medaillon, sagst du?«

»Ja.«

»Hier ist eins dabei. Ich nehme es mal eben aus der Folie.« Eine kurze Pause entstand. »Ich hab's aufgeklappt. Es sind zwei Fotos darin, ein Mann und eine Frau.«

»Steht was auf der Rückseite?«

»Warte. Ja. Da steht ›In Liebe‹ eingraviert.«

»Alles klar. Danke. Du kannst einen Hinweis drankleben, dass es vermutlich einer Familie Rudnik aus Niebüll gehört.«

»Rudnik, Niebüll. Wird gemacht. Soll ich die Fotos an die Direktion schicken?«

Falko zögerte. »Ja, mach mal bitte«, entschied Falko dann. »Die Opfer sind bereits verstorben. Aber wenn der Fall abgeschlossen ist, gibt es vielleicht irgendwelche Erben, an die wir's aushändigen können.«

»Geht klar, Falko.«

»Okay. Ich dank dir, Konrad. Hast du das ganze Wochenende über Schicht?«

»Schicht und Bereitschaftsdienst.«

»Na, toll. Dann wünsche ich dir, dass das Wochenende schnell rumgeht.«

»Danke. Wir hören uns.«

»Ja, bis bald.« Falko drückte das Gespräch weg. Er stellte sein Laptop auf den Tisch, ging in ruhigen Schritten auf und ab. Im Fall Rudnik hatte erstmals ein Einzeltäter den Überfall begangen, der schiefgelaufen war. Ein eher kleiner, schmächtig wirkender Mann. Genau wie der, der Marie Schönfeld getötet hatte. Eberhard! Eberhard hatte sich aus der Achter-Gemeinschaft ausgeklinkt und war allein losgegangen. Als die Nachbarin den Frauen zur Hilfe kam, hatte er sich das Medaillon gegriffen und war geflohen. Doch dieses Medaillon war mit in der Schmucktruhe gewesen, die Richard Böhm gehört hatte. Dieser Eberhard und Richard Böhm hatten also weiterhin Kontakt. Weshalb hatte Eberhard dem Pastor das Medaillon gegeben? Freundschaft, Unterwürfigkeit, Verehrung? Das passte für Falko nicht recht zusammen. Er ging wieder zu seinem Sessel, setzte sich, lehnte sich an und schloss abermals die Augen. Er zählte runter, versuchte, seine Konzentration zu finden. Noch mal: 1962 letztes gemeinsames Verbrechen. Die Vergewaltigungen enden mit einer Tötung. Vermutlich war das nicht geplant gewesen. Eberhard war derjenige gewesen, der zugestochen hatte. Und hier hatte sich etwas verändert, in diesem Augenblick. Sie waren keine Vergewaltiger mehr, sie waren Mörder. Mörder durch einen Fehler, den Eberhard begangen hatte. Langsam formte sich ein Bild für Falko. Sie hatten aufgehört zu vergewaltigen, die Gruppe hatte sich aufgelöst. Oder aber sie hatten Eberhard ausgeschlossen. Doch das hatte er sich nicht bieten lassen wollen. Falko dachte an die drei Todesfälle, die vermeintlichen Unfälle der Männer kurz hintereinander im Jahr 1963. Nur wenige Wochen danach hatte der Überfall auf die Rudniks stattgefunden – mit einem Einzeltäter. So ergab es für Falko ein Bild. Richard Böhm war der Anführer der Achter-Gruppe gewesen, er hatte das Sagen gehabt, hatte über die Listen der Landeskirche die Opfer ausgesucht: alleinerziehende Mütter mit Töchtern. Er hatte die traumatisierten Soldaten für seine Zwecke missbraucht, hatte ihnen vermutlich irgendetwas weisgemacht, dass die Frauen die »Strafen« verdient hätten. Doch nach der Tötung Marie Schönfelds hatte er es nicht mehr rechtfertigen können. Dieser Eberhard jedoch wollte das nicht einsehen. Er tötete drei seiner Mittäter und ließ es wie Unfälle aussehen. Doch Böhm und die anderen mussten wissen, was dahintersteckte. Und dann widersetzte sich dieser Eberhard darüber hinaus weiter, in dem er die Vergewaltigungen fortsetzte. Und um Böhm zu verhöhnen, schenkte er ihm den Schmuck, den er dabei erbeutete. Falko schüttelte den Kopf, als er die Augen wieder öffnete. »Was für eine widerliche, kranke Scheiße!«, fluchte er leise.

17. KAPITEL

Donnerstag, 1. Februar 1968, 11.00 Uhr

Die Jahre waren dahingegangen, Jahre des Glücks und der Wonne, und Albert war zum Mann geworden. Er war so weit. Und Eberhard wusste, dass es an der Zeit war, ihn die Macht erleben zu lassen, die sein Leben ordnen und vervollkommnen würde. Seit fast einer Woche waren sie nun schon in Münster, um die Kunstausstellung vorzubereiten, die am heutigen Tage in der Galerie ihre feierliche Eröffnung fand. Albert war brillant und von allen umringt. Sie gratulierten ihm, schüttelten begeistert seine Hand. Ja, Albert war ein angesehener Künstler geworden. Wer hätte sich auch der Macht seiner Bilder entziehen können. Jedes einzelne schien den Betrachter in sich aufzunehmen und darin eintauchen zu lassen.

Eberhard stand etwas entfernt, wollte vermeiden, dass Albert etwas von der Aufmerksamkeit zu teilen hätte, die einzig ihm zustand.

Die ganzen letzten Tage hatte Eberhard vollen Einsatz gezeigt und die vielen Helfer angewiesen, die Alberts Werke in der Galerie zu platzieren hatten. Alles war bis ins Kleinste geplant, nichts dem Zufall überlassen. Immer dann, wenn er die nötige Ordnung hereingetragen hatte und sah, dass alles exakt so bereitet wurde, wie Albert und er es wollten, war Eberhard gegangen und hatte sich umgesehen. Er hatte während seiner Gänge durch die Straßen Münsters mit niemandem gesprochen, nur beobachtet. Junge Frauen und ihre Töchter, wie sie miteinander einkaufen gegangen waren und sich vergnügten. Es war leichter gewesen, als er gedacht hätte. Die junge Frau in dem kleinen Café, in das er täglich gegangen war, hatte ihm viele wichtige Informationen gegeben, ohne es zu wollen. Aufgefallen war sie ihm, als das etwa zwölfjährige Mädchen mit der lässig übergeworfenen Schultasche in das Café getreten war und am Rand gewartet hatte, bis ihre Mutter die nächste Bestellung aufgenommen hatte. Ja, sie waren Mutter und Tochter, die Ähnlichkeit war verblüffend. Die Mutter trug keinen Ring an ihrem Finger, und als die Tochter gegangen war, hatte die Mutter ihr aufgetragen, ruhig schon nach Hause zu gehen und das Essen aufzuwärmen, das sie gestern gekocht hatte. Sie würde pünktlich Schluss machen und dann ebenfalls gleich nach Hause kommen.

Eberhard schien es fast wie ein Schauspiel, eine kleine Einlage, die sich eigens vor seinen Augen abgespielt hatte, um ihm den Weg zu weisen. Es war früher Nachmittag, gerade erst kurz nach 14 Uhr, als die Mutter ihre Servierschürze abnahm und die Geldtasche an ihre Kollegin übergab. Eberhard hatte kurz zuvor noch bei ihr bezahlt. Als sie das Café verlassen hatte, war er ihr nachgegangen. Er hatte genug Abstand gelassen und konnte sicher sein, dass sie ihn nicht bemerkt hatte. Er gehörte ohnehin zu den Menschen, denen niemand besondere Beachtung schenkte.

Sie war in den Bus gestiegen, und auch er reihte sich in die Schlange der Menschen, die warteten, bis sie ihr Fahrgeld bezahlen konnten. Als Letzter war er eingestiegen, hatte dem Fahrer die Groschen abgezählt in die Hand gegeben, war an ihr vorbeigegangen und hatte sich drei Reihen hinter sie gesetzt. Sie fuhren vier Stationen, dann stand sie auf und wartete, bis der Bus an der nächsten Haltestelle stoppte. Mit ihr stiegen vier weitere Fahrgäste aus. Eberhard war einer von ihnen. Zwei Straßen weiter bog sie rechts um die Ecke, während Eberhard weiter geradeaus ging. Als er die Straße überquert hatte, blieb er stehen und beugte sich so weit zurück, dass er sie gerade noch sehen konnte, wie sie die Stufen eines Mehrfamilienhauses hinaufging und die Tür aufschloss. Er wartete einen Moment und ging dann gemächlich zu dem Haus hinüber, sah nach rechts und links, stieg die Stufen hinauf und begutachtete die Klingelschilder. Vier Namen. Nur Nachnamen. Eberhard war verärgert. Er hatte sich den Vornamen Roswitha auf dem kleinen Namensschild an ihrer Servierkleidung natürlich gemerkt und nun darauf gehofft, dass irgendwo ein R. gestanden hätte. Doch das war nicht der Fall. So wusste er nicht, in welcher Wohnung die beiden lebten. Er war überrascht, als plötzlich die Tür geöffnet wurde und ein kleiner Junge herauskam.

»Guten Tag«, grüßte der Kleine freundlich.

»Guten Tag«, gab Eberhard zurück und bemühte sich, seiner Stimme den Schreckmoment nicht anmerken zu lassen.

»Wollen Sie rein?«, fragte der Kleine und hielt die Tür auf.

»Ich möchte gern zu Roswitha und ihrer Tochter«, erklärte Eberhard. »Aber ich kann auch klingeln.«

»Ach was, gehen Sie doch einfach rauf.«

»Oben links, nicht wahr?«, riet Eberhard.

Der Kleine schien verwirrt. »Ne, oben rechts, wenn man die Treppe raufgeht.«

»Aber natürlich«, erklärte Eberhard versöhnlich. »Ich bekomme das immer durcheinander.«

»Dann noch einen schönen Tag«, wünschte der Junge und lief die Stufen hinab, während Eberhard in den Hausflur trat. Er wartete einen Moment, bis das Kind aus seinem Sichtfeld verschwunden war. Dann verließ auch er wieder das Haus, warf zuvor jedoch einen raschen Blick auf das Türschloss.

Fast spöttisch urteilte er, dass es ein Leichtes sein würde, dies mit einem der Schlagschlüssel aufzubekommen, von denen er einen ganzen Satz besaß. Er las den Namen der Klingel, die oben rechts angebracht war. »Wir sehen uns bald, Roswitha Ginger«, sagte er fast zärtlich, dann ging er davon.

*

Montag, 26. Oktober 2015, 8.10 Uhr

»Guten Morgen! Wir haben ihn!« Tammo trat in Falkos Büro, in dem neben Falko noch Stefan und Michael waren.

»Wen?«, fragte Michael überrascht.

»Simon Heinze. Die Kollegen aus Halle haben sich gerade gemeldet. Er hat in der Untersuchungshaft gesungen wie ein Vögelchen und gestanden, seinen Fast-Schwager Fabian Heemsoth getötet zu haben. Allerdings behauptet er, dass er ihn nicht umbringen, sondern ihm nur Angst machen wollte.«

»Und wieso?«, fragte Michael.

»Heemsoth schuldete einem Arbeitskollegen von Heinze Geld, und der soll gedroht haben, Heinzes Freundin, die ja auch Heemsoths Schwester ist, etwas anzutun, wenn Heinze nicht dafür sorgt, dass er die Kohle kriegt.«

»Und dann haut er ihm dermaßen die Birne zu Brei?«, fragte Michael.

»Sie haben sich wohl geprügelt, und irgendwie kam Heinze an eine Holzlatte, die da lag. Na ja, für uns ist die Sache jedenfalls erledigt.«

»Da habt ihr kaum was getan und doch einen Fall aufgeklärt«, witzelte Stefan. »So einfach hätte ich's auch gern mal.«

»Wie geht's denn bei euch voran? Können wir vielleicht helfen?«

»Ihr habt ja mitbekommen, was da in letzter Zeit los war«, antwortete Falko. »Ich bin am Wochenende alles erneut durchgegangen. Es ist nämlich ein weiterer Fall dazugekommen, bei dem es beim Versuch der Vergewaltigung blieb. Ich habe da so eine Theorie«, kündigte er an und erzählte dann, was ihm durch den Kopf gegangen war.

»Also so eine Art Verstoßener, der jetzt die anderen dafür bestrafen will, dass sie ihn nicht mehr dabeihaben wollten«, fasste Stefan zusammen.

»Das oder eben, weil sie aufgehört haben und er das aber nicht wollte.«

»Klingt leider auf eine ziemlich perverse Art verdammt logisch«, meinte Michael.

»Abartig ist ja nun wirklich alles an dem, was diese Kerle da getrieben haben«, urteilte Tammo.

»Richard Böhm und dessen Frau sind im Abstand von nur zwei Tagen im Jahre 1993 verstorben. Die Vergewaltigungen gingen aber auch danach weiter. Bis 1962 waren es acht Männer, 1963 bei dem schiefgegangenen Überfall ein Mann und ab 1968 zwei Männer.«

»Also hat sich der, der nicht aufhören wollte, einen neuen Freund gesucht und die nette alte Tradition fortgesetzt.« Stefan verzog angewidert das Gesicht. »Manchmal sind mir diese ganzen geistesgestörten Perversen echt zu viel.«

»Wie wollt ihr weiter vorgehen?«, fragte Tammo.

»Wir müssen herausfinden, wer dieser Eberhard ist«, beharrte Falko. »Er ist der Schlüssel zu allem.«

»Aber wie? Wir haben alles durchgesehen, was wir über Böhm finden konnten. Nirgendwo gibt es einen Hinweis auf einen Eberhard.« Stefan sah Falko an.

Dieser kniff die Augen zusammen, als müsse er sich konzentrieren. »Michi. Die Nachricht, die du mir am Freitag noch geschickt hast, dass Richard Böhm zu den Zeitpunkten der Vergewaltigungen in der jeweiligen Stadt war …«

»Ja, ich hab's hier«, ging Michael sogleich darauf ein und gab Falko vier Ausdrucke von aufgelisteten Daten mit jeweiligen Querverweisen. »Ich habe die alten Abrechnungen des Finanzamts angefordert, die von der Kirchenverwaltung dort eingereicht worden sind. Schien mir der einfachste Weg. Unsere Freunde von den Finanzbehörden vergessen keinen, da könnt ihr sicher sein.« Er tippte mit dem Finger auf einige Textstellen. »Hier ist angegeben, welche Reisekosten Böhm geltend gemacht hat, damit diese steuerlich berücksichtigt werden konnten. Ich hab jeweils die Daten der Vergewaltigungen dazugeschrieben. Hier am Rand, siehst du? Böhm war zwei Tage zu einem Treffen oder einer kirchlichen Zusammenkunft an einem Ort, und komisch, es fand genau während dieser Reisedauer eine der Vergewaltigungen statt.«

Falko schüttelte den Kopf. »Der wird also da hingefahren sein, hat sich vorher in dem Ort über die Listen passende Opfer herausgesucht, seinen sieben widerlichen Freunden Bescheid gegeben, und dann haben sie sich dort zusammengerottet.«

»Was ist mit den Hotels, in denen Böhm abgestiegen ist? Vielleicht waren seine Kumpanen in den gleichen Schuppen, und irgendwo hat immer auch ein Eberhard eingecheckt?«, schlug Stefan vor.

»Den Gedanken hatte ich auch«, erklärte Michael bedauernd. »Aber Fehlanzeige. Unterlagen, die so weit zurückliegen, heben die Hotels nicht auf.«

»Wir müssen weg von den Fällen vor 1963«, sagte Falko nachdenklich. »Böhm war zu vorsichtig, als dass er etwas riskiert hätte.« Er sah seine Kollegen einen nach dem anderen an, griff dann ein DIN-A4-Blatt und schrieb auf:

1968 – Münster
1969 – Dortmund
1972 – Soest
1974 – Garbsen

Er warf einen Blick auf die Liste mit den übrigen Daten und schrieb weiter:

1995 – Magdeburg
1997 – Bad Harzburg
1999 – Wittenberg
2000 – Cottbus

Er legte den Stift beiseite. »Weshalb hat er an diesen Orten zugeschlagen?«

»Lass mich mal was probieren«, bat Tammo, nahm sich die Tastatur und öffnete eine Internetsuchmaschine. Dann schrieb er als Suchbegriffe genau das auf, was Falko soeben auf dem Papier notiert hatte.

Sofort bot der Computer Ergebnisse, und Tammo schluckte. »Das gibt's doch nicht!«

»Lass sehen«, forderte Falko, und alle vier stellten sich so dicht am Schreibtisch nebeneinander, dass sie sehen konnten, was auf dem Bildschirm angezeigt wurde.

»Kunstausstellungen?«, fragte Stefan. »Wieso Kunstausstellungen?«

Tammo klickte die ersten Artikel an und las vor: »… hat nunmehr der junge Künstler Albert Brauner in der gerade erst renovierten Galerie seine Werke ausgestellt, die in der Fachwelt auf beachtliches Interesse gestoßen sind. Brauner, der bereits im Alter von nur 15 Jahren …«

»Klick mal den nächsten Artikel an«, unterbrach Falko.

Tammo klickte sich durch die Texte, deren Inhalt jeweils recht ähnlich waren.

»Wann ist dieser Albert Brauner geboren?«, fragte Stefan.

»Warte, ich guck nach«, kündigte Tammo an. »Hier hab ich's. 1950.«

»Hm«, machte Falko. »Unser erster bekannter Fall stammt aus dem Jahr 1958. Da war er acht. Das passt nicht.«

»Vielleicht ein Bewunderer oder so?«, schlug Michael vor.

»Der mitreist und erst in die Kunstausstellung geht und dann vergewaltigt?« Stefan klang nicht überzeugt.

»Der Ansatz ist nicht schlecht«, überlegte Falko laut. »Was steht da noch, Tammo?«

»In allen Artikeln so ziemlich das Gleiche. Großer Künstler, bla bla.«

»Gibt es Fotos dazu?«

»Ja, die aus der Presse.« Tammo ging in der Einstellung auf Bilder. »Hier, eine ganze Reihe.«

»Lass mich mal eben selbst gucken«, bat Falko und ließ sich von Tammo die Tastatur zurückschieben. In Falkos Nacken kribbelte es. Die Treffer konnten kein Zufall sein. Dieser Albert Brauner war an jedem ihrer Tatorte gewesen.

»Ich such mal eben die genauen Daten raus. Vielleicht stimmen die Monate ja gar nicht überein und wir beißen uns da nur an was fest«, sagte Stefan.

Falko hörte nur mit einem halben Ohr zu. Immer schneller klickte er sich durch die Artikel. Dann plötzlich blieb sein Blick an einem Bild hängen. Er sah sich zu seinen Kollegen um. »Wir haben ihn!« Er drehte den Bildschirm noch etwas weiter herum, damit die anderen sehen konnten, was er meinte. Er tippte mit dem Zeigefinger auf ein Foto und las laut die Bildunterschrift vor. »Der Kurator Max Fohrer gratulierte dem Künstler Albert Brauner und dessen Vater Eberhard zur Eröffnung der dreimonatigen Ausstellung.«

»Eberhard!«, sagte Stefan. »Schön, dich kennenzulernen, du mieses Schwein.«

Alle waren in ihre eigenen Büros geeilt und dann mit den Ergebnissen wieder bei Falko zusammengekommen, um alles über Albert und Eberhard Brauner in Erfahrung zu bringen. Über Letzteren war das, was sie finden konnten, recht dürftig. Doch es reichte, um das Bild zu vervollständigen, das Falko sich bereits von ihm gemacht hatte. Eberhard Brauner, geboren am 24.12.1920 in Bad Aibling, hatte als Soldat im Zweiten Weltkrieg gedient. Nach seiner Rückkehr 1945 war er nach Flensburg gekommen. Offenbar hatte ihn nichts in die alte Heimat Bad Aibling zurückgezogen. In Flensburg hatte er eine Stelle bei der Telefongesellschaft angetreten, bei der er auch bis zum Eintritt in die Rente im Jahr 1985 geblieben war. Er war nie verheiratet, nur für einen Albert hatte er im Jahr 1963 einen Adoptionsantrag gestellt.

Die Adoption wurde bewilligt, nachdem Alberts Mutter bereits lange Jahre zuvor verstorben und der leibliche Vater bei einer Prügelei im Jahr 1962 ums Leben gekommen war.

Albert Brauner hatte seine erste Ausstellung in einer Flensburger Galerie bereits im Alter von 15 Jahren. Seitdem hatte er sich einen Namen gemacht und galt inzwischen als bedeutender und überaus vermögender Künstler. Sein Vater Eberhard Brauner war im Jahr 2002 eines natürlichen Todes gestorben und lag auf dem Friedhof in Flensburg.

»Ich hab das Bild aus dem Internet so gut es ging bearbeitet und dir ohne die Bildunterschrift geschickt«, sagte Tammo.

Falko öffnete die Datei. »Danke. Hab's schon. Ich leite es direkt an Lisa Gerlach weiter. Jetzt bin ich mal gespannt.« Er gab einige kurze Zeilen ein, mit denen er Lisa Gerlach darum bat, einen Blick auf das Foto zu werfen und sich zu melden, sofern sie jemanden erkannte. Dann sandte er die E-Mail ab.

»Eberhard Brauner ist also seit 2002 tot«, begann Stefan. »Der Überfall von 2011 kann also definitiv nicht mehr auf seine Kappe gehen. Denkt ihr, dass sein Künstlersohnemann in seine Fußstapfen getreten ist?«

»Ich könnte es mir vorstellen«, antwortete Michael.

»Ja, ich auch«, stimmte Falko zu. »Von 1963 bis 1968 gab es eine Pause, zumindest, wenn hier nicht irgendwelche Fälle waren, von denen wir bisher keine Kenntnis haben. Dann 1968 der Überfall auf Roswitha und Miriam Ginger. Die Mutter arbeitete in einem Café, die Tochter war noch Schülerin. Zwei maskierte Männer drangen in das Mehrfamilienhaus ein, verschafften sich Zutritt zur Wohnung und missbrauchten die Frauen. Die Details stimmen genau. Es war das übliche Vorgehen.« Falko rieb sich nachdenklich das Kinn. »Wenn in den Jahren zuvor wirklich nichts war, hat Eberhard Brauner die Kunstausstellung seines Sohnes damit verbunden, ihn an die Vergewaltigungen heranzuführen.«

»Noch widerlicher geht es echt nicht«, meinte Tammo.

»Wo wohnt dieser Albert Brauner jetzt?«

»Noch immer in Flensburg, aber er hat mehrere Wohnungen. In Flensburg hat er sich eine von den alten Jugendstilvillen gekauft. Der scheint richtig Asche zu machen mit seiner Kleckserei«, sagte Michael.

Falko wollte gerade etwas sagen, als sein Handy klingelte. Die Rufnummer war unterdrückt. »Cornelsen?«

»Das ist er! Falko, das ist der Mann! Ich erkenne ihn wieder. Der Mann ganz rechts, das ist Eberhard.«

»Bitte, Lisa, beruhigen Sie sich. Sie sind also ganz sicher?«

»Ich bin ganz sicher, ja. Und als ich ihn gesehen habe, ist mir auch wieder eingefallen, woher ich ihn kannte.«

»Ja?«

»Er war einer der Ehrenamtlichen, die bei Festen mitgeholfen haben. Er war nur immer so unscheinbar, dass ich es nicht mehr wusste.«

»Gut, Lisa. Haben Sie vielen Dank.« Er wollte schon auflegen.

»Lebt er noch?«, rief sie eilig.

»Nein. Er ist seit 13 Jahren tot.«

»Wie ist er gestorben?«

»Einfach an Altersschwäche.«

»Also hatte er ein ganz normales Leben und wurde nie für seine Taten zur Rechenschaft gezogen. Und meine Mutter wurde nicht einmal halb so alt. Das ist nicht fair, Falko.«

»Nein, Lisa. Sie haben recht. Es ist nicht fair.« Er seufzte. »Ich würde Sie gern nächste oder übernächste Woche noch einmal besuchen kommen und Ihnen erzählen, was wir herausgefunden haben und welche Zusammenhänge es gab. Ich denke, es könnte Ihnen helfen, damit abzuschließen.«

Er konnte hören, dass Lisa weinte. »Ja, gern«, brachte sie stockend hervor. »Melden Sie sich einfach. Tschüss.«

Falko legte das Handy auf den Schreibtisch. »Er ist es. Eberhard Brauner ist unser Mann.« Falko ballte die Faust. »Und wenn wir uns schon ihn nicht mehr greifen können, dann zumindest seinen Sohn.«

»Ganz ohne Beweise?«, fragte Stefan.

»Wir werden alles so wasserdicht machen, wie wir nur können. Keiner von uns wird diesen Brauner befragen, bevor wir keinen Durchsuchungsbeschluss für sein Haus haben. Der muss sich total in Sicherheit wiegen. Ich gehe gleich zu Wenck.« Er verließ das Büro, kam aber sofort wieder zurück. »Tammo, quäl noch mal ordentlich den Computer. Ich will alles über diesen Brauner erfahren. Wie er lebt, welche Freunde er hat, Frauengeschichten, alles. Auch nach dem Tod seines Vaters hatte er einen Partner an seiner Seite. Es muss also jemand Besonderen in seinem Leben geben. Eberhard war ein Psychopath und hat seinen Sohn zu genauso einem gemacht. Aber der andere, der Neue, der ihm hilft, das könnte die Schwachstelle sein.«

»Geht klar«, sagte Tammo nur, obwohl Falko bereits kehrtgemacht hatte und zum Büro von Direktionsleiter Wenck ging. Tammo sah sich zu Stefan und Michael um. »Wenn Falko erst einmal in Fahrt kommt, möchte ich dem nicht im Weg stehen.«

»Ich glaube, das will besser keiner von uns«, gab Stefan scherzhaft zurück. Dann verteilten sie sich wieder auf ihre Büros.

18. KAPITEL

Donnerstag, 29. Oktober 2015, 7.33 Uhr

Die Jugendstilvilla hatte etwas Majestätisches an sich, doch Falko hatte für die Schönheit, die sie ausstrahlte, jetzt keinen Sinn. Er klingelte Sturm, und das bereits seit mehreren Minuten. »Okay, das reicht.« Er winkte dem Mitarbeiter des Schlüsseldienstes. »Machen Sie auf«, forderte Falko knapp.

Der Mann machte sich sofort an die Arbeit. Es dauerte nicht einmal eine Minute, da klackte es, und das Schloss war geöffnet.

»Ich brauche hier eine Unterschrift.«

»Mein Kollege gibt sie Ihnen.« Falko deutete mit einer Handbewegung auf Stefan. Es mochte arrogant wirken, doch Falko war viel zu angespannt, um sich jetzt mit so etwas zu beschäftigen. Schon lange hatte er seine Dienstwaffe nicht mehr gebraucht, doch jetzt zog er sie aus dem doppelt gesicherten Holster.

Sechs Polizisten eines Sondereinsatzkommandos gingen mit ihm zusammen rein, die sich augenblicklich durch den breiten Flur schoben und in die einzelnen Zimmer stürmten. Stefan kam nun hinter Falko ins Haus, danach folgten noch zwei weitere Polizisten in Zivil. Darüber hinaus blieben zwei Uniformierte vor dem Haus stehen, um sicherzustellen, das niemand das Weite suchte.

»Albert Brauner?«, rief Falko, und noch während das Sondereinsatzkommando jedes Zimmer des Erdgeschosses absicherte, hörte man von oben Geräusche.

»Was ist denn hier los?« Ein etwa 30-jähriger Mann in einer Art Kimono erschien am oberen Flurgeländer.

»Kriminalpolizei Flensburg«, erklärte Falko. »Wer sind Sie?«

»Guter Gott, so ein Geschrei am frühen Morgen«, echauffierte sich der Mann.

»Kommen Sie runter und halten Sie Ihre Hände so, dass ich sie sehen kann«, forderte Falko. »Wie ist Ihr Name – und wo ist Albert Brauner?«

»Eben noch hat Albi geschlafen, aber Ihr Geschrei und Gepolter weckt ja Tote auf.«

Falko war angespannt bis in die Fußspitzen, und das

Getue dieses Kerls nervte ihn nicht nur, es reizte ihn bis aufs Blut. »Ihren Namen – und kommen Sie sofort runter. Ich sag's nicht noch mal.«

»Schätzchen, dann sag es eben nicht noch mal.« Der Mann verdrehte die Augen.

Noch ehe Falko etwas sagte, stürmten zwei Männer des Sondereinsatzkommandos die Stufen rauf, packten ihn und zerrten ihn nach unten.

»Seid ihr total übergeschnappt? Ihr tut mir weh!«

Die anderen vier liefen die Stufen hinauf, während die Kollegen mit dem sich windenden Mann nach unten kamen.

»In die Küche mit ihm. Ich suche Brauner«, ordnete Falko an.

Stefan war hinter ihm. »Ich komm mit.« Sie liefen zusammen die Stufen hinauf. Die Kollegen vom Sondereinsatzkommando durchkämmten gerade die Etage. Nur eine Tür war verschlossen.

»Albert Brauner, öffnen Sie die Tür. Sie sind festgenommen.« Falko bollerte mit der Faust dagegen. »Öffnen Sie oder wir treten sie ein.«

Falko wartete nicht mehr ab und bedeutete den Kollegen, die Tür einzutreten. Mit einem lauten Knall flog sie auf, nachdem sich einer von ihnen mit voller Kraft dagegengeworfen hatte.

Falko erkannte Albert Brauner wegen der Fotos, die er von ihm gesehen hatte, sofort. Er wirkte nur etwas beleibter, doch die arroganten Züge um den Mundwinkel herum waren unverwechselbar.

»Ich werde Sie so was von verklagen«, war das Einzige, was Brauner sagte.

»Albert Brauner, ich erkläre Ihnen die vorläufige Festnahme.«

»Wegen was? Weil Daniel kokst wie blöd? Ich weiß nicht, wo er den Stoff immer her hat. Und das bisschen, was ich einwerfe, ist nicht der Rede wert. Ich bin Künstler. Ich brauche das für meine Schöpfungen.«

»Ich verhafte Sie wegen des Verdachts der sexuellen Nötigung, Vergewaltigung und des Diebstahls.« Falko verzichtete darauf, genau zu benennen, welche Fälle Brauner konkret zur Last gelegt wurden. Noch musste er keine Farbe bekennen. Es reichte ein Fall, ein einziger Fall, den er ihm nachweisen konnte und der nicht der Verjährung unterlag.

Brauners Gesichtsausdruck hatte sich verändert. »Ich will meinen Anwalt sprechen.«

»Später. Sicher. Doch erst werden wir Ihr Haus durchsuchen.«

»Damit kommen Sie nicht durch!«

»Ach, nein. Was haben wir denn hier? Das ist ja eine Durchsuchungsanordnung. Sieh an. Dann, würde ich sagen, komme ich wohl doch damit durch.«

»Wo ist Daniel?«

»Sie meinen die Gestalt im Kimono? Ich glaube, der ist in der Küche.«

»Ich möchte sofort mit ihm sprechen.«

»Ach, wissen Sie, Herr«, er betonte das Wort, »Brauner.« Falko trat noch näher an ihn heran und sah zu ihm herab. »Und ich möchte, dass sofort alle Vergewaltiger auf diesem Planeten vom Blitz erschlagen werden.« Er sah gespielt abwartend nach oben. »Sieh an. Sie stehen ja noch. Scheint so, als würden heute die Sofort-Wünsche nicht in Erfüllung gehen, was?«

»Wie heißen Sie?«

»Cornelsen. Kriminalhauptkommissar Falko Cornelsen.«

»Wenn meine Anwälte mit Ihnen fertig sind, Kriminalhauptkommissar Falko Cornelsen, werden Sie darum betteln, in irgendeiner Besenkammer der Polizei noch Bleistifte anspitzen zu dürfen.«

Falko grinste breit, beugte den Kopf noch weiter zu ihm runter. »Und wenn die Leute im Knast erfahren, was Sie mit Frauen und jungen Mädchen gemacht haben, werden Sie darum betteln, dass der Schmerz je so weit vergeht, dass Sie wieder sitzen können.« Er sah ihm noch einen Moment in die Augen. »So«, meinte Falko dann und richtete sich wieder auf. »Genug der Plaudereien. Wir werden jetzt jeden Zentimeter des Hauses auseinandernehmen. Mal sehen, was wir so finden.«

»Ich biete Ihnen einen Deal an. Ich weiß alles, was Daniel getan hat«, sagte Brauner eilig.

»Macht Sie die Vorstellung, was wir finden könnten, nervös?«

»Vielleicht finden Sie ja auch nichts«, versuchte Brauner zu pokern. »Dann hätten Sie durch den Deal wenigstens etwas. Ich würde es mir überlegen.«

»Tun Sie das«, sagte Falko kalt. »Meinetwegen überlegen Sie. Überlegen Sie, was auch immer. Wir werden finden, was Sie versteckt haben.« Er schüttelte den Kopf. »Nein. Kein Deal. Und jede dieser Frauen wird erfahren, wer ihr das angetan hat. Sie hatten viel zu lange ein gutes Leben. Es ist an der Zeit, die Rechnung zu bezahlen.«

Die Durchsuchung dauerte über vier Stunden, was für die Größe des Hauses verhältnismäßig kurz war. Doch die Selbstgefälligkeit Albert Brauners hatte ihnen einen guten Dienst erwiesen. Die Holzkiste, in der er den gestohlenen Schmuck aufbewahrte, stand unter zwei anderen Schachteln ganz unten in seinem Schrank. Außerdem fanden sie direkt daneben vier Geldtaschen mit Ein-Pfennig-Stücken. Falko hatte Brauner von den uniformierten Kollegen wegbringen lassen und ihm keine Gelegenheit gegeben, sich noch mit Daniel, seinem Lebensgefährten, zu besprechen. Dieses Vorgehen hatte sich ausgezahlt, da Daniel, mit vollem Namen Daniel Kurz, noch während er in der Küche saß, zu reden begonnen hatte, um seinen Hals aus der Schlinge zu ziehen.

Falko hatte von unterwegs aus den Oberstaatsanwalt informiert und ihn eindringlich dazu aufgefordert, keinen Deal mit Brauner zu schließen, was dieser ihm versicherte. Der Gedanke, dass dieser Vergewaltiger auch nur einen weiteren Tag mit seinem Treiben durchkäme, war für Falko unerträglich. Er schloss an diesem Donnerstag die Akten, die ihn seit der Beerdigung Vera Bischoffs um den Schlaf gebracht hatten. Nun ging es nur noch darum, alles so aufzubereiten, dass alles für eine Verurteilung hieb- und stichfest war.

Am Freitagvormittag erhielt Falko einen Anruf von Sarah, die ihm mitteilte, auf dem Weg nach Flensburg zu sein, um einige Sachen zu holen. Sie fragte, ob es ihm recht wäre, wenn sie gegen Mittag bei ihm vorbeikäme, um sich zu verabschieden. Falko willigte ein.

Sie verabredeten sich für 13 Uhr, doch Falko war bereits ab 12 Uhr zu Hause. Er erledigte einige Hausarbeiten und hatte Nudeln, Spinat und Gorgonzola besorgt. Sollte Sarah hungrig sein, könnte er ihr etwas anbieten. Ansonsten würde er sich das Essen am Abend nur für sich zubereiten.

Es war knapp Viertel vor eins, als Sarah klingelte. Falko öffnete die Tür und umarmte sie. »Gut siehst du aus. Komm rein.«

Sie trat in den Flur, dann gingen sie zusammen in die Küche.

»Und? Stefan sagte, der Fall sei abgeschlossen.«

»Du hast mit Stefan gesprochen?«

»Wir haben vorhin telefoniert. Du warst gerade nicht an deinem Platz.«

»Verstehe. Ja, haben wir.«

»Und bist du erleichtert?«

»Ich bin froh, dass wir es aufklären konnten. Aber letztendlich sind fast alle, die darin verwickelt waren, bereits tot.« Falko zögerte. »Willst du den Teil erfahren, der deinen Großvater betrifft?«

Sie schüttelte den Kopf. »Vielleicht später mal, ich weiß nicht. Ich fürchte, ich habe mehr über ihn erfahren, als ich je wissen wollte.«

»Verstehe. Und du? Geht's wieder in den aktiven Dienst?«

»Ja.« Sarah lächelte glücklich. »Ich freue mich darauf. Ist ein bisschen wie nach Hause kommen.«

»Grüß mir die anderen und pass auf, dass sie keinen Unsinn bauen.«

Sarah wurde ernst. »Ich bin hier, weil ich dich um einen Gefallen bitten wollte.«

»Klar. Welchen?«

Sarah griff in ihre Jackentasche und zog die Kette mit dem Bernsteinamulett hervor. »Könntest du diese für mich Lisa Schönberg zurückgeben?«

»Lisa Gerlach«, korrigierte Falko.

»Ja, klar. Gerlach.«

Falko nahm die Kette. »Ja, mach ich. Ich wollte sie ohnehin noch mal treffen, um ihr alles zu erzählen, was wir in Erfahrung bringen konnten.«

»Danke. Ich habe einfach nicht den Mut, ihr in die Augen zu sehen.«

»Vielleicht täte es euch beiden gut, wenn du dich überwinden würdest. Schließlich kannst du nichts dafür, was dein Großvater getan hat.«

»Nein, aber ich kann mich schämen. Und das tue ich auch, und zwar jeden verdammten Tag.«

»Hör auf damit. Das macht dich kaputt.«

Sie zuckte mit den Schultern. »Wahrscheinlich hast du recht. Das wird schon. Ich brauche nur ein bisschen Zeit.«

»Möchtest du etwas trinken oder hast du Hunger? Ich habe Pasta besorgt.«

Sarah schüttelte den Kopf. »Nein. Danke. Aber es ist lieb, dass du fragst.« Sie stand auf. »Ich werde jetzt gehen, Falko.«

»Es tut mir leid, dass es mit uns nicht geklappt hat.«

»Ja, mir auch.« Sie streichelte ihm zärtlich über die Wange. Tränen stiegen ihr in die Augen. »Mach's gut«, sagte sie dann, drehte sich um und ging rasch in den Flur.

»Wenn irgendetwas sein sollte oder du etwas brauchst, rufst du mich an, okay?«

»Oder ich versuche einfach mal, allein klarzukommen«, antwortete sie. »Aber wenn es gar nicht mehr geht, dann schreie ich nach dir. Versprochen.«

Sie umarmten sich, und Falko gab ihr einen Kuss auf den Mund. »Du bedeutest mir viel, Sarah Bischoff.«

»Und du machst es mir nicht gerade leichter.« Sie griff die Türklinke, öffnete und ging hinaus. Es schien, als wollte sie noch etwas sagen, doch dann hob sie nur die Hand und drehte sich nicht mehr um.

Draußen stieg Sarah in ihren Golf, ließ den Motor an und fuhr los. Falko sah ihr nach, bis sie um die Ecke bog und aus seinem Sichtfeld verschwand. Es fiel ihm schwer, doch es war richtig so.

*

Samstag, 31. Oktober 2015, 11.00 Uhr

»Ich war überrascht, dass Sie mich hier treffen wollten«, begann Falko das Gespräch, nachdem er Lisa Gerlach zur Begrüßung die Hand gereicht hatte. »Ich wäre auch zu Ihnen gekommen.«

»Nein.« Sie sah sich um. »Hier und jetzt. Es fühlt sich richtig an.«

»Na dann. Wollen wir?«

»Ja.« Sie nickte ihm zu. »Und die Familie weiß Bescheid?«

»Ich habe mit Frau Schröter gesprochen. Sie war sofort einverstanden.«

Lisa atmete noch einmal tief durch, bevor sie klingelte. Nur wenige Augenblicke danach wurde geöffnet.

»Ach, Herr Cornelsen, da sind Sie ja. Und Frau Gerlach? Richtig?«

»Genau, Lisa Gerlach. Danke, dass Sie das für mich machen.«

»Ich bitte Sie, das ist doch nicht der Rede wert.«

Lisa und Falko traten ein.

»Wir haben natürlich einiges verändert«, sagte Frau Schröter erklärend. »Was sagten Sie, wann Sie hier gewohnt haben?«

»Bis 1962«, antwortete Lisa und ging langsam an der Küchentür vorbei. Von oben hörte man ein Poltern.

»Mein Sohn hat Besuch«, erklärte Frau Schröter. »Ich gehe dann mal in die Küche. Sie können mich ja rufen, wenn Sie mich brauchen.«

»Danke«, sagte Falko, doch Lisa schien sie gar nicht zu hören. Sie ging mit kleinen, zittrigen Schritten weiter vor. Falko blieb dicht hinter ihr, als sie das Esszimmer betraten.

»Ich bin hier, Lisa. Direkt hinter Ihnen.« Er legte ihr die Hand auf die Schulter, als Lisa stehen blieb. Sie sah nach vorn, dort, wo der Tisch gestanden hatte, auf dem es geschehen war, blickte dann zum Teppich herunter, als erwarte sie, dort noch das Blut ihrer Mutter zu sehen. Ohne jede Regung stand sie da. Falko ließ ihr den Moment.

»Ich fühle nichts«, erkannte Lisa leise.

»Weil hier nichts mehr ist«, sagte Falko mit sanfter Stimme. »Es liegt hinter Ihnen. Es gibt nichts mehr, wovor Sie sich fürchten müssen.«

»Ich bin froh, gekommen zu sein.«

»Lehnen Sie sich an, wenn Sie wollen. Lassen Sie los. Wenn Ihnen danach ist, schließen Sie die Augen.«

»Ist das wirklich in Ordnung?«

Falko nahm die Hand von ihrer Schulter, fasste sie sanft an den Oberarmen und zog sie zu sich heran. Nur ganz vorsichtig, damit Lisa es nicht als übergriffig betrachtete. Doch das tat sie offenbar nicht, denn sie ließ es zu, lehnte sich an, atmete aus. Falko konnte nicht sehen, ob sie die Augen geschlossen hatte, doch er ahnte, dass es so war.

Eine Weile blieben sie so stehen, dann löste Lisa sich sanft von ihm, stellte sich wieder gerade hin. »Danke.«

»Wie fühlen Sie sich?«

»Stark.« Sie drehte sich zu ihm um. »Wir können gehen. Ich habe alles erledigt, wovor ich mich über 50 Jahre lang gefürchtet habe.«

»Gut. Dann gehen wir.«

Sie verabschiedeten sich von Frau Schröter, dankten ihr und gingen hinaus.

»Wo steht Ihr Wagen?«

»Ich habe um die Ecke geparkt.« Sie beugte sich verschwörerisch zu ihm herüber. »So hätte ich immer noch weglaufen können.« Sie wirkte gelöst.

»Ich bringe Sie noch hin«, bot er an.

»Nein, Falko, lassen Sie nur. Das wird nicht nötig sein. Ich habe noch eine Verabredung, genau genommen sogar zwei.«

»Ach ja?«

Sie gingen ein paar Schritte, bis sie Falkos BMW erreicht hatten.

»Ja«, bekräftigte Lisa und nickte zum Ende der Straße hin. »Ich habe meinen ganzen Mut zusammengenommen und Frau Weber angerufen. Das war längst überfällig. Ich freue mich, sie endlich wiederzusehen.«

»Das ist wunderbar, Lisa. Wirklich.«

»Sie haben mir sehr geholfen, Falko. Das werde ich Ihnen nie vergessen. Danke.« Sie zog an seiner Jacke, damit er sich zu ihr herunterbeugte und hauchte ihm einen Kuss auf die Wange. Dann gab er ihr einen Kuss auf die Wange.

»Nun habe ich zu danken«, scherzte er. »Ich hoffe, wir sehen uns mal wieder. Ich würde mich freuen.«

»Ich auch.«

Er machte Anstalten, in sein Auto zu steigen, dann drehte er sich noch einmal zu ihr um. »Zwei Verabredungen. Sie sprachen von zwei Verabredungen, die Sie heute noch hätten.«

»Das stimmt. Mir ging nicht mehr aus dem Kopf, was Sie mir über den netten Polizisten gesagt haben, der mich damals ins Krankenhaus gefahren hat. Dass er Ihnen sagte, noch oft an mich gedacht zu haben.«

»Herr Rehmert?«

»Genau. Ihn habe ich auch angerufen. Gleich von Frau Weber aus fahre ich zu ihm. Er hat mir Apfelkuchen versprochen.«

Falko wusste nicht, was er sagen sollte. Es war ein gutes Gefühl zu wissen, dass er ihr hatte helfen können.

»Es ist an der Zeit, dass wir alle die Geschichte hinter uns lassen.«

»Das stimmt. Oh, das hätte ich fast vergessen.« Falko griff in seine Tasche. »Die Kette Ihrer Mutter. Vera Bischoffs Tochter hat mich gebeten, sie Ihnen zurückzugeben.«

Lisa nahm das Schmuckstück an. »Will ich sie?«

»Das können nur Sie entscheiden.«

»Ich werde es mir überlegen. Sonst finde ich schon irgendwo eine Mülltonne, in der sie Platz findet.«

Lisa öffnete die Tür seines Autos. »Ich wünsche Ihnen nur das Beste, Lisa. So schrecklich die Umstände auch waren, bin ich doch sehr froh, Sie kennengelernt zu haben.«

»Es geht mir genauso. Alles Gute, und haben Sie vielen Dank für alles.«

Vom Ende der Straße drang eine Stimme zu ihnen herüber. Lisa sah auf, und auch Falko beugte sich aus dem Auto, um zu sehen, woher die Rufe kamen.

Frau Weber stand auf dem Gehweg und fuchtelte mit den Armen.

»Lisa! Lisa!«

Lisa lächelte Falko an. »Ich glaube, ich muss gehen.« Sie machte ein paar Schritte, dann lief sie los. Frau Weber breitete die Arme aus wie eine Mutter, die sich überschwänglich freute, ihr Kind zu sehen.

Falko wendete, fuhr langsam die Straße zurück und ließ das Seitenfenster herunter. Vor dem Haus Frau Webers standen die beiden Frauen und wollten sich nicht mehr loslassen.

»Und Sie haben mich gleich wiedererkannt? Nach all den Jahren?«

»Natürlich! Ich bin doch nicht senil.«

Lisa lachte auf.

»Hallo, Frau Weber«, rief Falko ihnen zu.

»Ah, der Hübsche von der Polizei! Ich glaube, Sie haben was damit zu tun, dass ich meine Kleine wieder im Arm halten darf?«

»Ich unterliege der Schweigepflicht«, gab Falko schmunzelnd zurück. »Ich wünsche Ihnen schöne gemeinsame Stunden.«

»Ach, Hübscher, wenn Sie nichts anderes zu tun haben, dann fahren Sie doch mal eben da vorne bei Siegmund Clausen vor. Der kann nicht Autofahren, und ich kriege noch irgendwann einen Herzinfarkt, so wie ich mich über ihn aufregen muss.«

»Immer nur eine gute Polizeitat pro Tag, Frau Weber. Immer nur eine!« Falko ließ seinen Wagen anrollen. »Tschüss, die Damen!«

EPILOG

Im späteren Prozess führte Albert Brauners Rechtsanwalt zum Motiv, und um mildernde Umstände geltend zu machen, an, dass sein Mandant als Kind von seinem leiblichen Vater geschlagen und von seinem Adoptivvater missbraucht und zu den Vergewaltigungen angestiftet und so an diese herangeführt worden sei. Er habe von klein auf stets mit unterschiedlichen Formen der Gewalt zu tun gehabt und so kein normales Verhalten erlernen können. Weshalb sein Adoptivvater selbst die Vergewaltigungen begangen hatte, konnte Brauner nicht beantworten.

Falko hatte mehrfach versucht, während der Haft mit Albert Brauner zu sprechen, um so einige Erklärungen zu erhalten. Seine Bemühungen waren jedoch vergeblich und brachten keinerlei Erkenntnisse.

Albert Brauner wurde wegen Vergewaltigung in mindestens acht Fällen zu einer Freiheitsstrafe von neuneinhalb Jahren und anschließender Sicherungsverwahrung verurteilt.

In der Urteilsbegründung wies die Vorsitzende Richterin darauf hin, dass es sich bei dem Verurteilten um einen nicht empathiefähigen Menschen handele, der zwar steuerungsfähig, aber nicht steuerungswillig sei.

Sein Lebensgefährte Daniel Wächter wurde wegen Vergewaltigung in zwei Fällen zu einer Freiheitsstrafe von fünf Jahren verurteilt. Er lebte erst seit einem Jahr bei Brauner. Wer davor mit ihm die Vergewaltigungen begangen hatte, wusste er nicht. Und auch Brauner gab keinen weiteren Namen preis.

Falkos Ermittlungen bezüglich der weiteren Täter dauern an. Allerdings ist im Hinblick auf die Menge des gefundenen Schmucks davon auszugehen, dass es noch eine Vielzahl von Opfern gibt, die niemals Anzeige erstattet haben. Auch zu dem Ohr, das noch an dem Ohrring in Richard Böhms Kiste war, konnte bisher kein Fall ermittelt werden.

DANKSAGUNG:

Mein besonderer Dank für die tolle Unterstützung geht an Uwe Keller, den Pressesprecher des Ministeriums für Inneres und Bundesangelegenheiten Schleswig-Holstein in Kiel, der mir während der Recherche mit Rat und Tat zur Seite stand.

Des Weiteren danke ich an die Stelle ganz herzlich meiner Lektorin Claudia Senghaas, die meinen Falko mit einem kritischen Blick lebendig werden lässt und mir hilft, stets das Beste aus einer Idee herauszuholen.

Es gibt noch viele weitere Menschen, die dazu beitragen, mich in meiner Arbeit zu unterstützen und den Weg frei zu machen, damit ich mich voll und ganz auf das Schreiben konzentrieren kann. Da ist natürlich ganz vorne weg meine Agentin Lianne Kolf und ihr gesamtes Team. Ihr seid nicht nur fachlich kompetent und engagiert, sondern einfach tolle Menschen, mit denen ich gern arbeite und die eine Bereicherung für mein Leben sind.

Dann sind da meine Kolleginnen in der Kanzlei, die stets auf meine Belange eingehen, mit denen ich mich austauschen kann und die mir gerade in den anstrengenden Schreibphasen den Rücken frei halten und alles tun, damit ich mich ausschließlich auf mein Projekt konzentrieren kann. Hinzu kommt die Begeisterung für meine Bücher, die natürlich Balsam für die Seele eines jeden Schriftstellers ist.

Ein weiterer Dank, der mir wirklich sehr wichtig ist, geht an meine Leserinnen und Leser und gleichermaßen auch Blogger, Rezensenten und Freunde. Ihr seid es, auf deren Urteil ich vertrauen kann.

Zu guter Letzt möchte ich noch meinem Mann und meinen Kindern danken, dass sie stets an meiner Seite sind und ich mich mit ihnen austauschen kann. Ja, es ist anstrengend, Bücher zu schreiben. Aber mit euch ist jeder Text auch ein echtes Abenteuer!

Weitere Krimis finden Sie auf den folgenden Seiten und im Internet:

S. GREGG / P. SCHENKE
Blutvilla

978-3-8392-2119-8 (Paperback)
978-3-8392-5481-3 (pdf)
978-3-8392-5480-6 (epub)

EXPLOSIVE MISCHUNG Die Millionärin Johanna Krogmann wird erschlagen in ihrer Villa nahe Kiel aufgefunden. Feinde hatte sie mehr als genug. Die halbe Gemeinde Flintbek war der skrupellosen Fabrikbesitzerin gegenüber feindlich gesinnt. Hauptkommissar Sven Fricke, der in dem Fall ermittelt, stößt schnell an seine Grenzen. Doch nicht nur die Suche nach dem Täter gestaltet sich äußerst schwierig, auch die Zusammenarbeit mit der attraktiven Staatsanwältin Elena Karinoglous stellt die Geduld des Ermittlers auf eine harte Probe und sorgt für gewaltigen Zündstoff …

SANDRA DÜNSCHEDE
Kilometer 151

978-3-8392-2108-2 (Paperback)
978-3-8392-5459-2 (pdf)
978-3-8392-5458-5 (epub)

TÖDLICHER BAUABSCHNITT Harry Neumann wird ermordet auf einer Baustelle zum Ausbau der A7 in Hamburg-Stellingen aufgefunden. Doch wer hat den Mann ins Jenseits befördert und warum? Der Bauleiter zumindest hatte ein Motiv, denn Neumann ging aktiv gegen die Baumaßnahmen vor. Oder haben die Bewohner des benachbarten Flüchtlingscamps etwas mit dem Mord zu tun? Vielleicht sogar einer der anliegenden Kleingärtner? Kommissar Nielsen und sein Team folgen jedem Hinweis und stoßen bei ihren Ermittlungen oftmals auf Hass und Gegenwind …

ANTONIA FEHRENBACH
Windige Hunde

978-3-8392-2112-9 (Paperback)
978-3-8392-5467-7 (pdf)
978-3-8392-5466-0 (epub)

SCHWINDELERREGEND Ein Aussiedlerhof in der Holsteinischen Schweiz. Schutzpolizistin Franziska Wilde und Karo, die Besitzerin des Hofes, stehen am Fenster und blicken hinaus auf einen Windpark. Karos Sohn Jan wird verdächtigt, am Attentat gegen Henning Pahl, Bürgermeister des Dorfs, beteiligt zu sein. Der »klebt« vor ihren Augen am Rotorflügel seiner Windkraftanlage. Die Zeit drängt. Ein Orkan ist im Anzug und der elektronische Bremsmechanismus des Rotors ist außer Funktion. Werden sie den Bürgermeister rechtzeitig befreien können?

GMEINER SPANNUNG

Das Neueste aus der Gmeiner-Bibliothek

Unser Lesermagazin

Bestellen Sie das kostenlose Krimi-Journal in Ihrer Buchhandlung oder unter www.gmeiner-verlag.de

Informieren Sie sich …

www … auf unserer Homepage:
www.gmeiner-verlag.de

@ … über unseren Newsletter:
Melden Sie sich für unseren Newsletter an unter www.gmeiner-verlag.de/newsletter

f … werden Sie Fan auf Facebook:
www.facebook.com/gmeiner.verlag

Mitmachen und gewinnen!

Schicken Sie uns Ihre Meinung zu unseren Büchern per Mail an gewinnspiel@gmeiner-verlag.de und nehmen Sie automatisch an unserem Jahresgewinnspiel mit »mörderisch guten« Preisen teil!

GMEINER SPANNUNG

WWW.GMEINER-VERLAG.DE
Wir machen's spannend